La me

12

DELLA STESSA SERIE

Un Natale in giallo
Capodanno in giallo
Ferragosto in giallo
Regalo di Natale
Carnevale in giallo
Vacanze in giallo
La scuola in giallo
La crisi in giallo
Turisti in giallo
Il calcio in giallo
Viaggiare in giallo
Un anno in giallo
Una giornata in giallo
Cinquanta in blu. Otto racconti gialli
Una settimana in giallo

Roberto Alajmo, Andrej Longo, Marco Malvaldi,
Antonio Manzini, Francesco Recami,
Alessandro Robecchi, Gaetano Savatteri, Fabio Stassi

Una notte in giallo

Sellerio editore
Palermo

2022 © *Sellerio editore via Enzo ed Elvira Sellerio 50 Palermo*
e-mail: info@sellerio.it
www.sellerio.it

Questo volume è stato stampato su carta Palatina prodotta dalle
Cartiere di Fabriano con materie prime provenienti da gestione fore-
stale sostenibile.

Una notte in giallo / Roberto Alaimo... [et al.]. - Palermo:
Sellerio, 2022.
(La memoria ; 1240)
EAN 978-88-389-4425-3
853.92 CDD-23   SBN Pal0353703

CIP - *Biblioteca centrale della Regione siciliana «Alberto Bombace»*

Una notte in giallo

Marco Malvaldi

Un regalo che solo io posso farti

«*Vo-la...*».

«Uaaaaa...».

«Nooo...».

«*... si butta dal-le stel-le giù in pi-cchia-ta...*».

«Ua-haaaa...».

«Ma porca... vai te?».

«*... se sei il ne-mi-co pre-ga, è già fi-ni-ta...*».

«E chi vuoi che ci vada...» disse Alice, alzandosi.

«Pronto?».

«A strangolarti. Chiunque tu sia».

«Massimo, sono Aldo».

«No, sei un rompicoglioni» precisò Massimo mentre prendeva il telecomando con l'altra mano. «La bimba si era addormentata cinque minuti fa. Ma si telefona alla gente a quest'ora?».

Massimo premette un tasto sul telecomando e Donald Sutherland rimase congelato sullo schermo, a bocca aperta e con un occhio semichiuso – una posa che non avrebbe mai assunto volontariamente, se anche ne fosse stato capace.

«Sono le undici di sera, non mi sembrava un'ora così sconvolgente. Fra l'altro, non sono io ad averla svegliata, sei te che tieni quella suoneria raccapricciante».

«Sono le undici della prima sera che Matilde si addormenta prima delle due di notte da quando è nata. E che riesco a guardare qualcosa alla televisione».

«Mi fa piacere per te. Cosa guardi? *Mazinga Z* o *Il grande Mazinga*?».

«*Ella e John*» disse Massimo sbadigliando. «Trama, due vecchi stanno per morire. Genere, commedia brillante. Hai telefonato per questo?».

«Mi passeresti Alice?».

Dal corridoio, la voce di Alice canticchiava sommessamente «... *la darò alla befana / che la tenga una settimana...*».

«Al momento sarebbe su a tentare di riaddormentare la bimba. Sai, si è svegliata improvvisamente. Fra l'altro, se volevi Alice, perché non hai telefonato a lei?».

«Eh, perché avevo paura che se chiamavo e svegliavo la bimba, poi lei si incazzava con me».

Massimo si guardò intorno. Dal corridoio, Alice prometteva canticchiando alla bambina che se non dormiva l'avrebbe data in consegna per trecentosessantacinque giorni all'uomo nero.

«Ho capito. Però così adesso si incazza con me».

«Eh certo. L'ho fatto per quello».

«Dimmi».

«Ciao Alice. Matilde dorme?».

Alice tacque un momento. Dal corridoio, la voce di Massimo canticchiava «*Sentiam nella foresta il cuculo cantar...*».

«Non ancora. Che succede?».

«Allora, ti ricordi che io stasera avevo la degustazione?».

«... *con una pietra in mano lo stiamo ad aspettar...*».

«Perdonami, Aldo, la degustazione di cosa?».

«Champagne millesimati del millennio. Una cena che ruotava intorno a diversi champagne di quelli che per una bottiglia ti ci vuole il mutuo. Praticamente...».

«... *cucù, cucù, se lo tiriamo giù...*».

«Aldo, Aldo. Un attimo, scusa, sono divelta dal sonno. Perché mi stai telefonando?».

Ci fu un attimo di silenzio, increspato solo dalla voce di Massimo che canticchiava «... *cucù, cucù, vedrai non rompe più...*».

«Insomma, per farla breve, c'è stato un furto».

«E non potevi chiamare la polizia?».

«Sì, è che qui sanno che ti conosco e mi hanno chiesto il favore di chiamare direttamente te... è una situazione un po' delicata...».

Qui Alice sbroccò.

«E che cazzo, è una situazione delicata! Anche qui è una situazione delicata! Anzi, è una situazione disastrosa! Fa un caldo equatoriale e non dormo da mesi! Lo sai che esistono anche altri poliziotti oltre a me, vero?».

Ci fu un ulteriore momento di silenzio, stavolta rotto dalla voce di un bambino che iniziava a piangere.

«Sì, però potresti anche fare a meno di urlare...» disse Massimo.

«Te zitto che è colpa tua. Se non cambi quella suoneria da deficienti ti volo il telefono dalla finestra».

«Brava, Alice, diglielo».

«Zitto anche te, per cortesia. Guarda, mi rendo umana e arrivo». Alice mise il telefono in vivavoce e si diresse verso la camera. «Intanto mentre mi cambio spiegami cosa è successo. Innanzitutto, dove sei?».

«Sono a Cala Risacca».

Cala Risacca era una insenatura riparata a una decina di chilometri dal paese, con una spiaggia di sabbia color miele, a cui si accedeva solo in un modo, e cioè come clienti dello stabilimento balneare Cala Risacca – «una goccia di oceano nel cuore del Tirreno», come diceva il sito internet dell'omonimo hotel che si affacciava sul golfo. Da millenni, la particolare conformazione del golfo frangeva le onde che arrivavano dal mare, addolcendole in uno sciabordìo lieve ed educato, perfetto per bagnanti facoltosi che, per qualche motivo incomprensibile all'umano, pur avendo la possibilità economica e logistica di andare alle Maldive te li ritrovavi ogni anno fra le palle sulla costa toscana. I concessionari della spiaggia, i signori Mazzei, avevano modificato l'habitat naturale, rendendolo ancor più grato alla clientela, nel modo che da un secolo fa dell'alta riviera toscana il posto più esclusivo d'Italia – e cioè con tariffe al limite del paradossale. Va detto che, a fronte della richiesta, il trattamento era di primissimo ordine: Cala Risacca era stato il primo hotel della zona, decenni prima, a dotarsi di spa e centro benessere interno, e ogni anno o quasi veniva adeguato o rimodernato con qualche tipo di novità.

Una volta accolta, la solvibile fauna andava in qualche modo intrattenuta, avendo cura che gli svaghi e i passatempi fossero talmente costosi da tenere lontano il parassita più temuto da un certo tipo di clientela, e cioè il comune mortale. In quest'ottica, l'hotel di Cala Risacca aveva una cantina da urlo, di quelle vere, costruite nei decenni con pazienza dai vari discendenti della famiglia Mazzei.

A intervalli regolari, venivano organizzate degustazioni di vario tipo, come quella della sera in oggetto, mercoledì 10 agosto:

Dal nero al bianco: Lo champagne del millennio

Tentacolo di polpo fritto su purea di fagioli azuki
&
Jacques Selosse La Côte Faron dégorgement 2020

Sformatino di Comté stagionato al tartufo nero
&
Billecart-Salmon Le Clos Saint-Hilaire 2006

Petto d'anatra con riduzione di Petit Verdot
&
Krug Clos d'Ambonnay 2002

Di prezzo non si accennava, almeno nella brochure di presentazione. Del resto, se alloggi a Cala Risacca non sei il tipo che chiede quanto costa. La degustazione, infatti, era riservata ai soli ospiti dell'albergo.

«E te allora cosa ci facevi?» chiese Alice mentre si metteva la cintura di sicurezza.

«I Mazzei sono amici» disse Aldo. «Li conosco da quasi un secolo, e non è un modo di dire. Ci sono cresciuto, a Cala Risacca. Il mio primo lavoro sulla terraferma. Ho cominciato lì, come sommelier, dopo essere sceso dalle navi. Si parla veramente del millennio scorso».

«Scusa, Aldo, un giorno me lo racconterai». Alice, terminata la retromarcia, mise la prima e si immise sulla strada. «Se adesso tu potessi accennarmi a cosa è successo stasera...».

«Sì, certo, scusami. Erano circa le dieci e quaranta, e i camerieri stavano portando via l'intermezzo, quando...».

«Scusa, abbi pazienza, cos'è l'intermezzo?».

«Eh, quando si passa dal pesce alla carne a volte si spezza con qualcosa di completamente diverso. Sai, in una degustazione di questo livello devi servire tre pietanze forti, che li reggano, altrimenti questi vini ti asfaltano. Senti solo il primo sorso».

«Bene. Me lo segno per quando organizzerò la mia prossima degustazione di champagne. Insomma, stavano portando via l'intermezzo quando...».

«Quando tutto a un tratto è andata via la luce».

In effetti era andata proprio così. A un tratto, senza alcun preavviso, le sale del primo piano dell'Hotel Cala Risacca che fino a un attimo prima brillavano di riflessi dai lampadari, dalle stoviglie e dai monili delle signore si erano ritrovate immerse nel buio. C'era voluto più di un istante per realizzare che non solo le sale a piano terra, ma anche il resto dell'hotel era privo di illuminazione. Siccome l'hotel era l'unica costruzione che si affacciava sulla cala, le stelle avevano approfittato di quel momento di vantaggio sleale e si erano messe a brillare come non facevano da secoli. Purtroppo, la maggior parte dei clienti di Cala Risacca in quel momento aveva il naso nel piatto e non era nello stato d'animo giusto per godersi uno spettacolo senza prezzo, dato che per quell'altro effimero ma programmato piacere aveva pagato denaro sonante.

Nei pochi secondi di buio completo che seguirono al blackout, prima che la vista si riabituasse, accaddero vari eventi incresciosi:

1. Una bottiglia di Krug Clos d'Ambonnay (valore commerciale circa 5.000 euro) venne urtata e cadde dal tavolo sfracellandosi in un tripudio di vetri e bollicine, purtroppo invisibili entrambi. Varie altre bottiglie, non tutte di champagne, nel giro di pochi secondi subirono lo stesso destino.

2. Uno dei camerieri, inciampando, proiettò un piatto di petto d'anatra direttamente su un petto di signora, la cui parte inferiore era fasciata da un décolleté di Dolce&Gabbana (valore commerciale circa 10.000 euro), decorandolo con la riduzione di Petit Verdot che, pur intonandosi perfettamente al colore del vestito, ne comprometteva irrimediabilmente la performance.

3. Approfittando del buio uno degli ospiti, un trequartista di Bundesliga di cui per motivi di privacy non possiamo dire il nome (valore del cartellino circa 1 milione di euro) ne approfittò per tastare il culo alla ca-

meriera che proprio in quel momento era china alla sua sinistra per porgergli il petto (d'anatra).

4. Il collier della marchesa Deianira Pozzi-Volpi le venne sganciato dal collo con gesto sicuro.

E il valore di quel monile, pur se incerto a causa delle imprevedibili fluttuazioni del mercato dei gioielli, era senza ombra di dubbio superiore alle cifre di cui abbiamo parlato finora.

«Due milioni di euro» disse il marchese Ferrando. «Ma chi se ne sbatte dell'assicurazione, è il gioiello più importante della mia famiglia. Adesso lei me lo deve ritrovare, cazzo!».

Accanto a lui, la marchesa Deianira non aveva ancora detto una parola. Ad essere precisi, la nobildonna aveva in precedenza usato il proprio apparato fonatorio: quando si era accorta che non aveva più al collo il prezioso monile, infatti, aveva incominciato a strillare come se si fosse piallata un dito (evento alquanto improbabile, dato il nobile lignaggio).

«Chi c'era accanto a lei, signora?».

«Io ero alla sua sinistra, e Ferrando alla sua destra» disse una terza donna, che le avevano presentato come donna Amelia, sorella della marchesa Deianira. I tre erano seduti su tre poltrone, illuminati da una potente torcia che Alice aveva fatto appoggiare sul pavimento. Una scena che, più che una acquisizione di sommarie informazioni, sembrava una seduta spiritica.

«Eravate a un tavolo da quante persone, esattamente?».

«Eravamo in sei» disse donna Amelia.

«E gli altri tre chi erano?».

«I proprietari del resort, i signori Mazzei, e un loro amico, Aldo».

«Sì, un vecchio chiacchierone che ci ha ammorbato per tutta la sera con le sue avventure galanti» disse il marchese Ferrando. «Per quale motivo Mazzei lo avesse invitato non mi è chiaro».

«Sono amici» disse Amelia con tono morbido. «Sai, quel sentimento di reciproca empatia che si crea fra persone che appartengono al genere umano, anche se uno dei due non ha sei Lamborghini».

«Sia come sia, quel tipo lavorava qui quando era giovane. Lo ha detto anche lui. Non mi stupirei che c'entrasse qualcosa. Io interrogherei lui, se fossi in lei, signor vicequestore».

«Provvederò sicuramente. E vicino a lei c'era qualcun altro, al momento in cui è andata via la luce?».

«Be', dei camerieri, probabilmente» disse ancora donna Amelia. «Avevano appena portato via la seconda portata e si stavano apprestando a servire l'anatra».

«Avevate dei camerieri alle vostre spalle, quindi?».

«E chi può dirlo? Mi sembra probabile».

«Mi scusi, signor vicequestore» intervenne il marchese, «ma chi è stato derubato siamo noi. Perché perde tempo con noi invece di interrogare gli altri?».

«Perché eravamo quelli più vicini al fatto, Ferrando caro» disse ancora una volta donna Amelia.

«E le posso assicurare che non ce ne andremo finché non sarà stato ritrovato il gioiello» rispose il marchese rabbioso. «Invece, mentre noi stiamo qui...».

«Mentre noi stiamo qui, staranno qui anche tutti gli altri. La sala è stata chiusa appena Deianira ha urlato, è stata la prima cosa che ci ha detto il Mazzei» replicò donna Amelia, con un sorriso molto meno autentico del diamante scomparso, mentre la marchesa Deianira guardava ora l'una ora l'altro come se fosse a una partita di tennis, sconvolta dal basso livello del gioco.

«Il gioiello è stato strappato, o sganciato?» chiese Alice, tentando di ignorare i due e rivolgendosi con lo sguardo alla marchesa. «Con forza o con destrezza?».

I due, che evidentemente in questo caso non potevano rispondere, guardarono anche loro verso la nobildonna, che sempre con aria sconvolta fece un gesto con la mano e disse:

«Così...».

«Con destrezza, quindi».

«Pare di sì».

«E tu non ti sei accorto di niente?» chiese Alice.

Aldo allargò le braccia, con lo sguardo inutilmente rivolto verso il soffitto.

«Ti dirò, al momento stavo annusando uno dei migliori champagne di tutti i tempi, e in più la mia vista da vicino non è più quella di trent'anni fa». Aldo fece un respiro profondo. «Un tempo guardando l'etichetta di uno champagne ero in grado di dirti se era un recòltànt-manufacturier, è una scritta piccina come una zampa di formica sul retro dell'etichetta. Oggi per capire la marca devo farmela leggere, l'etichetta, e anche a voce piuttosto alta».

«L'olfatto però ti funziona ancora, mi sembra».

«M'è rimasto quello. E il tatto. Anzi, se vuoi te ne presto un po'. Dovresti trattarle un po' meglio le persone, se vuoi che collaborino. Il marchese Ferrando non mi sembrava entusiasta di come ti sei rivolta a lui».

«Il marchese Ferrando mi sembra un vecchio imbecille borioso che non si merita un euro dei milioni che ha».

«Sulla prima parte del discorso siamo d'accordo. Sulla seconda... scusa, mi sa che ti cercano».

Al di là della porta a vetri, illuminato dalla torcia di Tonfoni, c'era un uomo alto e maturo, con una faccia pienotta e simpatica. Fece un cenno con la mano, come a far vedere che era tutto a posto.

«Ah, Mazzei. Venga, venga».

«Posso? Grazie» disse l'uomo entrando. «E prima di tutto grazie per essere venuta qui subito. Aldo me lo aveva detto che lei è l'efficienza fatta persona».

E, presa una sedia, si sedette davanti ad Alice.

A vent'anni, terminati gli studi liceali con un annetto di ritardo, Gabriele Mazzei aveva detto al padre che non aveva voglia di continuare a studiare e che preferiva lavorare nel resort di famiglia. Volentieri, gli aveva detto il babbo, e lo aveva messo a fare il bagnino. Quando Gabriele aveva fatto notare che in realtà aveva pensato a un posto in ufficio o in amministrazione, il padre aveva replicato: se ti facessi un colloquio, in questo momento non so nemmeno se ti assumerei come bagnino. Ma io sono tuo figlio, aveva detto il ragazzo. Appunto, aveva risposto il padre. Quando tirerò le cuoia, ti piacerebbe ereditare il posto che tu stesso hai rovinato?

E così, Gabriele Mazzei aveva capito il funzionamento dell'hotel dall'interno: bagnino, cameriere, portiere di notte. Sempre come sottoposto, sempre dovendo rispondere a un capo. Capo che, quando faceva il cameriere, era un signore simpatico che si chiamava Aldo Griffa, e che aveva fatto più o meno la stessa trafila.

«Si figuri, signor Mazzei» disse Alice. «Allora, mi dica. Avete capito dove è avvenuto il blackout?».

«Non ancora. Ci sono i ragazzi alla centralina di scambio. Qualcuno ha buttato giù l'interruttore principale, ma non scatta anche se lo ritiriamo su. Probabilmente chi lo ha manovrato si è fregato qualche fusibile per essere sicuro che 'sto casino durasse».

«Siete andati a botta sicura...».

«Tutto l'hotel è rimasto al buio, improvvisamente. Doveva essere per forza una cosa esterna. La mia paura era che fosse successo qualcosa alla vela, ma ero piuttosto sicuro di no».

«La vela?» chiese Alice.

«L'hotel è completamente autosufficiente a livello energetico. Ha presente l'entrata della cala? Appena fuori c'è un marchingegno sottomarino, una specie di vela che scorre su dei binari, mossa dalle onde. L'ho installato cinque anni fa, da un paio di mesi ho cominciato a guadagnarci».

«Non potrebbe essere successo qualcosa lì? Potrebbero aver tagliato i cavi?».

«Sono irraggiungibili. Sono interrati a diversi metri sotto l'acqua».

«Potrebbero aver sabotato il meccanismo?».

«Lo escludo. Si figuri che due anni fa due bischeri pseudoambientalisti hanno tentato di incastrarci un pesce dentro per far vedere che era pericoloso per le specie acquatiche. Non riuscendoci, hanno tentato di metterci una mano sotto loro».

«E non ci sono riusciti?» chiese Aldo.

«Non credo sia facilissimo» disse Alice scuotendo la testa. «Con quelle pressioni credo sia impossibile infilare un oggetto sotto il semovente. L'acqua stessa ti respinge».

«Esatto. È un po' come tentare di prendere un seme di limone con le pinze sott'acqua. Le pinze spostano il liquido, e il liquido sfugge». Il Mazzei sorrise. «Il vicequestore passa l'esame di fisica».

«Allora vediamo se lei invece passa l'esame di matematica» rispose Alice, notando con terrore che stava incominciando a fare le stesse battute di Massimo. «È riuscito a fare la conta che le ha chiesto il mio agente?».

«Abbiamo contato tutti. Alla cena erano presenti trentadue persone, servite da sette camerieri. Un maître e due sommelier, uno dell'albergo e un esterno. Sono rimasti tutti all'interno della sala».

«Come ha fatto a far restare tutte le persone?».

«Nell'albergo sono sempre presenti due agenti di polizia privata. Quando la marchesa ha urlato, ho usato il mio segnale d'allarme e hanno chiuso le porte. Lei capirà, in questo posto vengono clienti piuttosto facoltosi. Bisogna essere sempre previdenti».

«Ho capito. Un attimo».

Alice prese il telefonino e fece un numero.

«Pronto, dottoressa».

«Sì, Tonfoni. Il proprietario mi conferma che tutte le persone presenti in sala sono rimaste. Si parla di trentadue persone, più dieci di personale di servizio. Per favore, spiega loro che dobbiamo trattenerli e inizia ad identificarli. Se qualcuno si lamenta, dimmelo».

«Ricevuto».

Alice si passò le mani sul viso, poi si rivolse a Gabriele Mazzei.

«Dunque, lei conosce bene tutti i presenti alla serata?».

«La maggior parte. Vengono qui da anni e anni».

«Anche il marchese Ferrando Pozzi-Volpi?».

«Particolarmente».

«Particolarmente la signora Amalia» disse Aldo alzando un sopracciglio.

«Cose di gioventù» disse il Mazzei, facendo un gesto con la mano. «È passato tanto tempo. Giocavamo insieme a bridge».

«Assolutamente vero» disse Aldo. «Certe dichiarazioni...».

«Lo sente, la merda?». Il Mazzei fece un cenno verso Aldo. «Quando lavorava qui, non le sto a dire... se avessi detto la metà di quello che sapevo, altro che divorzio. La tua povera moglie ti avrebbe chiuso fuori di casa».

«Scusate, eh, ma che Aldo sia un vecchio marpione lo sapevo già. Adesso avrei bisogno di conoscere meglio gli altri. Giocavate insieme a bridge, o giocate ancora?».

Mazzei fece tamburellare le dita sulle ginocchia, prima di rispondere. La luce della torcia lo illuminava dal basso, e lo faceva somigliare al vecchio capo scout di Alice che raccontava le storie accanto al falò. Certo, immaginarsi un falò degli scout in una sala di un albergo di lusso richiede una certa immaginazione, ma quella ad Alice non era mai mancata.

«Vede, dottoressa, qualche tempo fa ho avuto, diciamo, qualche problema con il gioco. Non mi sono rovinato, ma ero su una brutta china. Il bridge per me è un ottimo surrogato. C'è il gioco, ci sono le carte, c'è l'incertezza. Non ci sono i soldi. Per me è stata un'ancora di salvezza. Per me e per molti come me».

«Di chi sta parlando, esattamente? Di Amalia Pozzi-Volpi?».

«No, lei ha sempre giocato a bridge. La sorella, invece, credo non abbia mai incominciato».

«A giocare a bridge?».

Il Mazzei sorrise.

«A giocare a bridge. Ma le carte piacciono parecchio anche a lei».

«E il marchese Ferrando?».

«Per carità. Ferrando ha solo vizi legali. Fuma, beve e basta là. È un brav'uomo, solo è nato nel millennio sbagliato. Finché non si toccano blasoni e stendardi, è un caro amico. Se gli chiedesse se troverebbe giusto reinstaurare la monarchia in Italia e mettere sul trono un Savoia, le risponderebbe: "Certo che no. Dovrebbe esserci un Pozzi-Volpi". Sa, il buon nome della famiglia e tutte quelle storie lì».

«E i rapporti fra i tre? Come sono?».

«Molto solidi, direi. Marito e moglie si vogliono bene. La sorella è un po' un peperino, l'ha vista».

«E come solvibilità, come sono? Aldo, prima, ha fatto un accenno...».

«Se c'è una cosa che non manca a Ferrando Pozzi sono i soldi. O le proprietà».

«Inclusi i gioielli della moglie?».

«No, quelli sono tutti suoi. Lei ha avuto i gioielli, e Amalia le case. Le due sorelle sono sempre state molto unite».

«Anche loro, quindi, sono di famiglia facoltosa?».

«Parecchio. Sono figlie dei conti Castaldi di Valdamone».

«Non so di chi parli» disse Alice.

«Non lo dica al marchese Ferrando, per carità» sorrise il Mazzei. «Non ci crederebbe».

Massimo, con passo da monaco buddista, percorreva il corridoio avanti e indietro, facendo dondolare il tenero fagottino. E pensando che, se per caso Matilde si era davvero addormentata, forse riusciva a guardarsi anche la fine del film.

«*Vo-la!*».

«Nhè...».

«No, no...».

«... *Si tuf-fa dalle stel-le giù in pic-chia-ta...*».

«Uèheèheèèèè...».

«Pronto».

«È il mio angelo quello che sento strillare? Cosa le stai facendo?».

«L'ho appena lavorata con uno spillone. Secondo te? Hai telefonato e si è messa a piangere».

«Ti sta bene. Senti, qui ne avremo ancora per parecchio. Ricordati che alle tre deve fare la giuntina. Sono...».

«Sessanta grammi di latte, ho scritto tutto. Lì come va?».

«Eh, stiamo aspettando l'autorizzazione per ispezionare tutti i presenti. Ci vorrà un po', te l'ho detto. In più siamo senza luce, con le torce, è una roba surreale».

«Aldo è sempre lì con te?».

«Assolutamente. Credevo che crollasse, invece è tutto nei suoi cenci. Ogni particolare che vede ci tira fuori una storia di quando era qui. Meno male, almeno mi tiene sveglia».

«Eh, è il suo mondo. Fatti raccontare dei settanta centimetri».

«Settanta centimetri?».

«Chiedigli così: settanta centimetri. Vedrai che capirà».

«Ah, i settanta centimetri». Aldo sorrise. «Bei tempi. Mamma mia...».

«Sì, se me la racconti li rimembro anch'io».

«Sarà difficile, era la fine degli anni Cinquanta. Sai perché questa cala si chiama Cala Risacca?».

«Mah, suppongo sia perché c'è la risacca».

«Ci sono delle onde gentili, regolari, quasi perfette. Avanti e indietro. E qui dietro, nascosta, c'è un'insenatura in una grotta. E anche lì le onde entrano ed escono, in questa grotta che ha un'apertura fatta come una lettera omega maiuscola, due punte strette che poi si allargano. Nel punto più vicino, un uomo può tenere un piede da una parte e uno dall'altra, mentre il mare gli ondeggia sotto».

E Aldo le raccontò che, quando era giovane, era uso comune di alcuni giovinastri cercare rifugio nel buio della caletta ondosa e lì, al riparo da sguardi indiscreti e dal sole che martellava la nuca, di usufruire della caletta come se fosse un gabinetto alla turca, un piede qui e uno là. Grazie al moto alternato della risacca, ne risultavano dei manufatti – si fa per dire – di lunghezza ragguardevole («anche settanta centimetri»), che a un certo punto grazie alla corrente salpavano alla volta del vasto pelago, riemergendo puntualmente in superficie nelle prestigiose ed esclusive acque di Cala Risacca, e transitando maestosi tra gli eleganti bagnanti. Un giorno, stufo dell'usanza, il vecchio Mazzei aveva dato ordine ad Aldo di appostarsi nelle vicinanze della caletta e di convincere i malcreati a farla a casa loro, vedesse lui come.

E così Aldo aveva passato una mattinata di più di sessant'anni prima nascosto in una fratta, quando aveva visto arrivare un ragazzo più o meno della sua età che, appoggiata la bicicletta, si era avviato verso l'insenatura già slacciandosi i pantaloni.

Ascolta, gli aveva detto uscendo dal cespuglio, io lavoro a Cala Risacca. Beato te, gli aveva risposto quell'altro. Io lavoro in ferrovia, e il bagno in casa come i signori 'un ce l'ho. Ascolta, aveva ripetuto Aldo, io non sono un muratore, sono un cameriere. Facciamo così: finché smettono di affiorare in superficie i sommergibili senza timone, tutte le domeniche ti faccio entrare a ballare.

Se vòi che smettano mi tocca porta' anche un par d'amici dei miei, aveva detto il ragazzo.

Fino a due o tre non c'è problema, aveva risposto Aldo.

«E quindi hai conosciuto Ampelio lavorando qui».

«Sì. Non solo lui, a dire il vero».

«Sì, lo diceva il tuo amico, prima».

«Non stavo pensando a quello. Anche se, oddio, in effetti è vero. No, anche Tavolone l'ho conosciuto qui. Era il settantotto... no, era il settantanove, forse...».

Per fortuna, mentre Aldo si apprestava a ritornare al millennio precedente, Tonfoni entrò nella sala, illuminando i propri passi con la torcia.

«Abbiamo finito le identificazioni, dottoressa. Possiamo iniziare le perquisizioni?».

«Non ancora, Tonfoni. Non abbiamo l'autorizzazione del magistrato. Adesso lo chiamo».

«Mi raccomando con le perquisizioni» chiese Aldo. «Si tratta di un diamante grosso meno di una noce, si può occultare anche in pertugi non esattamente facili da...».

Alice alzò una mano.

«Aldo, per cortesia, di culi abbiamo già parlato anche troppo stasera. E comunque a quanto ne so era attaccato a una collana. A sua volta tempestata di diamanti».

«Be', se rubassi quel diamante la prima cosa che farei sarebbe staccarlo dalla collana. E di quegli altri diamanti non mi preoccuperei troppo. Poche migliaia di euro. Sai, il valore dei diamanti va in esponenziale. Dieci pietre da un carato non valgono quanto una pietra da dieci carati».

«La conosco anch'io la scala Rapaport, Aldo».

In effetti Alice l'aveva ripassata da poco: una mezz'ora prima, mentre Aldo era un attimo in bagno, quando era arrivato il certificato dell'assicurazione. La pietra era effettivamente assicurata per la cifra che aveva detto il marchese Ferrando, due milioni di euro tondi tondi. Il che non era folle come si potrebbe pensare.

Il valore di un diamante è dato da quattro lettere C: colore, chiarezza, carato e taglio (che in italiano inizia per t, ma in inglese è *cut* e quindi comincia per c anche quello).

La pietra in questione, denominata «Tempio di Luce», era un diamante di colore D e purezza IF (Internally Flawless, il massimo grado), e per questo nonostante le dimensioni non eccezionali (10.2 carati) aveva un valore decisamente elevato.

«Comunque, dottoressa, se c'è flagranza si può procedere alla perquisizione» riprovò Tonfoni. «Anche di iniziativa. C'è scritto così sul codice».

«Tonfoni, flagranza di reato significa che becchi uno mentre sta rubando qualcosa o che sta fuggendo dal posto in cui hanno rubato qualcosa. Se dispongo una perquisizione d'urgenza su quaranta persone, una delle quali ha addosso un diamante rubato, le altre trentanove mi denunciano e mi fanno un mazzo così. E fanno bene».

L'agente annuì, con fare compunto. Poi tirò fuori di tasca il cellulare e si isolò, come ormai è la norma quando non ci interessa quello che ci succede intorno.

«Allora, prima di tutto dobbiamo telefonare al magistrato. A quest'ora... sì?».

Tonfoni, infatti, aveva alzato un dito, come a scuola, e aveva mostrato il telefonino tenendolo in alto.

«Credo di avere la soluzione. Qui c'è scritto che nel caso in cui cerchiamo stupefacenti possiamo perquisire chiunque senza l'autorizzazione del magistrato».

«Tonfoni, non stiamo cercando stupefacenti. Stiamo cercando un diamante».

«Vabbè, ma l'importante è poter perquisire qualcuno a norma di legge, no? E tra questi riccastri si figuri se non ce n'è uno che pippa come se non ci fosse un domani».

«Molto bene. E per gli altri trentanove cosa potremmo fare?».

«Be', magari...».

«Alice» disse a quel punto Aldo, mostrando il telefono sulla sedia, che vibrava illuminando la stanza. «Credo che ti stiano cercando».

Alice prese il telefono. In quello stesso momento, tornò la luce.

«Ooooh, che bello. Sì, dottoressa Maielli, sono contenta di sentirla ma non così tanto». Alice sistemò meglio il telefono. «Avrei bisogno di un mandato di perquisizione. Mi potrebbe intanto autorizzare a voce? No, non per una persona. No. Sarebbero... sarebbero quarantadue. Sì, le spiego».

E Alice spiegò.

«Allora, che ha detto la Maielli?» chiese Tonfoni.

«Ha detto che ci deve pensare» rispose Alice.

«E che c'è da pensare?».

«Ma che ne so... probabilmente starà telefonando a tutti i suoi amici per premurarsi che non siano a questa cena. Comunque è una cosa delicata. Deve autorizzarci a mettere le mani addosso a una quarantina di persone. Fra l'altro, se io avessi rubato il diamante non credo che me lo terrei proprio addosso. È troppo rischioso».

«Potrebbe essere stato buttato dalla finestra?» suggerì Tonfoni.

«Buttato dalla finestra?».

«Qui sotto c'è la spiaggia. E poi il diamante è il materiale più duro che esista, non si può certo danneggiare. Uno leva la collana, stacca la pietra, la tira dalla finestra e dopo la va a recuperare».

Alice guardò l'agente come se si rendesse conto solo in quel momento di avere di fronte un essere umano, poi inclinò lievemente il mento verso l'alto e disse:

«Bellissima teoria, Tonfoni. Veramente una bellissima teoria».

«Trova?».

«Certo. Allora, fai così: prendi una torcia e vai subito fuori a cercare la pietra. Guarda sotto ogni finestra. Cerca con cura, mi raccomando».

«Agli ordini».

L'agente uscì, fiero e baldanzoso, seguito dallo sguardo di Alice e da quello di Aldo che, una volta uscito, disse con voce neutra:

«Che sia chiaro che mi sto rivolgendo ad Alice, madre del figlio di Massimo, e non al dirigente di polizia giudiziaria dottoressa Martelli, ma sei veramente una merda».

Alice lo guardò con le sopracciglia alzate.

«Senti, devo stare qui finché non mi richiama il magistrato, già ero a casa tranquilla con la mia bimba nuova nuova e ora sono qui a cercare una pietra che era al collo di una vecchia. Anche Tonfoni da sopportare, per favore, no. Fra un paio d'ore, quando ha finito, gli trovo qualcos'altro di inutile da fare».

Aldo sospirò, e annuì lentamente.

Un ladro di gioielli non butterebbe mai dalla finestra un diamante. Plinio il Vecchio, nella sua *Naturalis Historia*, descrisse un metodo per distinguere un diamante vero da uno fasullo. Secondo Plinio, è sufficiente mettere la pietra su di un'incudine e colpirla con un martello più forte che si può: se si rompe, sostiene il grande autore della classicità, non è un diamante autentico. L'unico insegnamento giusto che si può trarre da queste righe è che l'opera del Plinio più anziano è uno dei libri meno affidabili di tutti i tempi. Non sappiamo quante pietre di notevole valore siano state distrutte con questo processo sommario, ma si teme siano parecchie; e tutto questo solo perché lo storico romano non sapeva come distinguere la durezza dalla robustezza.

La durezza di un materiale ci dice quanto si deforma se sottoposto a uno sforzo, mentre la robustezza ci dice quanta forza è necessaria per romperlo. Se la durezza e la robustezza fossero la stessa cosa, sarebbe facilissimo rompere un elastico di gomma prendendolo a martellate. E un diamante è un materiale piuttosto fragile – si deforma poco, ma si rompe facilmente.

Un attimo dopo che Tonfoni era uscito, si sentì bussare. Non tanto forte da rompere la porta, ma abbastanza da capire che chiunque si trovasse dall'altra parte era parecchio agitato.

«Avanti».

La porta si aprì ed entrò Gabriele Mazzei, che sembrava aver perso un po' della sua tranquillità nel corso della nottata.

«Vicequestore, mi scusi ma devo dirle una cosa importante. Per scrupolo, ho convocato tutto il personale dell'albergo e...».

«E? Manca qualcuno?».

«Uno. Manca una persona. Un cameriere al piano. Non ha risposto alla convocazione e in camera sua non c'è. Si chiama Fabio, Fabio Venturelli».

«Fabio Venturelli. Che persona è?».

«L'ho assunto in prova, ha finito l'alberghiero quest'anno. Ragazzo sveglio, ma si crede più sveglio di quello che è».

«Ah. In che senso?».

34

«Diciamo che... insomma, ha vent'anni ed è un bel figliolo. Non passa inosservato. Un paio di clienti amano scherzarci, e lui sta allo scherzo. Se poi dallo scherzo si passi alle vie di fatto, non lo so».

«Un paio di clienti amano scherzarci... uomini o donne?».

«Non donna. Parecchio femmina».

Alice premette il tasto dell'ascensore, e nel display in alto si accese una freccia con la punta all'ingiù.

L'essere vivente di cui si stava parlando era tale Jennifer, figlia diciannovenne di un fabbricante di bullette della Brianza, in vacanza con la famigliola da una settimana. La povera Jennifer si era fratturata un piede due giorni prima, ed era uscita di camera solo per andare a fare colazione. In quell'occasione, pareva che fosse stata riempita di attenzioni da Fabio Venturelli, cameriere, e che tali attenzioni non sembrassero cadere nel vuoto. Quella sera, a cena, non se l'era sentita di scendere.

«Ma alla tua età ancora guardi queste cose?».

«Gli occhi per vedere ce li ho ancora».

«Ma se due ore fa ti lamentavi che non ci vedi più un tubo».

«Da vicino. Questa ragazza l'ho vista sulla spiaggia, tre o quattro giorni fa, da un tre o quattro metri. E a quest'età, di avvicinarsi di più ormai la vedo improbabile. Per non parlare di usare gli altri sensi. Giusto l'udito, guarda».

«Ad ogni modo, si parla di una quasi minorenne».

Un tinnio discreto, e la porta dell'ascensore si aprì di fronte ai due.

«Appena te la trovi di fronte me lo sai ridire» disse Aldo, entrando. Alice lo guardò male.

«Scusa, dove stai andando?».

«Ti servirà un testimone, casomai la ragazza cadesse in contraddizione e tu dovessi mettere a verbale». Aldo premette il tasto del quarto piano e le porte si chiusero. «L'unico altro effettivo che hai è fuori a cercare le lucciole. Ti sto facendo un favore».

«Sei uno spudorato».

«Tu sapessi quanti vantaggi mi ha dato, nella vita... eccoci».

I due si incamminarono, fino ad arrivare di fronte alla camera 404. Qui, Alice bussò.

«Fabio?» disse una voce tremolante da dentro la stanza.

Aldo e Alice si guardarono.

«Polizia giudiziaria» disse Alice, in modo scandito.

Aldo la guardò male. Alice, anche se non era presbite, manco se ne accorse.

«Il Fabio che aspettava era Fabio Venturelli?».

«No, non ho detto Fabio» disse la ragazzina, in modo supponente. «Ho detto "apro"».

Se anche aveva perso il suo aplomb quando le avevano annunciato il servizio in camera con voce da vicequestore invece che da cameriere, lo aveva recuperato immediatamente. Bella, anzi, provocante, nonostante l'età. O forse proprio per quello. Come il cameriere scomparso, Fabio Venturelli. E anche lei, come il Venturelli, era vistosamente convinta di essere più furba del resto del mondo. Convinzione, probabilmente, aiutata da qualche strumento chimico – e non si intendono solo le centinaia di euro di creme idratanti che Alice vedeva spuntare dalla porta del bagno. Nonostante la luce fosse tornata da un pezzo, la ragazza aveva due occhi che sembravano monete da un euro.

«Ho capito. Mi ricordi, Griffa, cosa dice il codice di procedura penale in merito alle perquisizioni di propria iniziativa?».

«Certo, il c.p.p. autorizza le perquisizioni personali nel caso in cui si abbiano fondati sospetti che il soggetto detenga armi o stupefacenti» disse Aldo, dimostrando così che la memoria a breve termine gli funzionava ancora, visto che l'aveva sentito leggere sul cellulare dieci minuti prima. «Può iniziare quando vuole, è suo diritto».

Jennifer riperse tutto l'aplomb in un attimo.

«No, come stupefacenti? Ma non cercavate Fabio?».

«Allora lo conosci».

La ragazzina tirò su col naso – per sospirare, non pensate necessariamente male. Poi guardò la donna con aria smarrita.

«Avrebbe dovuto essere qui già da un po'» disse. «Non so che fine abbia fatto. C'è stato il blackout, e non l'ho più visto tornare. Sono preoccupata».

«Tornare? Quindi era già qui?».

«È arrivato quando è cominciata quella stupida cena». Jennifer accennò al piede, incastrato in una scarpa gessata. «Io sono qui confinata in camera da due giorni, mi muovo male. Fabio mi faceva compagnia. Non facevamo niente di male, non pensate che...».

«Bimba, non ci vedo proprio niente di male» intervenne Aldo. «È molto più sano farsi una bella trombata con un tuo coetaneo piuttosto che sniffare robaccia».

«Griffa, se si rivolge di nuovo così a un soggetto la mando a dirigere il traffico» disse Alice con severità. «E quando è andato via, di preciso? Si ricorda l'ora?».

«Ma è successo qualcosa?».

«Per favore, se risponde alle mie domande è meglio».

«Di preciso non lo so. Poco dopo le 10. So solo che dopo cinque minuti c'è stato il blackout».

«Ah» disse Aldo.

La ragazzina guardò prima Aldo, poi Alice, con crescente sgomento.

«Ma cosa è successo? Me lo volete dire?».

«Un attimo» disse Alice, tirando fuori di tasca il cellulare che si era messo a vibrare.

«Pronto, Tonfoni».

«Pronto, dottoressa. Ho trovato qualcosa».

«Hai trovato un diamante da un etto in mezzo alla sabbia?».

«Negativo. Ho trovato un ragazzo, dolorante, sulla spiaggia. Era nascosto vicino all'edificio».

«Portalo subito qui».

«Non posso. Credo che abbia un piede fratturato».

«Chiedigli come si chiama».

«Dice di chiamarsi Venturelli Fabio».

«Arrivo subito. Ottimo lavoro, Tonfoni».

Alice rimise il telefono in tasca e guardò la ragazzina, sul cui viso la speranza faceva a rimpiattino con l'angoscia.

«L'hanno trovato. Adesso andiamo a vedere come sta. Sembra niente di grave. Senta, prima di andare via, un'ultima domanda: le ha detto mica per quale motivo è andato via?».

«Mi ha detto che voleva farmi un regalo. Un regalo che solo lui poteva farmi. Ha detto proprio così: un regalo che solo io posso farti».

«Ho capito. Bene, Griffa, venga con me. Andiamo a fargli il culo».

«Cosa?» urlò la ragazzina.

«Ho detto "andiamo a fare il mulo"» disse Alice, serafica. «Significa che adesso dobbiamo lavorare come muli per arrivare a stabilire la dinamica dei fatti. Non ho detto così, Griffa?».

«Assolutamente».

«Sei una merda».

«Lo so» disse Alice, guardando le porte dell'ascensore. «E tu non sei un poliziotto».

«Lo so anch'io» replicò Aldo, mentre le porte si aprivano. «E quindi non puoi mandarmi a dirigere il traffico».

«Abbi pazienza, erano anni che sognavo di poterlo dire a qualcuno».

«Ecco. La tenga appoggiata, senza premere» disse Tonfoni, porgendo al ragazzo una busta piena di ghiaccio. Fabio Venturelli la prese e se la appoggiò sul piede, nudo e violaceo, con una smorfia di dolore vero. Alice, intanto, lo guardava. Aveva i capelli neri, sparati, e gli occhi verdissimi. Anche in quella maniera, con un sacchetto della Conad pieno di ghiaccio al posto di una scarpa e la camicia con i due bottoni in cima slacciati, la fronte imperlata di sudore, era decisamente un gran bel ragazzo. Non c'era troppo da stupirsi se aveva successo con le figlie dei villeggianti.

«Allora, adesso arriva l'ambulanza. Nel frattempo ci facciamo una chiacchierata».

«Non ho molto da dire» disse il ragazzo. «Sono inciampato in una pietra per via del buio».

«E come mai eri sulla spiaggia al buio?».

«Volevo prendere un po' d'aria...».

«Con quello stocco di gnocca che ti aspettava in camera? Ma mi vuoi prendere per il culo?».

Il ragazzo rimase in silenzio, riposizionando la borsa del ghiaccio. Smorfia.

«Ascolta, prima me lo dici e meglio è. Se per ipotesi andassi alla centralina esterna dell'alimentazione, e cercassi le tue impronte sull'interruttore generale, le troverei?».

Il ragazzo la guardò allarmato. Poi ricominciò a guardarsi il piede. Annuì lentamente, con la testa.

«Allora, visto che sei così collaborativo, ti chiedo: chi ti ha chiesto di farlo?».

«Nessuno».

«Ragazzo, non mi prendere per il culo di nuovo. Non è possibile che tu in una trentina di secondi abbia but-

tato giù l'interruttore, sia tornato all'edificio camminando sulla spiaggia, abbia preso il collier, ti sia buttato giù dalla finestra e ti sia stracollato un piede. Hai
un complice. Se mi dici chi è, facciamo prima».

Il ragazzo la guardò ancora più allarmato.

«Complice? Collier? Ma cosa dice?».

«Parlo del diamante che hanno rubato stasera durante il blackout».

«Stasera? Hanno rubato un diamante?». Venturelli scosse la testa. «No, no, io non c'entro niente. Non
ne so niente. Cioè, me lo state dicendo voi ora».

«Allora cos'era il regalo che solo tu potevi fare?».

Il ragazzo si guardò intorno, come se cercasse qualcuno che potesse aiutarlo. Inutile. Nella stanza c'era
solo Aldo, seduto, che aveva chiuso gli occhi e molto
probabilmente si era addormentato.

«Abbiamo parlato con Jennifer. Ci ha detto che sei
andato via perché volevi farle un regalo che solo tu potevi farle. Cos'era? Ti sei rotto un piede anche te per
simpatia?».

Fabio Venturelli sbuffò.

«Non ci sono riuscito. Ma non era niente di importante. Era... insomma, cose private».

«Va bene. Voglio crederti. Voglio credere che qualcuno ti abbia convinto che era un bello scherzo da fare, ma non è uno scherzo. È una cosa seria».

«È una cosa seria?».

«Sì, è una cosa seria».

«Allora voglio un avvocato. Non parlo più finché non
c'è un avvocato».

«È andata così, di sicuro». Alice, in piedi, faceva avanti e indietro nella stanza. «Il giovane si è fatto convincere da qualcuno a causare un blackout, magari intascando anche qualcosina. Non sapeva delle intenzioni del ladro. Adesso dobbiamo solo capire chi era il complice. E soprattutto dobbiamo capire dove cavolo ha nascosto 'sto diamante».

Tonfoni, in piedi in un angolo, guardava il suo superiore che, pur muovendosi, non riusciva ad andare da nessuna parte. Il che era esattamente quello che stava succedendo al caso.

Poco dopo il ritrovamento di Venturelli, era arrivato il permesso del magistrato, e nelle due ore successive quarantadue persone erano state perquisite.

In tasca al giovane Fabio Venturelli erano stati trovati due fusibili, compatibili con quelli spariti dal quadro elettrico, che pur non essendo illegali da detenere lo indicavano chiaramente come l'autore materiale del sabotaggio.

In tasca al noto avvocato penalista Valerio Bronzetti erano stati trovati grammi uno e mezzo di cocaina, il che aveva immediatamente causato un diverbio con la moglie, avvocato penalista anche lei, con dovizia di accuse ingiustificate e decisamente scorrelate dal ritrovamento al termine del quale molto probabilmente i due avrebbero avuto bisogno di un terzo legale, stavolta civilista.

Nel reggiseno della cameriera di sala Aurora Lo Schiavo erano state ritrovate due brioche di quelle col tuppo, una per coppa: una trovata per simulare delle rotondità morbide e convincenti («mica posso permettermi il silicone come queste bagasce qui, che il giorno che muoiono vanno buttate nel cassonetto blu») che le era valsa i sinceri complimenti delle due agenti in carico della procedura.

In nessun posto, purtroppo, era stato ritrovato il collier, e nemmeno il diamante.

«Potrebbe essere stato ingoiato» disse Tonfoni.

«Geniale, Tonfoni. Passami subito il cellulare che chiedo al pm l'autorizzazione a fare quarantadue radiografie. Dopo una bella perquisizione, è quello che ci vuole. Magari non scopriamo il diamante ma a qualcuno diagnostichiamo i calcoli alla cistifellea, così almeno lui non ci denuncia per gratitudine».

«Io stavo cercando di aiutare. Se il problema è che non troviamo il diamante...».

«Il problema è che sta zitta la persona sbagliata. Adesso, l'unica cosa da fare è cercare di convincere 'sto deficiente di Venturelli a parlare. A fare il nome di chi l'ha pagato. Se ce lo dice, andiamo diretto da lui o lei e lo o la torchiamo... Che c'è da ridere?».

«Non sto ridendo» disse Aldo. «Sto sorridendo».

«Che c'è da sorridere?».

«Non è detto che il Venturelli sia stato pagato da qualcuno».

«Ah, no? E quindi ha lasciato un hotel al buio mentre era in camera con una sventola così, per vedere se era capace?».

Aldo, sempre sorridendo, si alzò e cominciò a camminare avanti e indietro.

«Prima, se ti ricordi, il Mazzei faceva notare con la sua solita discrezione che da queste parti ho avuto qualche avventura galante».

«I miei complimenti. Chissà tua moglie com'era contenta».

«In realtà tutte quando non ero ancora sposato, il buon Mazzei ricorda male. Comunque, lo sai perché era facile conquistare qui?».

«Perché le clienti erano facili?».

Aldo, arrivato a un tavolo, prese il menù e continuò a camminare, tenendolo aperto di fronte a sé come un officiante con un messale.

«Ahimè no, mi sono divertito ma, ti assicuro, un centesimo di quanto avrei voluto. È curioso come spesso gli uomini usino apposizioni come "zoccola" per insultare una donna che si è comportata in modo assolutamente contrario, specialmente con loro. Comunque no, la cosa magica era la luce. O meglio, il buio. La qualità del buio. La cala è riparata, nascosta e tranquilla. La luce del paese non arriva, e di notte anche quella dell'hotel è spenta. Nelle notti serene, ti portavi dietro un asciugamano e ti sdraiavi sulla sabbia, e avevi di fronte un tappeto di stelle».

Aldo fece un profondo sospiro. Di solito, quando raccontava di quel particolare, aggiungeva che se arrivavi a quel punto te la davano otto volte su dieci. Forse, con Alice, non era il caso.

«Era una cosa che ci dicevamo spesso, fra camerieri, cuochi e altro. E sono sicuro che continuano a parlarne ancora adesso».

«Scusa, mi spieghi cosa c'entra tutto questo con il diamante scomparso?».

«Con il diamante nulla, credo, ma con il regalo che voleva fare il povero Fabio molto. Guarda qui».

E Aldo porse alla ragazza il menù della serata. Alice aggrottò la fronte.

«E che voleva fare, fregare una bottiglia di champagne e portarsela in camera?».

«Non credo proprio. Non stai guardando nel posto giusto. Ti do un aiuto: guarda in alto. Leggi tutto dall'inizio».

«Allora, cominciamo dall'inizio. Hotel Cala Risacca, dieci agosto duemilaventi...».

«Fermati lì. Dieci agosto».

Alice guardò Aldo, che le sorrise.

«Non ci credo».

«Credici. La notte di San Lorenzo. La notte delle stelle cadenti». Aldo allargò le braccia, e ancor di più il sorriso. «Sai che meraviglia guardarle abbracciato a una ragazza, bella o brutta non importa, tanto è buio, e poi la meraviglia è già di fronte a te? Figurati se è ancora più buio. Se è un buio assoluto».

«No, dai, uno non può essere così...».

«Romantico?».

«Intendevo dire "coglione", ma forse sì, anche romantico. Spero di no».

«Io spero di sì. Mi darebbe fiducia nel genere umano. Non c'è che da chiederglielo».

«Dunque, Fabio, l'avvocato non è ancora arrivato» disse Alice. «Avrei bisogno di farti una domanda».

Il ragazzo aveva voltato la testa, quando Alice era entrata. Con la testa girata verso il basso, come se rispondesse a una domanda che gli aveva fatto la presa di corrente, aveva detto:

«Me la può fare, tanto non rispondo».

Alice guardò Aldo con aria sconfortata. Aldo, pur rimanendo a braccia conserte, le allargò con lo sguardo.

«Per caso, il motivo per cui hai buttato giù la corrente ha a che fare con la notte di San Lorenzo? Era quello il regalo che nessuno poteva farle a parte te? Un quarto d'ora di buio assoluto per vedere meglio le stelle cadenti?».

Il ragazzo continuava a guardare la presa. Forse riflettendo sul fatto che l'elettricità è una gran cosa ma a volte fa dei danni.

«Se fosse così sarebbe estremamente romantico. Io a una persona così gli cadrei fra le braccia».

Il che era vero e falso insieme. A una persona così Alice avrebbe fatto un cesto inenarrabile, se fosse stato già il suo fidanzato. Se invece fossimo stati nella fase di conquista, chissà. Dipendeva dal momento. Dallo stato d'animo. Per esempio, in quel momento Alice aveva sonno, era arrabbiata e in più aveva il reggiseno che le stava scoppiando. Se le avessero detto che faceva così male, la montata del latte, il figliolo lo avrebbe adottato già di due anni.

Il ragazzo restò in silenzio, impassibile. Ma, anche per via del fatto che era tornata la luce, si vedeva lontano un miglio che avevano colto nel segno.

Alice si alzò. Un po' perché quell'atteggiamento la

irritava, un po' perché aveva paura che avrebbe cominciato a gocciolare. Doveva correre ai ripari.

«Aldo, per favore, rimani un attimo con lui. Devo fare una telefonata».

«*Vo-la!*».

«Hrm...».

«*Si tuf-fa dal-le stel-le giù in pic-chia-ta...*».

«Prfwohnt...».

«Massimo?».

«Quasi...».

«Ascolta, mi sta montando il latte, non ce la faccio più, fra poco esplodo. Mi porteresti il tiralatte e tutta la roba?».

Massimo sbadigliò.

«Allora, il tiralatte è nell'armadio bianco, secondo ripiano dal basso. Le bottigliette...».

«Scusa, sei in pericolo? Ci sono terroristi armati?».

«Ma cosa dici?».

«Dicevo, non si fa prima se ti porto direttamente la bimba?».

Effettivamente...

«Allora, signor Mazzei, non abbiamo trovato il collier o il diamante in possesso di qualcuno dei presenti. Questo significa che l'oggetto deve essere ancora dentro la sala, nascosto in qualche modo. Dobbiamo cercarlo».

Alice era seduta in mezzo alla sala che aveva ospitato prima la degustazione, poi l'indagine e adesso quella che aveva tutta l'aria di essere una strana discussione. Di fronte a lei, Gabriele Mazzei a braccia conserte con l'aria di quello che ha sopportato anche troppo. Tra i due, attaccata ad Alice, faceva l'esordio ufficiale su una scena del crimine Matilde Viviani, di mesi tre, altezza cinquantanove centimetri e peso cinque chili e nove, in continuo aumento. A completare il quadro, in giro per la stanza, Massimo camminava per tentare di resistere al sonno, fermandosi ogni tanto.

«Ognuno ha i suoi doveri, dottoressa» rispose il Mazzei. «Io mi sono limitato a farle notare che sono le quattro di mattina. Fra due ore dobbiamo iniziare a servire la colazione».

«E dovete servirla in quella sala?».

«Eh, sarebbe il ristorante dell'albergo...».

Massimo, nel frattempo, continuava a camminare, a passi lentissimi, la testa che ciondolava da una parte all'altra, come se non riuscisse a tenerla diritta.

«Non potreste servirla... uff, mi scusi... servirla in camera ad ognuno?».

«Certo» rispose sarcasticamente il Mazzei. «Se mi presta una ventina di camerieri, non c'è problema. Buona parte del mio personale è andata a casa quattro ore dopo l'orario di fine turno, con una bella perquisizione approfondita come straordinario. Se ci parla lei col sindacato...».

Alice fece un respiro profondo, seguito da una smorfia. Non era facile tentare di essere assertiva, seduta e con una bambina attaccata al petto. Specialmente se è la bambina più vorace del creato e ciuccia talmente forte da farti venire le lacrime agli occhi.

«Va bene. Io parlo col sindacato e lei parla col magistrato. Cazzo!». L'esplosione era di dolore, ma il Mazzei fortunatamente la interpretò come rabbia. «Allora, Mazzei, posso chiederle questa cosa per favore o posso impormi. Non mi metta... porca troia, non mi metta nella condizione di dovermi imporre».

Il Mazzei si guardò intorno. Forse, non era il caso di contraddire quella tizia.

«Quanto tempo ci vorrà, secondo lei?».

Massimo, nel frattempo, si era evidentemente arreso e adesso si era seduto a un tavolo, col mento sul piano e gli occhi aperti ma lontani, come un alunno alla quinta ora di venerdì 7 giugno.

«Dipende. Dipende da quando lo troviamo. Fino a sei ore, le direi».

«Sei ore... posso almeno far pulire, mentre cercate? Qui è un casino orrendo».

«... io non lo farei...» disse Massimo con voce assonnata.

«Massimo, ti faccio accompagnare a casa? A parte che non è il caso che tu rimanga ancora, e poi qui ora sarà una noia mortale».

«... io non credo proprio...» disse Massimo, sempre col mento sul tavolo, ruotando la testa piano piano di qua e di là.

«Massimo, chissà quanto ci mettiamo a trovare il diamante...».

«... io l'ho già trovato...».

«Cosa dici?».

«Vieni qua» fece Massimo, senza muoversi. «Qua dove sono io».

«Eccomi» disse Alice, arrivandogli accanto, sempre con la bimba attaccata al petto.

«No no, dove sono io» disse Massimo, alzandosi. Lentamente, circa dieci secondi per vertebra. «Ecco, siediti qui. Vieni, dammi la cucciola».

Alice consegnò il fagottino pieno di vita a Massimo con omonima cura, e si sedette.

«Devo anche mettere il muso sul tavolo?».

«Sì, io ce lo metterei».

«Ecco, messo» disse Alice dopo che si fu spalmata sul tavolo anche lei. «E ora?».

«E ora guarda davanti a te. Li vedi tutti quegli arcobaleni? Prova a ruotare la testa».

Alice spalancò gli occhi. Di fronte a lei, sul pavimento, centinaia di pezzettini di vetro giacevano inermi a terra, brillando alla luce dei lampadari.

Oddio, qualcuno brillava più degli altri.

Parecchio più degli altri. E se ruotavi la testa, si formavano dei piccoli arcobaleni che giocavano a rincorrersi fra loro, incrociandosi senza prendersi, impalpabili e quasi magici.

«Allora, avete ritrovato la mia collana?» chiese la marchesa. Accanto a lei, donna Amalia le teneva la mano.

«Quasi».

«Che risposta è? Quasi? Cosa significa?».

Alice guardò negli occhi le due donne. Deianira, la marchesa, alta e severa – oltre che vecchia. Una faccia da vecchia stronza inacidita, che gli orecchini lucidi d'oro e sfavillanti di brillanti non facevano altro che sottolineare. Altro che gioielli. Un sacchetto del pane, con quella ghigna lì. Certo, chissà che faccia avrò io quando avrò la sua età. Bah, ci penseremo, eh.

Amalia, invece, aveva un volto sereno, quasi da Madonna del Botticelli. Una Madonna attempata, ma calma e dignitosa.

«Sa, marchesa, perché il Cristal, lo champagne, si chiama così?».

«Mi vuole dire che c'entra questo con la mia collana? L'avete trovata o no?».

«Per cortesia, potrebbe rispondere?».

«Certo che lo so. Mio marito l'ha raccontato seimila volte. Era lo champagne preferito dallo zar. E lo zar aveva una paura folle di essere avvelenato. Così chiese che il suo champagne gli venisse imbottigliato in bottiglie di cristallo di Boemia. Lo ha raccontato anche stasera».

«Ma stasera questo vino non era previsto, o sbaglio?».

«No, no. Stasera era una serata riservata ai Blanc de Noirs. Champagne bianco da Pinot nero».

«E poi il Cristal per mio cognato è una cosa da parvenu» disse Amalia. «Sa, possono permetterselo anche i ricchi, non solo gli straricchi. Mio cognato è allergico alle bottiglie che costano meno di duemila euro, specialmente se non le paga lui».

«Sei ingiusta» disse Deianira. «Chi ti ha invitato qui, stasera?».

«Gabriele Mazzei» disse Amalia, candidamente. «Le

confermo, vicequestore, che stasera non abbiamo bevuto del Cristal. Che cosa c'entra, tutto questo?».

«Perché, vede, avendo trovato dei pezzettini di materiale trasparente particolarmente brillante in mezzo ai vetri delle bottiglie rotte, sul pavimento, avevamo pensato che avrebbe potuto anche essere cristallo».

Ne avevano trovati dodici, di quei pezzettini più luminosi degli altri. Alcuni erano grossi come pinoli, altri più piccoli. Avevano provato a immergerli in acqua, e uscivano asciutti. I diamanti sono idrofobi, la loro superficie respinge l'acqua. Il vetro no. Gli zirconi nemmeno.

Alice guardò prima l'una, poi l'altra. Deianira adesso era in tinta con i suoi orecchini, talmente pallida da sembrare trasparente, e anche Amalia era vistosamente sbiancata.

«Ma non è cristallo, sono diamanti. O meglio, pezzi di diamante».

La marchesa Deianira provò ad articolare qualche parola.

«Ne siete... ne siete...».

«Sicurissimi. Si vedono in superficie le triangolazioni del reticolo cristallino. Abbiamo provato a pesarli su una bilancia, tutti quelli che abbiamo trovato. Arrivano quasi a nove carati. Il diamante originario doveva essere bello grosso».

«Deianira, lasciaci sole» disse Amalia.

«Ma Amalia, hai sentito...».

«Deianira, è tutto a posto. Lasciaci sole».

La marchesa guardò la sorella, poi levò la mano dalle sue e si alzò, dirigendosi alla porta come se si fosse scolata da sola tutto lo champagne della serata.

«Allora, il resto della collana dov'è?».

«In bagno. Ho tirato lo sciacquone dopo averla gettata, prima che iniziasse la perquisizione».

«Come ha fatto a rompere il diamante?».

«Mi sono chinata e l'ho sbattuto in terra con la punta».

«Quindi era da tempo che ci pensava?».

Amalia fece su e giù con la testa. Si guardava le mani.

«Da un po', sì. Da un po'».

«Quindi il blackout è stata solo un'occasione?».

Alice, di quello, era ormai convinta, dopo aver conosciuto sia lui che lei. Il ragazzo aveva ammesso di aver spento la luce, usando come interruttore quello più grosso, per vedere meglio le stelle insieme alla povera Jennifer, e consolarla della sua forzata immobilità. Non poteva sapere che, così facendo, avrebbe dato il via a una catena di eventi come quella. Anche se avrebbe dovuto pensare che le probabilità di causare un casino mostruoso erano tangibili. Adulto nel fisico, dodicenne nel capo, veramente. Povera Matilde, in che mondo ti mando.

Donna Amalia annuì di nuovo.

«Quando è andata via la luce, ho sentito rompersi una bottiglia. Ho pensato che era l'occasione giusta».

«Ma perché? Lei vuole bene a sua sorella...».

«Certo che le voglio bene».

«E non mi vuole dire perché l'ha fatto, allora?».

Amalia guardò Alice con aria vagamente di sfida.

«Vuole che glielo dica io, perché l'ha fatto?» continuò Alice.

«Se crede di saperlo...».

«Perché inscenando il furto lei permetteva a sua sorella di incassare il premio assicurativo. Perché la collana non era sua. E quindi non può essere accusata di truffa. La collana è solo di sua sorella. Un premio assicurativo di due milioni di euro».

Amalia sorrise. Con le mani, mimò un piccolo applauso.

«Due milioni che a sua sorella servivano per ripagare dei debiti di gioco» riprese Alice. «Perché sua sorella, a differenza sua, continua a giocare. Così tanti ne ha?».

«Questo non glielo so dire» disse Amalia, con apparente noncuranza. «Né so dirle con chi. Ma sì, li ha. E parecchi. Finché potevo aiutarla, con le mie risorse, l'ho fatto. Adesso non posso più. Ma dovevo fare qualcosa. È mia sorella». La donna sbuffò, in modo poco nobile. «Ogni volta che lo vedevo mi sentivo montare la rabbia. Aveva bisogno di soldi, di liquidi, non di uno stupido diamante. Solido, immobile e inutile».

«Ma non conveniva venderlo?».

«Lo convince lei, il principe regnante, l'ultimo imbecille sulla terra convinto che un titolo nobiliare conti qualcosa, a vendere un gioiello di famiglia? Ho provato ad accennare al discorso, una volta. Non le dico come ha reagito, sennò arresta anche lui. E forse sarebbe un bene». Donna Amalia esalò un lungo sospiro. «Vabbè, pensiamo a noi. Per cosa mi arresta? Per furto o per danneggiamento?».

«In che senso?».

«Be', il diamante è stato in mio possesso. Prima di danneggiarlo, l'ho rubato. L'una cosa precede l'altra. Vede, contro il furto l'assicurazione è di due milioni di euro, per il danneggiamento è la metà».

«Lo ha rubato con l'intenzione di distruggerlo».

«Non ne sono sicura. Anzi, direi che l'intenzione mi è venuta subito dopo averlo rubato».

«Mi fa piacere per il suo psichiatra». Alice si alzò. «Non ne deve parlare con me, ne dovrà parlare con il giudice. Io sono solo un dirigente di polizia».

«Cioè, hai capito questa folle? Voleva continuare a prendermi per il culo. "Direi che l'intenzione mi è venuta subito dopo...". Ma roba da matti...».

«Mica solo quello...» disse Massimo, al volante. Fuori, la notte si era girata dall'altra parte e l'alba stava soffiando via lo scuro. Matilde, avvoltolata come un culatello sul sedile di dietro, dormiva del sonno dei giusti e dei sazi.

«Sì, guarda, fra marchesi folli e gente che spende diecimila euro per una bottiglia di champagne...».

«Mica solo quello...» ripeté Massimo.

«C'è dell'altro?».

«Be', se il ragazzo che manda in corto circuito un albergo per fare vedere le stelle cadenti a una tipa ti sembra normale...».

«Sì, in effetti anche quello...». Alice si voltò verso il sedile posteriore. «Ascolta, bambolina, se fra vent'anni mi porti a casa un deficiente del genere ti disconosco».

Alice rimase qualche momento voltata verso il retro. Massimo, anche se non poteva vederla, sapeva benissimo che espressione aveva. Quando si girò, aveva ancora la faccia beata di chi è contento di quello che ha fatto, in tutti i sensi.

«Ma poi come avete fatto a farglielo ammettere?» chiese, dopo qualche secondo.

«È stato Aldo» disse Massimo. «Diretto e semplice. Gli ha detto: guarda, il proprietario è un mio caro amico, ci si conosce da anni. Abbiamo due passioni in comune, la seconda è mangiare bene. Se ha anche il minimo sospetto che tu sia coinvolto nel furto, ti licenzia prima di ora. Se gli dici che l'hai fatto per una ragazza, be', diciamo che devi solo promettergli di non farlo più...».

«Ed è vero?».

«Credo di sì. Sai, il Mazzei è un uomo d'altri tempi. Come Aldo».

«Non capisco in che senso lo dici. Cioè, secondo te è un bene o un male?».

«Ah, quello dipende dalla situazione».

Andrej Longo
La notte di San Lorenzo

La parmigiana di mulignane di zia Rosetta sale e scende nello stomaco. In più con questa schiena che tengo in fiamme: e quando la trovo un poco di pace! Mi giro un'altra volta nel letto sperando di pigliare sonno, ma il sonno non arriva e la parmigiana continua ad andare sopra e sotto.

Sono arrivato qua da zia Rosetta stamattina, per accompagnare mia madre. Quella, zia Rosetta, è una vita che si fitta la casa a Ischia per agosto. Se la fitta pure mò che i figli sono cresciuti e tengono la vita loro, e a Ischia non ci vanno quasi più. E siccome a stare da sola zia Rosetta non è capace, da qualche anno ha preso l'abitudine di telefonare a mia madre per invitarla a passarsi una settimana da lei.

«Ma perché non te ne vieni pure tu?» mi ha detto mia madre ieri sera dopo che aveva preparato la borsa.

«Dove devo venire?».

«A Ischia».

«E che vengo a fare?».

«Ma ti sei visto allo specchio? Stai bianco bianco, pari malato. A Ischia ti pigli un poco di colore. Ti fai due bagni, una camminata nel verde. Con questo caldo che ci rimani a fare a Torre del Greco?».

La verità è che io non vedevo l'ora che mia madre partiva, così restavo a casa da solo. E quella settimana di ferie che tenevo, mi riposavo in grazia di Dio senza pensare a niente. Mi alzavo la mattina presto e mi facevo una nuotata dietro al molo. Dopo mi mangiavo pane e pomodoro, oppure le alici indorate e fritte, un poco di fior di latte di Agerola, un bicchiere di Falanghina freddo gelato, e stavo a posto. Il pomeriggio, invece, che il caldo non ti faceva respirare, accostavo le persiane e mi guardavo qualche gara delle Olimpiadi in televisione. E poi, magari, una sera chiamavo pure a Cerasella. Sì, a Cerasella, perché prima di andarmene in ferie ero entrato nella stanza sua e mi ero deciso a chiederle il numero di cellulare suo personale.

«E che te ne devi fare del telefono mio?» ha risposto lei continuando a scrivere sul computer.

Sono diventato tutto rosso in faccia e non sapevo che dire.

«Ma niente, così, può sempre servire, no?».

Lei ha sollevato la testa e mi ha guardato aggiustandosi con le dita i capelli rossi che scendevano da tutte le parti.

Mi ha guardato non lo so per quanto, a me mi è sembrato un'ora, due ore, non la finiva di guardare.

E poi, bell'e buono, ha detto:

«Hai ragione, può sempre servire».

Ha preso un foglio di carta e ha scritto sopra il numero.

«Ecco qua, vediamo che ci devi fare con questo telefono».

Io non capivo se scherzava o faceva sul serio. E per questo non mi decidevo ancora a pigliarlo.

«Vedi che se non lo vuoi, lo do a Scarano» ha detto lei con gli occhi che mi guardava fisso.

«E come non lo voglio».

Mi sono preso il foglio e me lo sono messo in tasca.

Prima di uscire, mi sono voltato e ho detto:

«Vedi che io ti chiamo veramente».

Lei ha fatto un sorriso un poco a prendere in giro e non ha commentato.

Comunque una di quelle sere sicuro provavo a chiamarla.

«No mammà, io resto a Torre, non ti preoccupare per me».

«Non vuoi venire, sei sicuro?».

«Grazie, sto a posto così».

Lei ha fatto di sì con la testa due o tre volte.

Poi ha detto:

«E va bene, allora vuol dire che resto pure io qua».

«Resti qua? E perché, mammà?».

Lei ha sollevato le spalle senza rispondere. Dopo ha sparecchiato e poi se n'è andata in camera sua senza manco dire buonanotte.

Era come se si era offesa per qualcosa, ma non capivo di che.

E anche 'sto fatto che non partiva mi pareva strano. Perché lei, quando andava da zia Rosetta a Ischia, ed erano ormai cinque o sei anni che ci andava, il viaggio se lo faceva da sola, mica teneva paura. Tutt'al più l'accompagnavo al traghetto.

Qualcosa di strano ci stava.

Sono entrato in camera sua per capire meglio.

Sul letto c'era già pronta la borsa per partire. Lei, invece, stava seduta sulla sedia con le mani poggiate in mezzo alle gambe.

«Mammà, ma ch'è stato, perché non vuoi partire?».

«Niente... mi è passata la voglia».

«No mammà, dai, questo non è vero. Dimmi qual è il fatto, così non perdiamo tempo».

Lei per qualche secondo è stata con la testa calata a guardarsi le scarpe. Poi ha buttato un occhio dalla parte mia.

«Allora?» ho insistito.

«Ma tu non ti sei accorto di niente?».

«E di che mi devo accorgere?».

«Fai tanto il poliziotto e non ti accorgi di niente?».

«Ma che stai dicendo, mammà, non ti capisco proprio».

Mi ha guardato un'altra volta, poi di colpo ha sollevato un braccio e l'ha steso dritto davanti a lei. Ed è rimasta così, senza dire niente, con il braccio steso nel vuoto. Pareva Muzio Scevola quando mette la mano sul fuoco davanti al re degli etruschi.

«Mammà, che stai facendo? Mi vuoi spiegare?».

«La vedi la mano?».

«La vedo, sissignore».

«Ma la vedi bene?».

La stavo per rispondere male, quando mi sono accorto che la mano sua faceva un tremore strano.

«Ma che r'è, trema un poco?».

«Si vede molto che trema?».

«Si vede».

«E quest'è» ha detto lei abbassando il braccio.

«Ma da quando?».

«Un mese... forse due».

Un mese e io non mi ero accorto di niente.

Teneva ragione mia madre: *Fai tanto il poliziotto...*

«Dobbiamo andare dal dottore, mammà».

«Ci sono già stata».

«Ah, brava, e che ha detto?».

«Che dev'essere una malattia del cervello».

«Una malattia del cervello?».

«Così ha detto».

«Hai capito bene, sì?».

«Guarda che sono vecchia, ma non sono scema».

«No, certo che no... E che malattia sarebbe?».

«Non lo so. Devo fare gli accertamenti».

«Ma che può essere? Non ti ha detto proprio niente?».

«Ha detto che può essere qualunque cosa, ci vogliono gli accertamenti. Dopo agosto lui accerta».

«Ma a qualcuno dei fratelli miei lo hai detto?».

«L'ho detto a Rosa, solo a lei».

«E a me perché non hai detto niente?».

«Tu già tieni le preoccupazioni tue con il lavoro. Non ti volevo mettere un'altra pizza in petto».

Ho fatto un sospiro, mi sono avvicinato a lei e le ho fatto una carezza sulla testa.

«E vabbuò, mammà, non ti preoccupare. Dopo agosto ti accompagno io a fare gli accertamenti».

«Speriamo che non è niente di grave».

«Ma no, che grave. Dev'essere il caldo».

«Il caldo?».

«E può essere, no?».

Lei ha sollevato le spalle senza rispondere.

«Senti, mammà, però mò che stai a fare qua? Vattene a Ischia, ti distrai, ti godi un poco di mare, stai in compagnia».

E io sto tranquillo qua a casa.

Questo l'ho pensato ma non l'ho detto.

«No, non ci vado a Ischia da sola».

«Ma perché?».

«Perché... Ma che parliamo a fare».

«No, dimmi, perché?».

«Lo vuoi sapere veramente?».

«Come!».

«Non ci vado perché non mi sento sicura. Mi gira sempre un poco la testa, mi pare che le gambe non mi reggono più. E mi pare che da un momento all'altro devo inciampare o sbattere a terra da qualche parte».

E a quel punto che facevo, non andavo da zia Rosetta con lei?

In fondo andavo a Ischia, mica all'inferno!

Magari ci restavo solo due tre giorni, il tempo che mia madre si ambientava e si sentiva più tranquilla.

Che poi, a Ischia, non ci andavo da una vita, da quand'ero bambino e mio padre era ancora vivo.

La cosa che mi ricordo meglio era quando mio padre ci portava a un paese sopra alla montagna, Fontana se mi ricordo bene. Là ci stava una pizzeria che faceva il panino con la pasta della pizza. Il *panuozzo* si chiamava. A mio padre piaceva assai e piaceva pure a me.

E poi ci stava la spiaggia dove mia madre ci portava tutte le mattine. Il nome non me lo ricordo, ma era una spiaggia che teneva il mare dove ci stava piede e si toccava sempre. Mia madre ci portava là apposta per questo fatto che ci stava piede. Perché noi eravamo in cinque e lei da sola non ce la faceva a correre appresso a tutti quanti. In quella spiaggia, però, poteva stare tranquilla, perché pure se perdeva di vista a uno dei figli, almeno era sicura che quello non stava affogando.

Insomma, stamattina siamo arrivati nell'isola con il traghetto e poi siamo andati con la motocarrozzella da zia Rosetta, che tiene la casa dalle parti di Forio.

Mamma e zia Rosetta si sono messe subito a chiacchierare e a fare i programmi per la sera, che venivano certi cugini di secondo o terzo grado a cena e bisognava decidere che cucinare.

Io invece me ne sono sceso alla spiaggia.

Oh, la gente che ci stava! Non me l'aspettavo tutta quella confusione. Quasi non c'era il posto per mettere l'asciugamano sulla sabbia. Comunque, il tempo di levarmi la maglietta, mi sono buttato a mare e mi sono fatto una nuotata lungo tutta la scogliera. Mi sono allegriato con quella nuotata: le ossa si sono stese tutte quante, i muscoli si sono sciolti bene e il fresco mi ha abbassato la temperatura corporea.

Dopo la nuotata mi sono steso al sole. Facevo come aveva detto mia madre, mi toglievo quel bianco di dosso e mi pigliavo un poco di colore.

Alla fine, però, di colore ne ho pigliato troppo e la sera mi sono trovato con la schiena rossa che parevo un pomodoro a fiascone. Tenevo un prurito che mi dovevo cioncare le mani per non grattarmi.

«Mò ti piglio un poco di Nivea per la schiena» ha detto zia Rosetta.

«Lascia stare, zia Rosè, non la voglio la Nivea. Però voglio una fetta della parmigiana che hai fatto, che mi pare appetitosa».

Quella, la parmigiana di zia Rosetta, è famosa in tutta Torre. Con le melanzane passate nell'uovo e nella farina e fritte due volte. Con la provola invece della mozzarella. E la salsa delle bottiglie fatta con i pomodorini originali del piennolo del Vesuvio. Una squisitezza assoluta, tanto che me ne sono mangiato tre fette belle grosse. Accompagnate da un vinello paesano allegro che se ne scendeva come a che. E dopo, un poco il vinello paesano, un poco il sole che mi aveva cotto, mi sono alzato, ho chiesto scusa a tutti quanti, e me ne sono andato in camera a coricarmi.

Mò è mezzanotte passata e le mulignane salgono e scendono senza che decidono da che parte devono andare. In più tengo questo bruciore dietro alla schiena che non mi dà pace.

Niente, di dormire non se ne parla.

Mi alzo e vado in cucina a cercare un poco di bicarbonato. Mia madre, non lo so perché, tiene l'abitudine di conservarlo nel frigo. Può essere che zia Rosetta lo mette pure lei dentro al frigo.

E infatti là sta.

Verso un cucchiaino nell'acqua e ci aggiungo una punta di limone, così spero che finalmente la parmigiana trova la via sua. Mi faccio pure due passi nel giardino per aiutare la digestione. E poi torno a buttarmi sul letto che non vedo l'ora di dormire.

«Acanfora...».

«Zia Rosè, ma che ci fai vestita da poliziotto?».

«Acanfora, svegliati».

«Zia Rosè, togliti quella divisa da dosso, se no passiamo un guaio».

«Acanfora, ti devi svegliare».

«Ma io mò ho cominciato a dormire, perché mi devo svegliare?».

«Acanfora, non puoi dormire, alzati».

«Ma io tengo sonno».

«Acanfora, ti vuoi svegliare o no?».

Mi viene un dubbio: ma non è che sto sognando?

Apro gli occhi e vedo zia Rosetta in camicia da notte. Sta chinata sul letto, con la retina dei capelli in testa, e mi tozzolea sul braccio chi sa da quanto.

«Zia Rosè, ma ch'è stato?».

«Ci sta una persona che ti vuole parlare».

«Con me?».

«Sì».

«Ma è notte».

«Dice che è una cosa urgente».

«Ma chi è?».

«Vestiti, fai presto».

Dopo che mi sono vestito, mi sciacquo la faccia con l'acqua fresca che sto ancora stonato di sonno e di sole.

Poi vado nel soggiorno, dove ci sta questa persona che mi vuole parlare e che zia Rosetta ha fatto accomodare sul divano. Si tratta di una donna sulla quarantina, un poco sovrappeso, coi capelli scuri scuri, una tuta rosa e i sandali cinesi di plastica.

Appena mi vede lei subito si alza dal divano.

«Scusate se vi ho svegliato. Scusatemi tanto».

«Questa è Carmela» dice zia Rosetta «abita qua davanti. Ogni tanto ci pigliamo il caffè assieme e parliamo dei fatti nostri. Stamattina ti ha visto arrivare, e io le ho spiegato che sei mio nipote e fai il poliziotto».

«Scusate se mi sono permessa» ripete Carmela.

«Non fa niente, signora. Ditemi qual è il problema. Se posso fare qualcosa, volentieri».

«Mia figlia...».

«Vostra figlia...?».

«Si chiama Debora».

«Debora. Bel nome. Quanti anni ha?».

«Diciassette».

«E dove sta adesso?».

«Il problema è proprio questo».

«Perché, dove sta?».

«Non lo so».

«Volete dire che se n'è scappata di casa?».

«No, che scappata, come vi viene. Debora è un angelo. La sera massimo a mezzanotte torna a casa. E se per caso fa un poco di ritardo, subito mi avverte».

Do un'occhiata all'orologio appeso nella stanza: mezzanotte e venti.

«Stasera sta un poco in ritardo, allora...».

«Sta in ritardo e non ha telefonato».

«E vabbè, signora, a quest'età può capitare».

«Ho provato pure a chiamarla, ma risulta il cellulare staccato».

«Magari si è messa a chiacchierare con un amico che gli sta simpatico e ha preferito spegnere il telefono... sapete com'è».

«Certo che lo so, però Debora mi avrebbe avvertito prima di spegnere il telefono».

A me mi pare che questa Carmela si sta facendo troppi film in testa. Che poi Ischia è un posto tranquillo, non è che succede chi sa che.

«Vedete che da un momento all'altro vostra figlia vi fa una telefonata» dico per tranquillizzarla. «Fate passare una mezz'ora ancora e poi, se continua a non chiamare e voi state sempre in pensiero, vi potete rivolgere alla polizia di Ischia. Loro conoscono il territorio meglio di me e vi possono aiutare più di come posso fare io».

Carmela abbassa la testa e non replica niente.

«Mò, se permettete...» dico.

Faccio per tornarmene a letto, ma vedo zia Rosetta che fa cenno di no.

«Che r'è, zia Rosè, ci sta qualche problema?».

«Carmela non ti ha raccontato tutto» dice mia zia.

Torno a guardare Carmela.

Sta là, in piedi, con le mani poggiate sulla sedia davanti a lei, ed evita di incrociare lo sguardo. Non so se è la vergogna, o non è ancora convinta se parlare o no.

«Signò, però se volete che vi aiuto mi dovete spiegare meglio».

Carmela mi guarda, fa di sì con la testa, e si decide.

«Io non sono originaria di Ischia, sono di Napoli. E precisamente di Ponticelli».

Ponticelli è un quartiere parecchio complicato, perciò mi faccio più attento.

«Tre anni fa mi sono trasferita qua a Ischia con Debora. Oltre a Debora, tengo un altro figlio di cinque anni più grande, Michele, che però ha deciso che non mi vuole più vedere. Ogni tanto lo chiamo, gli dico di venire a Ischia, così proviamo a chiarirci. Ma lui niente, dice che non ci sta niente da chiarire e per lui sono morta ormai».

«E come mai ci sta questo dissapore con vostro figlio?».

«Il dissapore risale a quattro anni fa quando ho lasciato a mio marito. Mio marito si era messo a spacciare quando ero incinta di Debora. A me non è che mi faceva piacere questo fatto, ma fatica non ce ne stava e a spacciare lo fanno tutti da quelle parti. Insomma, portava i soldi a casa e mi sono stata. Quando però quattro anni fa ho scoperto che aveva ammazzato due persone, allora no, non mi sono stata più, e l'ho lasciato. Perché spacciare è un fatto, ammazzare la gente è un altro fatto».

«E come si chiama vostro marito?».

«Salvatore Buonomo. Manco è passato un mese che l'avevo lasciato, lo hanno arrestato. È stato allora che ho preso la decisione di trasferirmi a Ischia. L'ho fatto per allontanarmi dall'ambiente dove vivevo. E soprattutto l'ho fatto per mia figlia, perché almeno lei deve crescere meglio di come sono cresciuta io».

«E avete fatto bene. A Ischia come vi trovate? Si sta meglio, no?».

«Quello Ischia più o meno starà a un paio d'ore da Ponticelli, ma pare di stare in un altro mondo. La gente è gentile, non sta arrabbiata come da noi. E poi ci sta lavoro, io da subito ho trovato a fare le pulizie in un albergo. La proprietaria conosce la mia storia e mi tratta come una sorella. Mia figlia studia, non mi posso lamentare di niente. E fino a oggi non ho avuto nessun problema».

«E meno male».

«Sì, però adesso...».

«Adesso?».

«Tengo il timore che qualcuno vuole fare del male a mia figlia. Anzi, sono sicura di questo».

«Ma come fate a essere così sicura?».

«Da un paio di settimane mia figlia è cambiata. Non parla quasi mai, sta sempre col cellulare in mano, sempre come se tiene pensieri per la testa. Le ho chiesto se ci stava qualcosa che non andava, se a scuola c'era qualche problema. *Nessun problema* ha risposto. Io però non l'ho creduta e sono andata a guardare nel suo telefonino. Non l'ho mai fatto prima di adesso, lo so che non è una bella cosa, però se l'ho fatto è solo per il suo bene».

«E avete scoperto qualcosa di particolare?».

«Ho scoperto che Michele, mio figlio, che con lei ci parla ancora, le ha mandato proprio una settimana fa un messaggino un poco strano, che ci stava scritto *Fidati di me*».

«Non c'erano altri messaggi nella conversazione tra loro due?».

«Niente. Forse mia figlia li ha cancellati, non lo so».

«E avete idea del significato di quel messaggio?».

«Non lo so proprio. Io ho provato a parlare con Debora, ma lei quasi mi ha evitato in questi giorni. E questo non è normale, perché con mia figlia abbiamo sempre parlato di tutto, lei si confida con me, e io con lei».

«Però non ho capito bene le vostre preoccupazioni, signora. Il cambiamento di vostra figlia può essere dovuto all'età. Forse una delusione d'amore. È giovane, magari sta solo crescendo».

«Sì, forse è così come dite voi. Però credo che Michele sta seguendo la strada del padre e non mi piace che sta troppo in contatto con mia figlia. Ho paura che le mette qualche strana idea in testa».

«È il fratello, è normale che si sentono».

«Infatti io non entro nel merito. Mia figlia è scetata e sa quello che deve fare. Io di lei mi fido. Però ci sta pure un altro fatto...».

«Che fatto?».

«Mò sicuro voi pensate che mi sto fissando ed è una fantasia mia, ma tre sere fa, quando Debora è tornata a casa, mi è parso che ci stava uno scooter che la seguiva».

«Uno scooter?».

«Uno scooter nero, con due ragazzi sopra».

«E di sera come avete fatto a vedere che era nero?».

«Ci sta un lampione davanti a casa mia. Se vi affacciate dalla finestra di vostra zia lo potete vedere pure da qua il lampione».

«E questo presunto scooter l'avete incrociato qualche altra volta nel paese?».

«Non sono sicura, ma una settimana fa, quando sono uscita dall'albergo dopo le pulizie, ho visto uno scooter parcheggiato davanti all'uscita. Vicino allo scooter stavano due ragazzi che parlavano. Ci ho fatto caso perché faceva parecchio caldo e loro stavano col giubbotto di pelle, mi è parso strano. Il colore dello scooter non me lo ricordo, non è che ci pensavo allora».

Secondo me tutti questi fatti che Carmela racconta, sono fantasie che stanno nella testa sua. Però vai a sapere, spesso una madre lo sente quando la figlia sta in pericolo. E poi Debora tiene veramente il cellulare staccato. E questo, a pensarci, è un particolare strano, perché i ragazzi a quell'età stanno sempre con il telefono acceso.

«Una domanda, signora: ma se state così preoccupata, perché non siete andata alla polizia del paese e invece vi siete rivolta a me?».

«Ma una come me, che tiene il marito in galera, voi pensate che la stanno a sentire? Che subito si mettono a cercare mia figlia? E poi, voglio essere sincera con voi, non mi fido troppo della polizia, non mi sono mai fidata».

«Ma pure io sono della polizia».

«Voi è diverso, siete il nipote di Rosetta, siete come uno di famiglia, non so se mi spiego. È come se non siete un poliziotto vero».

«E grazie».

«No, scusate, non vi volevo offendere, non mi sono espressa bene».

«Vi siete espressa benissimo signora, lo prendo come un complimento».

«E io proprio un complimento vi volevo fare».

«Lasciamo stare per ora. Piuttosto provate un'altra volta a chiamare vostra figlia. Magari risponde, così risolviamo la questione e ce ne torniamo a letto».

Lei prova, ma il telefono sta sempre staccato.

Non so bene che devo fare.

Se ci stava il commissario Santagata sicuro sapeva come muoversi.

Per prendere tempo chiedo a Carmela di farmi vedere una foto della figlia.

Lei me ne fa vedere qualcuna dal cellulare.

In una delle foto c'è un'altra ragazza insieme a Debora.

«Vostra figlia Debora la tiene un'amica particolare qua a Ischia?».

«È questa nella foto. È la sua amica più amica, si chiama Francesca. Vanno insieme all'alberghiera, d'estate escono sempre assieme».

«Avete il telefono di questa Francesca?».

«No, purtroppo no. Però abita qua vicino: due minuti a piedi e arriviamo. Vi accompagno se volete».

I genitori di Francesca stanno ancora svegli, seduti nel giardino a prendersi un poco di fresco.

Dopo che mi sono presentato e ho spiegato il motivo della visita, chiedo alla madre di Francesca se la figlia è in casa.

«Sta dormendo, stasera non è uscita».

Questa non è una buona notizia, perché significa che Debora è uscita chi lo sa con chi e complica le cose.

«Vi dispiace svegliarla, per favore».

Francesca tiene lo sguardo di chi sa il fatto suo e ci guarda a tutti quanti un poco sospettosa. Le faccio un paio di domande ma lei continua a dire che non sa niente.

«Lo so che i segreti di un'amica non si svelano neanche sotto tortura» dico «però può essere che Debora sta in pericolo, che si è ficcata in qualche guaio e in questo caso solo tu la puoi aiutare».

«Ma io non so niente di particolare» ripete.

Però mi pare che le mie parole le hanno messo un poco di preoccupazione.

«Lo sai con chi è uscita?».

«No...».

Sta mentendo.

E secondo me non vede l'ora di parlare.

«Come mai non siete uscite assieme, stasera? Avete litigato?».

Francesca prende tempo. Guarda per un attimo il padre, forse ha mentito pure a lui.

«È uscita con un ragazzo, è così?».

Ancora non vuole parlare.

Per fortuna interviene la madre:

«Di' quello che sai, Francesca, è importante».

Finalmente si decide: «Sì... è uscita con un ragazzo».

«Ma tu lo conoscevi questo ragazzo? Faceva parte del gruppo vostro?».

«L'abbiamo incontrato un paio di volte alla spiaggia. Non era dell'isola, era di fuori».

«Sai come si chiamava?».

«Dario».

«E che tipo era?».

«Un poco buffone, però fico. Alto, col fisico da palestra e gli occhi azzurri. Offriva da bere. Faceva battute. Teneva pure lo scooter».

«Uno scooter?».

«Sì».

«E per caso ti ricordi il colore dello scooter?».

«Nero! Proprio fico».

«Lo sapevo» dice Carmela con un filo di voce.

È diventata bianca in faccia e si passa una mano sul viso come se si vuole strappare la pelle.

«Ma come mai Debora è uscita con questo Dario?» insisto io. «Come mai non siete usciti assieme?».

«Così...».

«Che vuol dire *così*? A Debora piaceva Dario e tu ti sei tirata indietro?».

«No, non era questo».

«Guarda che Debora non risponde al cellulare. Davvero può essere in pericolo».

«A me ha scritto un'ora fa».

«Ah, ti ha scritto?».

Fa di sì con la testa.

«E mi puoi dire che cosa ti ha scritto?».

La vedo che sta sempre più impacciata, che non vuole rispondere.

«Per favore» interviene Carmela. «Sono sicura che mia figlia si è ficcata in un brutto guaio, tu ci devi aiutare».

Francesca ci pensa ancora qualche secondo.

«Aspettate un momento» dice.

Poi va svelta in camera a prendere il suo telefono. Torna e ci fa vedere il messaggio: *«Bacia bene! Hai vinto la scommessa»*.

«Allora è come dico io, le piaceva Dario e tu ti sei fatta da parte».

«No, no, non c'entra niente questo!».

«E perché allora, parla per favore».

Francesca si morde un dito, si stacca una pellicina con i denti.

Fa un sospiro.

«Dario ha detto che era un amico del fratello di Debora».

«Michele?».

«Sì. Ha detto che Michele voleva parlarle. Ha detto che Michele stasera sarebbe venuto a Ischia proprio per parlare con lei. Per questo è uscita con Dario da sola. Per andare dal fratello».

«E per caso ti ha detto pure dov'era l'appuntamento?».

«So che lei e Dario si dovevano mangiare una pizza a Fontana. Poi andavano a incontrare il fratello di lei che stava da qualche parte sull'Epomeo. A me mi è parso un poco strano che s'incontravano lassù, ce l'ho detto pure a Debora. Ma lei stava tranquilla perché aveva parlato col fratello. E poi si voleva vedere le stelle cadenti sull'Epomeo. Diceva che le stelle cadenti da sopra la montagna si vedono meglio».

Le stelle cadenti.

È vero, stanotte è la notte di San Lorenzo.

Pure io, prima di partire per Ischia, avevo pensato di telefonare a Cerasella e portarla sul pontile a vedere le stelle cadenti. Seduti sul pontile, con una birra in mano, e gli occhi in alto a guardare le stelle. Io avvicinavo la guancia mia alla guancia di lei, e poi...

E poi ci sta qualcosa di strano in questa storia. Di strano e pericoloso.

«Ma sull'Epomeo si può arrivare con lo scooter?».

«No» risponde Francesca «la strada asfaltata sta fino a un certo punto, poi si continua a piedi per un tre quarti d'ora».

«E Debora non pensava che avrebbe fatto tardi? Che la madre si sarebbe preoccupata?».

«Era sicura di tornare entro mezzanotte, massimo mezzanotte e mezza».

Invece si è fatta quasi l'una e Debora non si sa che fine ha fatto.

«Bisogna andare a cercarla sull'Epomeo» dico «però io la strada non la conosco».

«Forse posso aiutarla...» dice la madre di Francesca. «Conoscete la strada?».

«Non così bene. Ma ci sta Angela, mia cugina, che abita proprio a Fontana. Lei alleva i conigli sopra alla montagna. L'Epomeo lo conosce come le tasche sue».

Il padre di Francesca, che si chiama Oreste, mi accompagna con la macchina a Fontana.

Mentre saliamo per la strada, telefono a Scarano che lui sta lavorando e le ferie se le fa dopo ferragosto.

«Scarà, sono Acanfora, mi devi fare una cortesia».

«Ma tu non stai in ferie? Che ti è capitato?».

«Mi devi controllare se Michele Buonomo tiene precedenti di qualche tipo. È il figlio di Salvatore Buonomo, che sta in carcere per omicidio e associazione a delinquere».

«E che ci devi fare con questo Buonomo?».

«Poi ti spiego. Tu me la fai questa cortesia?».

«Va bene, ho preso nota. Domani ti chiamo e ti faccio sapere».

«No, Scarà, qua' domani. Lo devi fare subito, domani è troppo tardi».

«Subito?».

«Anche prima di subito se ce la fai».

Lo sento borbottare qualcosa. Poi dice che mi richiama entro un quarto d'ora.

La macchina intanto continua a salire una curva appresso all'altra.

Apro il finestrino perché con tutte queste curve mi è venuto un poco di voltamento di stomaco.

Provo pure a chiamare il commissario Santagata per chiedere un consiglio, ma il telefono è staccato. Quello, il commissario, sicuro è uscito a calamari con il gozzo. Mò starà in grazia di Dio in mezzo al mare, con la totanara in mano e le stelle tutte attorno.

«Ma lei pensa davvero che Debora corre pericolo?» mi chiede Oreste.

«Ci sono troppi fatti strani in questa storia. E quando ci stanno le stranezze vuol dire che sotto ci sta qualcosa».

«Ho sentito che parlava di malavita organizzata con il suo collega».

«Ci sono degli elementi che me lo fanno pensare. Spero di sbagliarmi, perché se la camorra si muove non è per guardarsi le stelle cadenti».

Siamo appena arrivati a Fontana, quando Scarano richiama.

«Allora, Scarà, che mi dici?».

«Michele Buonomo è stato arrestato due volte, ed entrambe le volte c'era presunta associazione mafiosa. La prima per spaccio, quattro anni fa, ma se l'è cavata grazie a un cavillo burocratico. La seconda l'anno scorso, per omicidio. Era accusato di far parte di un gruppo di fuoco che aveva ammazzato tre persone. Poi la testimonianza di un poliziotto l'ha scagionato».

«Un poliziotto?».

«Sì. Il poliziotto ha dichiarato di aver fermato Michele Buonomo all'ora dell'omicidio in una zona situata a più di quaranta chilometri di distanza».

«Insomma, se la cava sempre questo Michele».

«Il padre era un pezzo grosso, gli agganci non gli mancano».

«Grazie, Scarano, sei stato prezioso».

«Mi devi un turno, Acanfora».

«A disposizione».

Non riesco a capire che può volere Michele Buonomo dalla sorella. È venuto personalmente a parlare con lei. Perché? Forse ha in mente di farla sposare con qualcuno di un altro clan per ristabilire gli equilibri? Forse la ragazza non ha accettato la proposta e lui è venuto a Ischia. Ma perché mandare prima Dario? Perché farla seguire? Perché incontrarla in un posto così isolato? Troppe domande senza risposta. E ogni minuto che passa, sento che la madre della ragazza tiene ragione: la figlia sta in pericolo.

Oreste, intanto, ha parcheggiato nella piazza di Fontana.

«Vado a chiamare Angela» dice scendendo dalla macchina.

«Io mi faccio un giro attorno, magari trovo la pizzeria dove Debora e il ragazzo hanno mangiato».

«Chieda a Tonino, è la pizzeria di fronte alla fermata dell'autobus. Tonino sa sempre tutto quello che succede nel paese, forse la può aiutare».

Entro nella pizzeria.

Un locale semplice, accogliente, senza pretese. Con il forno delle pizze in fondo alla sala.

Dietro al bancone c'è un uomo alto, con la testa liscia e abbronzata, e un paio di baffi enormi. Sta lavando i piatti. C'è solo lui nella pizzeria.

«Buonasera, Tonino siete voi?».

«Sono io».

Lo guardo meglio. Mi pare di conoscerlo a questo Tonino. Quel sorriso buono, quei baffi neri... Chi sa, forse assomiglia a un collega di un'altra caserma che ho visto in qualche riunione.

Gli spiego che sono un poliziotto e gli chiedo se per caso è venuta una coppia giovane a mangiarsi la pizza. Gli descrivo i ragazzi, lui alto, sorridente, con gli occhi azzurri, lei una moretta più timida. Accenno pure allo scooter nero.

«Sì, è venuta una coppia che corrisponde. Verso le dieci. Però non si sono mangiati la pizza, si sono presi il panuozzo».

Il panuozzo!

Ecco dove l'ho visto a Tonino. Vent'anni fa, quando mio padre mi portava a mangiare qui da bambino. Era più giovane, ma i baffi li teneva pure allora.

Glielo vorrei spiegare questo fatto da bambino, mi vorrei mettere un poco a chiacchierare con lui, ma il tempo è poco e devo fare presto.

«Sapete più o meno quanto si sono trattenuti?».

«Una mezz'ora. Me li ricordo perché dopo che hanno pagato, lui mi ha chiesto la strada per salire sull'Epomeo. Io gli ho spiegato come si andava. Gli ho fatto pure un disegno sulla tovaglia di carta. Ma perché, è successo qualcosa?».

«Speriamo di no».

Mentre me ne esco gli dico che una sera di queste mi vengo a mangiare il panuozzo pure io.

«Venite quando volete, vi aspetto» risponde Tonino con il suo sorriso buono.

Vedo Oreste che arriva quasi di corsa con Angela. Lei terrà sessant'anni, forse qualcosa di più. Mi arriva alla spalla, secca come una mazza di scopa, con il viso tutto segnato dalle rughe e un naso troppo grande per quella faccia piccoletta che si ritrova. Ai piedi tiene delle scarpe con la suola doppia, di un marrone diventato quasi bianco. Addosso un giubbino celeste, che con il caldo che fa non so a che le serve.

Angela dice *buonasera*, non dice altro.

Io le spiego in fretta la situazione. E mentre spiego, penso che lei è troppo anziana, chi sa quanto ci mettiamo a salire fino a sopra la montagna. Lo penso, ma non dico niente, che il tempo per cercare un'altra soluzione purtroppo non ci sta.

Oreste ci accompagna fino all'inizio della strada sterrata. Dopo continuiamo io e lei, a piedi.

Angela si toglie il giubbino, se lo lega in vita e si mette avanti a fare il cammino. Io dietro, appresso a lei.

La strada è ripida e sale in mezzo al buio.

Io per il buio non riesco a vedere dove metto i piedi, non capisco Angela come fa. Per stare al passo suo accendo la torcia del telefono, ma lo stesso va più svelta di me.

Dopo cinque minuti sto sudando e mi manca il respiro. Angela, invece, pare che la fatica non la sente, come se il fatto non è il suo. Sta davanti a me trenta, quaranta metri, e a ogni passo si allontana sempre più.

«Angela...».

Lei si volta a controllare.

Rallenta.

Aspetta che la raggiungo.

Dopo torniamo a salire.

In silenzio.

Con l'eco dei passi nostri sullo sterrato.

Lontano ci stanno i grilli che cantano.

In alto le stelle. Ma mò le stelle non tengo manco il tempo di guardarle, se no mi perdo Angela un'altra volta.

Ancora dieci minuti in salita.

Alla fine non ce la faccio più.

«Angela, per cortesia, un momento solo».

Lei si ferma.

Io riprendo fiato.

Sento il fresco della brezza che mi asciuga il sudore.

Un cane abbaia lontano.

I grilli sempre a cantare.

«Ma questa montagna è troppo grande, come facciamo a trovare la ragazza?».

«La troviamo» risponde «se sta qua, la troviamo».

Continuiamo per il sentiero che diventa sempre più ripido.

A un certo punto lei scavalca le pietre che stanno lungo il sentiero, passa vicino a un albero tutto piegato da una parte, e poi, con un salto, sale sopra a una roccia che sporge nel vuoto.

Guarda attorno, non lo so che cosa guarda.

Provo a raggiungerla, ma quando faccio per salire sulla roccia dove sta lei, non ci riesco.

«Dammi una mano, per cortesia».

Mi afferra la mano e mi tira sopra senza proprio scomporsi.

Non ci pareva Angela, è tosta come a che.

Mi guardo attorno.

Dalla roccia si vede tutta la valle, però non si vede quasi niente per il buio.

«Ma che stai cercando?» chiedo.

Lei continua a guardare. Poi con un dito indica un punto lontano davanti a noi.

«Là, lo vedi?».

«Io non vedo niente Angela, che ci sta là?».

«Quel rosso che ogni tanto compare, lo vedi?».

«No».

«Non lo vedi?».

Stringo un poco gli occhi, mi sforzo di guardare meglio.

«Ah, sì, forse sì. Una cosa rossa piccola piccola. Ma che cos'è?».

Lei salta giù dalla roccia e ricomincia a camminare.

«Dove vai?».

Niente, neppure mi risponde.

«Me lo vuoi dire che cos'era quel puntino rosso?».

«La sigaretta di Peppe».

«E Peppe chi è?».

«Il capraro. Lui si alza alle due e mezza di notte. Alle tre precise si fuma la prima sigaretta della giornata.

Se la fuma sempre sopra a uno spuntone che affaccia verso Procida. Dopo che ha fumato si mette in marcia con le capre».

«E perché stiamo andando da lui?».

«Peppe sa tutto quello che succede per la montagna. Chi sale, chi scende, chi passa, chi arriva. Se la ragazza sta sull'Epomeo, lui è l'unico che ci può dire dove sta».

«Ma tu hai detto che Peppe si fuma la prima sigaretta alle tre. Mò sono le due».

«Appunto».

«Appunto che?».

«Fai troppe domande, poliziò. Dobbiamo fare presto, se no ci perdiamo a Peppe».

E questa non doveva allevare conigli, doveva fare il generale. Sicuro metteva tutti sugli attenti.

Scendiamo per un vallone che non finisce più, poi torniamo a salire.

Angela non si ferma un attimo, io quasi devo correre per starle appresso.

Continuiamo a salire, su, fino in cima.

Quando finalmente ci fermiamo, io sto un bagno di sudore. E con questo ventariello che soffia, sicuro mi prendo la bronchite. Mi dovevo portare la felpa, però non me l'aspettavo che qua faceva fresco e ci stava tutto questo vento.

Angela intanto si toglie il giubbino e me lo passa.

«Tiè, mettiti questo, se no ti ammali».

«A te non serve?».

«Io sono abituata, non sudo».

«E allora che l'hai portato a fare?».

Sorride, senza rispondere.

È proprio un generale, Angela, prevede pure le mosse del nemico!

«E mò dove andiamo?» chiedo dopo che mi sono messo il giubbino.

«Vieni appresso a me, ma guarda dove metti i piedi».

S'incammina per un sentiero stretto che sta quasi a picco nel vuoto.

«Ma io soffro di vertigini, non ci passo di là».

Lei manco mi sta a sentire.

Con un mezzo salto scavalca lo strapiombo e sta già dall'altra parte.

Si gira verso di me, fa segno di muovermi.

«Mannaggia a te, Angela».

Trattengo il respiro e poi quasi di corsa salto pure io.

Facciamo altri cento metri, poi ci caliamo dentro un canalone scavato nella roccia.

Angela fa un fischio forte con le dita in bocca.

Qualche secondo e si sente un fischio di risposta.

«È Peppe» dice «vieni».

Camminiamo in direzione del fischio e all'improvviso, quasi comparso dal nulla, ecco Peppe. È alto, magro, con un cappello largo in testa. Appresso a lui ci sta un cane con il pelo grigio, che pare un lupo. E poi le capre, che camminano per i fatti loro.

«Buongiorno Peppe, questo è un amico, abbiamo bisogno di te».

Peppe fa un cenno con la testa per salutare.

Angela gli spiega della ragazza scomparsa.

Peppe ascolta, in silenzio. Intanto le capre si arrampicano sulle rocce attorno, camminano sul costone che affaccia nel vuoto. Mi fanno venire il sudore solo a guardarle.

Quando Angela ha finito di spiegare, Peppe le dice qualcosa a voce bassa. Poi con la mano indica un punto in basso, dove mi pare che le rocce si confondono con la vegetazione.

Il tempo che cerco di guardare meglio in quella direzione, Peppe è già sparito. E il cane, le capre, pure loro, tutti spariti.

«Che ha detto?».

«Dice che stanotte, verso l'una e un quarto, è stato svegliato dal cane che abbaiava. È uscito a controllare se le capre stavano a posto, e così ha sentito le voci».

«Che voci?».

«Secondo lui erano quattro persone. Le voci stavano lontano più o meno cinque seicento metri, portate dal vento. Una era quella di una ragazza. La ragazza parlava a voce alta, sembrava spaventata da qualcosa. Peppe, dato che ormai era tardi per tornare a dormire, si è preparato per portare le capre. Le voci sono continuate per una decina di minuti. Poi di colpo più niente».

«E com'è possibile che di colpo sono finite? Non è che l'hanno ammazzata alla ragazza?».

«A due chilometri da qua ci stanno certe grotte. Se l'hanno portata in una delle grotte, allora questo spiega che le voci sono finite di colpo».

«E allora dai, andiamo a cercare queste grotte».

Scendiamo per un quarto d'ora, più in fretta che riusciamo.

A un certo punto Angela si ferma. Mi fa segno di stare zitto e indica degli alberi da una parte.

«Le grotte stanno dietro quei castagni» dice con un filo di voce.

Ci avviciniamo piano, un po' chinati tra le piante.

Poi di colpo Angela mi afferra per un braccio e con la testa fa segno davanti a me.

Nel buio non l'avevo visto.

È un uomo, a una trentina di metri da noi. Fuma appoggiato a un albero. Dietro l'albero s'intravede l'apertura di una grotta. E da dentro la grotta mi pare che arrivano i lamenti di una ragazza.

Angela mi fa un cenno con la mano, come a dire *E mò che facciamo?*

Per prima cosa metto la mano dietro ai pantaloni per tirare fuori la pistola.

La pistola!

Uh Gesù, me la sono persa.

Forse nella macchina di Oreste. O forse mi è caduta quando sono saltato per passare lo strapiombo.

Fatto sta che la pistola non la tengo.

Penso che l'unica cosa da fare è avvisare i colleghi, ma quando dalla grotta esce un lamento più forte degli altri capisco che il tempo di aspettare i colleghi non ci sta.

Dobbiamo entrare in quella grotta.

Come non lo so, ma dobbiamo entrare là dentro.

Ci vuole un'idea...

Intanto che penso, Angela raccoglie da terra un ramo bello grosso che pare una mazza da baseball. Lo impugna con tutt'e due le mani.

Vorrebbe partire all'assalto così, senza tante storie. Ma così è troppo all'arrembaggio, non si può fare.

Però l'idea del ramo grosso non è da buttare.

Me la tiro un po' in disparte e le spiego il piano a voce bassa.

«Tu adesso ti nascondi in mezzo alle piante e fai squillare il mio cellulare. Ti metti di lato all'ingresso della grotta, così da dentro non possono sentire. Se quello è abbastanza chiò chiò, si avvicina verso di te per controllare. A quel punto io gli arrivo in silenzio da dietro, e lo colpisco con quel ramo grosso che hai trovato».

«Va bene, mi piace. Però ti nascondi tu in mezzo agli alberi».

«Io? E perché?».

«Perché tu non sei abituato a camminare nel buio, a muoverti in silenzio nel bosco. Sicuro ti fai scoprire. Perciò è meglio che ti stai fermo in mezzo agli alberi e lasci fare a me».

«Mi sa che forse tieni ragione».

«E allora dai, cominciamo».

Ci battiamo il cinque.

«Oh, mi raccomando» dico «colpisci forte».

«Gli apro la testa, poliziò!».

Lei si avvia da una parte, io dall'altra.

Lascio passare un minuto, come abbiamo stabilito, poi faccio partire la suoneria.

Appena sente il primo squillo, il tipo tira fuori il suo cellulare per controllare. Poi capisce che non è quello che suona e si guarda attorno.

«Ma chi è, chi ci sta?».

Tira fuori la pistola e fa un passo nella direzione mia.

Io faccio continuare a squillare il telefono.

Lui continua a venire avanti.

«Oh, ma chi ssì? Fatti vedere o ti sparo».

Ancora due squilli.

«Ma chi cazzo ci sta?».

Il piano pare che procede perfetto, ma bell'e buono il cellulare smette di suonare. Non l'avevo calcolato che finiva la suoneria. Mò capace che si accorge di Angela e ci fotte a tutti e due.

Decido di uscire allo scoperto.

«Scusa, fratè, mi sono perso» dico con la voce più tranquilla che mi esce. «Stavo con la fidanzata mia, abbiamo litigato e mò non trovo più la strada per tornare indietro».

«'Sta merda. Ma chi ssì? Fatte verè buono».

Lui sta a sette otto metri da me.

È bello grosso e tiene la pistola in mano.

Faccio un passo avanti per farmi vedere meglio.

Alzo pure le mani per farlo sentire tranquillo.

«Mò ti schiatto la capa» dice.

Viene verso di me.

Più si avvicina più mi pare grosso.

Marò, Angela, e quanto ci metti?

Il tipo ormai è arrivato a un metro da me.

«Non ti preoccupare» dico «mò me ne vado».

«E chi si preoccupa» fa lui.

E mi molla un paccaro così forte che mi butta a terra.

Cerco di alzarmi, ma quello mi tira un calcio nella pancia.

«Ti schiatto come 'na pèreta» dice.

Mi copro la testa con le mani e mi arriva un altro calcio.

«Mò ti schiatto veramente, merda!».

Mi aggomitolo più che posso aspettando il terzo calcio.

Invece sento un rumore secco.

E dopo un momento vedo il tipo che crolla a terra a faccia avanti.

«E ci voleva tanto?» dico alzandomi.

«Volevo essere sicura di prenderlo senza che se ne accorgeva. Tu come stai?».

«Un poco ammaccato, ma bene».

Con la cintura dei pantaloni leghiamo il tipo a un albero.

Poi recupero la sua pistola.

Dopo ci avviciniamo alla grotta.

Dico:

«Dovrebbero essere in due, là dentro. Oltre alla ragazza».

«Come procediamo?».

Dalla grotta si sente il grido soffocato di Debora.

Non c'è tempo da perdere.

«Entro con la pistola in pugno, grido *Polizia, fermi tutti, la grotta è circondata* e speriamo che funziona».

Mi guarda senza dire niente.

«Non mi viene in mente altro. Se hai qualcosa di meglio da proporre...».

«Entriamo tutti e due. Se entriamo in due è più facile che si stanno e non reagiscono».

«No, Angela, è troppo pericoloso, non tieni manco la pistola».

«Ma loro non lo sanno. Faccio finta di averla».

«Non se ne parla proprio. Tu resti fuori. E se mi succede qualcosa avverti la polizia. Ti lascio il cellulare e il numero da chiamare».

«Senti, poliziò...».

«Basta, è deciso. Pigliati 'sto cellulare».

Si piglia il cellulare senza obiettare più.

Le dico il numero da chiamare.

Poi controllo che la pistola è carica.

Un bel respiro profondo.

E comincio ad avanzare strisciando lungo la parete della grotta.

All'inizio non vedo niente, sento solo le voci degli uomini.

Poi in fondo ecco una luce.

La luce viene da una torcia elettrica poggiata sulla sporgenza di una roccia.

Sono in due, come mi pensavo.

Uno pare quel Dario che ha convinto Debora a seguirlo. Tiene un cellulare in mano, direzionato verso un angolo della grotta. L'altro dovrebbe essere Michele, il fratello di Debora.

Stanno in piedi, vicino a una sedia dove ci sta la ragazza seduta. Però la ragazza non la vedo bene perché Dario me la nasconde.

Mi avvicino ancora un poco.

«Adesso facciamo il video» dice Michele alla sorella «hai capito quello che devi fare o te lo devo spiegare un'altra volta?».

Debora si lamenta, un lamento lungo che diventa quasi un grido.

Il fratello allunga una mano verso di lei. Mi pare che tiene un fazzoletto in mano, non riesco a vedere bene.

«Fai la brava, sorellina, mi raccomando» dice.

Poi si allontana da lei.

«Forza, partiamo» dice sempre Michele.

Dario si sposta intorno alla ragazza per riprenderla.

E mentre si sposta finalmente riesco a vedere Debora: ha la faccia piena di sangue, il labbro spaccato, un occhio chiuso e gonfio quanto una percoca. E per impedirle di gridare le hanno infilato in bocca un fazzoletto di stoffa.

Ma tu guarda 'ste due merde come hanno ridotto quella ragazza. Ed è stato proprio il fratello a fare questo, non ci posso credere.

Mi viene da intervenire subito. Però mi trattengo per capire meglio quello che sta succedendo.

«Salvatore Buonomo, questa è tua figlia, la riconosci?».

Il video quindi è destinato al padre di Debora.

A parlare è Dario, quello che fa le riprese con il cellulare. Michele, invece, si è coperto la faccia con un passamontagna, e sta pigliando qualcosa da dentro un sacchetto di plastica.

«Noi lo sappiamo che tu ti vuoi pentire» continua Dario «e tu sai che non è un fatto che ci fa piacere. Adesso ti facciamo vedere la fine che fa la figlia di un pentito».

Mentre Dario continua a riprendere, Michele si avvicina alla sorella con una tanica in mano. La ragazza prova a muoversi, a gridare, ma non può fare niente.

«Salvatore Buonomo» dice Dario «la figlia di un pentito noi la bruciamo viva. Se insisti con la tua decisione e non ritratti tutto, il prossimo sarà tuo figlio Michele».

Che bastardi figli di puttana.

Lo vogliono ricattare ammazzandogli la figlia e minacciando di fare altrettanto con il figlio. Invece è proprio lui, il figlio, ad aver organizzato tutto.

Mentre Michele sta per buttare la benzina sulla sorella, mi precipito contro di loro, gridando:

«Polizia, fermi tutti, la grotta è circondata».

Per un momento restano bloccati senza capire bene che sta succedendo.

Dario con un gesto svelto riesce a tirare fuori la pistola.

Io sparo.

Lo colpisco al braccio.

La pistola cade sul pavimento.

«A terra, con le mani dietro la schiena, forza».

Dario, tenendosi il braccio e lamentandosi per il dolore, si sdraia a terra, come ho detto io.

«Pure tu, forza».

Michele alza le mani, ma poi con un balzo si mette

dietro alla ragazza, tira fuori un coltello e glielo punta alla gola.

«Molla la pistola o l'ammazzo» grida.

«C'è la polizia qua fuori, non puoi scappare».

«Molla la pistola, ti ho detto!».

Il coltello preme contro la gola di Debora.

E quello sembra fatto di coca o di chi sa quale altra schifezza.

«Va bene, la poso, ma tu stai calmo».

Mi chino e metto la pistola sul pavimento.

«Spingila con il piede verso di me».

Faccio come ha detto lui.

Michele raccoglie la pistola.

«Adesso ti ammazzo, hai capito? Prima ammazzo te, poi la ragazza. E poi vi brucio a tutti e due. Forza, inginocchiati».

Marò, questo sta proprio fatto, non riesco a capire come lo debbo prendere.

«In ginocchio!» grida.

«C'è la polizia qua fuori, ti conviene arrenderti».

«Non me ne frega un cazzo della polizia. Io ora ti ammazzo sbirro di merda, hai capito? Ti ammazzo. In ginocchio!».

Mi metto in ginocchio.

Lui si avvicina.

Questo mi ammazza veramente. Devo fare qualcosa, ma non so che cosa.

Lui si avvicina ancora.

«Pensaci bene» dico.

«Sei morto, sbirro».

Sento la canna della pistola contro la testa. Sento il suo respiro cattivo. E penso che sono fottuto. Ma proprio in quel momento Angela entra nella grotta gridando come un branco di iene.

Michele si volta verso di lei.

E in quell'attimo io gli vado addosso.

I due ragazzi li abbiamo messi faccia a terra e legati con la stessa corda che avevano usato per legare Debora.

Lei ha una faccia che fa paura: sangue, lividi, il labbro spaccato, un occhio più gonfio di un altro. Però è viva, e questo è l'importante.

Angela le pulisce le ferite con un pezzo di stoffa che ha strappato dalla maglietta di uno dei ragazzi.

Io telefono a Carmela.

«È viva» dico «però avevate ragione voi a preoccuparvi».

La madre piange, ride, torna a piangere.

Vuole parlare con la figlia. Ma Debora, l'unica cosa che riesce a dire è *Ti voglio bene, mamma, ti voglio bene*.

Quando la polizia arriva sono le quattro passate.

C'è anche una squadra del pronto soccorso organizzata per portare la ragazza giù dalla montagna.

Prima di uscire, Debora guarda il fratello che sta ancora legato a terra.

«Mi voleva bruciare viva» dice con un filo di voce. «Mio fratello mi voleva bruciare viva».

Mi abbraccia. Mi stringe forte.

97

La stringo pure io.

«Dai che ce l'abbiamo fatta, piccolina» dico.

E sento una lacrima che vuole uscire e che non riesco a fermare.

Con Angela ci mettiamo in cammino per la strada del ritorno.

Poi, però, alzando lo sguardo, vedo quel mare di stelle sopra la testa e decido che voglio passare il resto della notte là, a guardarmi le stelle. In silenzio. Senza parlare con nessuno.

Angela allora mi porta in uno slargo dove da una roccia posso godermi il cielo e tutta l'isola attorno.

Ci salutiamo.

«Grazie, Angela, se non era per te...».

«È stato un piacere, poliziò. Però con quel Michele potevi lasciarmi cinque minuti da sola».

«Eh, lo so. Ma non si può».

«Ci vediamo, poliziò».

«Se torno a Fontana a mangiare il panuozzo da Tonino, ci beviamo una birra insieme».

«Ma che dobbiamo fare con la birra. Ti faccio assaggiare un vino rosso speciale che faccio io».

«Fai pure il vino?».

«Il vino, i friarielli, il coniglio all'ischitana, le mulignane sott'olio».

«No, le mulignane no, per carità. Ho appena digerito quelle di zia Rosetta».

Mentre si avvia per la discesa, si volta ancora a salutarmi.

«Oh» dice «mi raccomando, non ti perdere».

«E se mi perdo mi vieni a cercare tu».

Ridiamo.

Poi se ne va.

Mi siedo e mi sistemo con la schiena contro una roccia.

Davanti a me si vede Procida, e nel mare le lampare di qualche barca che pesca. Ci sta un traghetto che spunta da dietro Capo Miseno. E poi, dopo il mare, le luci della città.

Lontano, dalla parte del Vesuvio, s'intravede già un poco di chiarore ad annunciare la notte che sta per passare.

Intorno una pace senza fine, un silenzio sconfinato. Ma se uno sta più attento ai rumori, si accorge che non è proprio silenzio. Ci stanno le foglie che la brezza smuove e che fanno un fremito soffuso. Ci sta il verso di un uccello che si sente appena. Si sentono perfino i tocchi di una campana che arrivano dal paese.

Sollevo un poco lo sguardo: marò quante stelle ci stanno. Qualcuna più luminosa. Qualcuna pare che trema. Qualcuna quasi non si vede. Stelle da tutte le parti. Mio nonno mi diceva che le stelle che vedi, non ci stanno veramente. Che sono come un riflesso di non so quanti anni passati.

A guardarle da qua sopra, pare proprio che uno non conta niente. Ci dovrebbero salire tutti quanti sopra questa montagna, a guardarsi le stelle. Giusto per capire che briciolella di pane è ognuno di noi. Michele soprattutto ci dovrebbe salire. Legato a questa roccia con una catena, obbligato a guardarsi le stelle per vent'anni. E se poi dopo vent'anni ancora non hai capito niente, peggio per te, vuol dire che la vita non è cosa tua.

Guardo le stelle.

Ne aspetto una che cade.

Eccola là, proprio in fondo al cielo.

Devo esprimere un desiderio, lo so. Ma più di aver salvato la ragazza, stasera non posso volere.

Perciò me la seguo con lo sguardo quella stella, me la seguo fino a quando non scompare.

E mentre scompare, la ringrazio per quel regalo bellissimo che stanotte mi ha fatto.

Gaetano Savatteri

Ferragosto è capo d'inverno

Questo è un sogno. So che non si comincia un racconto con un sogno, non è educato: è un mezzo inganno. So pure che i sogni sono desideri. Da giovanissimi abbiamo letto i libri del doktor Sigmund Freud, per far colpo sulle ragazze. Io mi sono annoiato. Anzi, mi sono annoiato Io, Super Io, Ego e forse pure le ragazze. Ma non sono capace di uscirne fuori. Eppure, mentre sogno, so di stare in un sogno.

Schiene di uomini, schiene di donne. Non ne intravedo il volto. Mi sono perso al supermercato. Nel sogno so di avere sette anni, anche se mi immagino con la mia faccia di oggi, ma alto solo un metro e venti centimetri.

So perfettamente che è un sogno, svanirà presto, eppure mi viene da piangere. Sono perduto dentro al supermercato, tra persone senza volto. Il gracchiare di un altoparlante: adesso diranno il mio nome, diranno che il piccolo Saverio è atteso dai genitori alla cassa sette.

L'altoparlante gracchia sempre più forte. Tendo le orecchie, adesso sentirò pronunciare il mio nome. E se invece si fossero persi i miei genitori? Papà, dove sei? Dove sei, mamma? L'altoparlante gracchia assordante.

«Saverio!».

«Mamma».

«Saverio, sono Suleima. Svegliati».

Dall'altoparlante arriva un rombo costante.

«Saverio. Ti lamentavi. Hai fatto un brutto sogno» dice Suleima.

«Bambini nel tempo» dico.

«Bambini dove?».

«*Bambini nel tempo*. Il romanzo di Ian McEwan. Un uomo perde il suo bambino al supermercato. Il bambino ero io. Cos'è questo altoparlante?».

«Quale altoparlante».

«Questo rumore. Senti?».

«Sono i vicini. Lavori in giardino».

«Ma sono le sette di mattina!».

«In campagna si comincia presto».

«Non siamo in campagna, siamo al mare. Se la classe operaia andrà in paradiso, sappi che l'ho ammazzata io».

Mi alzo in mutande, esco fuori.

I piedi scalzi, i capelli arruffati dalla notte, gli occhi gonfi di sonno e la faccia sconvolta di chi è stato svegliato all'alba basteranno per instillare il senso di colpa? È sempre un azzardo. A volte questa strategia può innescare controproducenti residui di lotta di classe tra proletari abituati ad alzarsi prima che sorga il sole. Un mio amico, molto rispettoso del sol dell'avvenire, usava presentarsi agli operai che gli piombavano a casa di primo mattino – idraulici, muratori, falegnami, spurgatori di pozzi neri e altri nobili artigiani – vestito di tutto punto, in giacca e cravatta, per non metterli a disagio. Era il suo personale contributo alla lotta del proletariato. A suo modo, era come accoglierli a pugno chiuso cantando l'Internazionale. Non so come la pensassero gli operai, forse votavano per Silvio Berlusconi.

La mia apparizione in terrazzo non è paragonabile a quella della madonna di Lourdes. È vero però che davanti a me non c'è Bernadette, ma quattro uomini in pantaloncini corti che trafficano attorno a una ruspa meccanica che fa più fracasso di un Panzer tedesco. Nessuno si paralizza alla mia vista, nessuno cade in ginocchio, nessuno grida al miracolo.

Ma gridano, questo sì, dando suggerimenti di manovra al ruspista.

«Avanza. Ferma. Attento».

Lavorano a poca distanza, lungo il confine tra il mio giardino e quello dei vicini.

Ecco, mi hanno visto.

Mi salutano a gesti.

«Buongiorno!» grida uno di loro.

Sorrido. Sono sempre stupito del tono di voce degli operai al mattino. Sembra non ci siano limiti ai decibel. E la ruspa romba, spostando terra e pietre. So come vanno queste cose: gran frastuono dalle sette alle nove del mattino. E quando ogni traccia di sonno, di riposo e di pace sarà definitivamente evaporata, tornerà il quieto silenzio: si risentirà il canto del merlo, della cinciallegra, del falco pellegrino, dell'airone cinerino e di tutti gli uccelli che popolavano il mio libro di lettura delle elementari, manco dovessimo laurearci in ornitologia prima di avere otto anni, anche se io conoscevo a malapena soltanto i canarini in gabbia di mio padre.

D'improvviso, il movimento rallenta. La ruspa si paralizza. Tossicchia il motore. Gli operai, distanti sì e no trenta metri, mi osservano finalmente interessati. Vuoi vedere che si sono resi conto di avere disturbato il sonno del giusto, il sacro riposo del disoccupato di successo, il lavorio creativo dello scrittore? Il mio sguardo severo e corrucciato ha finalmente scosso le loro coscienze?

Alle mie spalle è apparsa Suleima, indossa la mia camicia, il sole la illumina di sbieco come nelle immaginette sacre delle apparizioni delle madonne pellegrine. Ecco perché il tempo si è fermato. Et Dieu... créa la femme.

Non so chi abbia scritto dello scandalo della bellezza.

Di scandaloso però ci sono le occhiate ammirate e golose degli operai addosso a Suleima. Appena mi appoggia una mano sulla spalla e mi attira alla bocca per farsi baciare, la working class esplode in urrà di entusiasmo. Mi sento il leader maximo della Izquierda Unida, jamás será vencida.

«Ho preparato la colazione» dice Suleima.

«Mi è venuta fame».

Non specifico la natura del mio appetito, mentre Suleima mi conduce in casa tenendomi per mano.

Dalle finestre aperte arriva il fracasso della ruspa.

Ma adesso non dà più fastidio. C'è altro da fare.

Caffè, granita al limone e una brioscia scongelata nel forno. Fuori, oltre all'incessante frastuono del caterpillar – ormai temo di averci fatto l'abitudine – la luce quieta di fine agosto. Il riflesso del mare è già meno aggressivo, lo sguardo riesce a contemplarlo. Chi ha scritto: il mare nella luce stretta dell'occhio? Chiunque fosse, sicuramente parlava di un mare siciliano nella cupa luce dell'estate.

«Che stanno facendo?» chiede Suleima.

«Non so. Credo sia un esperimento alla Keynes: aprire buche e poi riempirle» dico, staccando il tuppo della brioscia.

«Ma non ha senso».

«La macroeconomia non deve avere alcun senso, altrimenti saremmo tutti ricchi. Allora chi scaverebbe le buche da riempire?».

Prima che arrivi ad umiliare Thomas Piketty, qualcuno bussa alla porta interrompendo per sempre la mia nascente carriera di economista.

«Chi sarà?» fa Suleima.

«Forse Milton Friedman».

Vado ad aprire la porta.

Il tizio che ho davanti potrebbe essere un allievo di Friedman, un superliberista della scuola economica di Chicago: pantaloncini tecnici, scarpette da trekking e, non a caso, una maglietta rosso amaranto con la scritta «The University of Chicago».

«Sono venuto per scusarmi» dice l'uomo.

«Non ti preoccupare, anche Milton Friedman sbaglia» rispondo.

«Chi?».

«Il tuo professore».

«Forse c'è un equivoco. Sono Federico Scheiwiller, il vostro vicino di casa. Mi volevo scusare perché stamattina abbiamo fatto un casino. Mi dispiace. Avevano detto che non sarebbero arrivati prima delle nove, ma invece hanno anticipato. Ero fuori a correre e mia moglie non sapeva. Perdonaci».

«Non ti preoccupare. Tanto mi sveglio sempre all'alba. Vuoi un caffè?».

«È vero» spunta Suleima, «Saverio si sveglia sempre all'alba».

«Lei è Suleima» dico, «Federico è il nostro vicino di casa».

«Quello che scava le buche e le riempie?» fa Suleima.

«Non è sbagliato. Stiamo facendo una vasca di compostaggio. Prima la scaviamo e poi la riempiamo» ride Federico.

«Entri a prendere un caffè?» dice Suleima.

Accetta e in venti minuti ci racconta tutta la sua storia.

Svizzero di Massagno, nel Canton Ticino, Federico oltre a svegliarsi ogni giorno all'alba – invidio questa gente – per fare i suoi dodici chilometri di corsa, ha vissuto a lungo a Milano. Direttore della fotografia per il cinema e la televisione, ha conosciuto sua moglie Elsa negli anni in cui ha lavorato a Londra. Elsa è figlia di un trapanese emigrato a Torino ai tempi della Juventus di Scirea, Furino, Anastasi, Cuccureddu e di altri meridionali in bianconero. Due, tre anni fa, complice anche la pandemia, hanno deciso di sperimentare il southworking, trasferendosi a Màkari.

«Volevamo svegliarci di fronte al mare» racconta Federico.

Così, lasciata la Brianza velenosa, sono venuti quaggiù. Federico va in giro per l'Italia, mentre Elsa vive con un fuso orario sballato: disegna copertine di libri per ragazzi per una società indiana che li vende a una casa editrice americana, libri che alla fine finiscono pure nelle librerie italiane. Un disegno di Elsa arriva a Màkari dopo aver fatto il giro del mondo: fa più chilometri dell'avocado messicano che trovo, in offerta speciale, al bancone della frutta della Conad di Castelluzzo.

Ah, hanno un figlio. Quindici anni. Si chiama Romeo.

«Bel nome» fa Suleima. «A dodici anni avevo un fidanzatino che si chiamava così».

Guardo Suleima: se a dodici anni hai un fidanzato che si chiama Romeo, è normale che vent'anni dopo te ne tocca uno che si chiama Saverio. È una strada tutta in discesa.

«Stavo lavorando sul set di un film ispirato al *Romeo and Juliet* di Shakespeare. Ero lì quando ho saputo che sarei diventato padre» spiega Federico.

«Pensa se lavoravi a un film ispirato a Biancaneve e i sette anni. Lo chiamavi Pisolo? È stato fortunato, il ragazzo» dico.

Be', tanto fortunato non è Romeo – che ogni tanto vedo uscire da casa in monopattino, con un caschetto giallo in testa. Leggermente autistico, con qualche difficoltà dislessica e discalculica (chissà se era discalculico anche il mio compagno di banco che non riusciva

109

mai a ricordare la regola algebrica «più per meno: meno»? Forse era solo lavativo), è abbastanza introverso, timido, solitario.

«Forse la decisione di venire a vivere qui non lo ha aiutato. Per fortuna tra pochi giorni parte per l'Irlanda, va a studiare là per quattro mesi» commenta Federico.

Suleima si appassiona alla diagnosi neuropsichiatrica pediatrica di Romeo. A un certo punto ne parla con una tale competenza da farmi affiorare il sospetto che anche il suo Romeo, son premier amour, presentasse lo stesso quadro clinico.

Io che mi demoralizzo subito nelle anticamere degli studi medici, verso caffè ormai tiepido nelle tazzine e tento di estraniarmi davanti alla raffica di Asperger, DSA, ADOS e tutte le altre sigle che credo accompagnino il percorso di tanti genitori affaticati, preoccupati e coraggiosi. Sono all'antica: non sopporto che possano succedere cose brutte ai bambini. La penso come Dostoevskij: che c'entrano i bambini?

Sento trafficare alla porta d'ingresso. Si apre. Non è uno dei quattro fratelli Karamazov, ma uno dei cento cugini Piccionello: il mio personale.

Resta allocchito.

«Che fate svegli a quest'ora? Devo preoccuparmi?» fa Peppe. «Anche tu qua, Federico? Sì, devo proprio preoccuparmi».

«No, è colpa mia. Ho svegliato tutta Màkari. Gli operai hanno cominciato alle sette» dice Federico.

«Stavo venendo proprio da te, Federico» spiega Peppe. «Ero passato per prendere la rotella metrica, l'avevo lasciata qui l'altro giorno. Non volevo svegliare Saverio e Suleima».

«Preparo un altro caffè» dice Suleima.

«Per me no. Anzi, vado via» dice Federico.

Fa due passi, si ferma.

«Ma stasera perché non venite a cena da noi?».

«Non possiamo» fa Peppe.

«Sì che possiamo. Dai, Peppe» dice Suleima.

Peppe mi guarda con occhi sgranati, penso voglia farmi intendere qualcosa, ma faccio finta di non capire. In realtà, realmente non capisco.

«Va bene, Federico. A stasera, allora» dico.

«Alle otto in punto. Noi ceniamo presto» spiega Federico.

«Certo, altrimenti come fai a svegliare mezza Sicilia alle sette del mattino?».

«Bella battuta» dice Federico.

«Non è una battuta» aggiungo. «Ma non ti preoccupare, si farà sentire il mio avvocato».

Percepisco un'increspatura di imbarazzo.

Tocca metterci la didascalia, cosa che detesto.

«Babbìo» dico. «Ma domani mattina ti ammazzo. Se riesco a svegliarmi abbastanza presto».

Si è capito che scherzo, anche se non troppo?

Lo vedo andar via a passo sportivo per il vialetto.

«Ma stasera avevo la parmigiana di mia cugina Dora» protesta Peppe.

«E te la mangi domani. Riposata è più buona» dico.

«Suleima, come ve lo spiego?» chiede Piccionello.

«A parole tue» fa Suleima.

«In dialetto, in italiano, in inglese. A piacimento» incalzo.

«Io li conosco questi qui. Non mangiano» dice Peppe.

«Campano d'aria. Sono no food» commento.

«Saverio, Suleima, non capite. Mangiano erba, pomodori marci, pesche con il verme. Sono, come si dice, passapititto».

«Passapititto?» fa Suleima.

«Che ti fanno passare l'appetito» spiego. «Peppe, saranno vegetariani, vegani, fruttisti».

«No, Saverio. Sono nientisti. Non mangiano niente. Lo so, ho fatto qualche lavoretto a casa loro. Lo sai cosa mi offrono? Un finocchio scondito, una pera ammaccata, un pomodoro secco. Niente di niente. Nientisti, appunto».

«Peppe, fai così. Alle sette di stasera mangi la parmigiana e così arrivi già mangiato» dico.

«Ma la parmigiana è l'antipasto. Mia cugina ha già preparato le polpette di melanzane e le zucchine ammuttunate» piagnucola Peppe.

«L'indomani a colazione le zucchine fredde sono buonissime, Peppe. E un po' di digiuno ti farà bene. Io penso al dolce» dico.

«Vuoi farli felici? Portagli una guantiera vuota. Sono troppo nientisti, te lo dico io».

Suleima si intenerisce, manco Peppe fosse un bambino affamato dalla carestia.

«Aspetta, Peppe. Ieri sera è rimasta mezza torta setteveli che avevi portato tu. Portala via, sennò Saverio se la sbrana tutta e diventa mister panzone».

«Ma no» fa Peppe.

«Ma sì» fa Suleima, tirando la setteveli fuori dal frigo.

Peppe scuote la testa goloso. Sento che sta per dire qualcosa.

«Suleima, tu sei, come si dice? teleferica» dice Peppe.

«Se mangio ancora dolci diventerò telesferica» dice Suleima, mentre incarta la mezza torta nella carta stagnola.

«Mi hai letto nel pensiero, appunto» fa Peppe.

«Allora è telepatica, non teleferica» dico.

«Confesso. Ero passato per la setteveli, non per la rotella metrica» fa Peppe.

«Ho immaginato. Sei uno svaligiatore di frigoriferi» gli dico.

«Sono passato presto per non svegliarvi. Potevo immaginare di trovarvi già in piedi?».

«Peppe, sei passato di mattina presto solo perché temevi che la setteveli finisse a colazione».

«Saverio, posso mai fare una cosa simile?».

«Non lo penso. So che lo fai».

Con la sua refurtiva, Peppe esce senza parole e con un grande sorriso stampato in faccia.

Adesso c'è silenzio. Come immaginavo, i lavori sono finiti.

Si sente il grido dei gabbiani. La spiaggia è quasi deserta: dopo il 15 agosto i siciliani pensano che la stagione sia ormai conclusa. Stanchi di mare e di sole, entrano in stand-by per l'autunno. È il giorno giusto per andare al mare.

(Nota per i lettori del mercato internazionale – suggerita dall'editore che pensa a future traduzioni. La setteveli è una torta con vari tipi di cioccolato. I siciliani sostengono sia stata inventata a Palermo una ventina di anni fa. Ma il marchio è stato registrato da tre maestri pasticcieri del Nord Italia. Oltre a riproporre l'annosa questione meridionale e la polemica sull'industria settentrionale che dal 1860 depreda il sud, è dolce frequentissimo nelle pasticcerie di Sicilia. E solo per questi suoi risvolti sociopolitici, la torta era finita sotto osservazione nel mio frigorifero: volevo scrivere un libro un po' neoborbonico, *Setteveli, l'origine contesa. Storie di scippi e contese di successo tra nord e sud*, secondo me Rubbettino lo pubblicava. Ma Peppe ha appena sottratto i reperti storici, e purtroppo io scrivo solo dopo aver verificato minuziosamente le fonti. Peccato).

Guardo la curva dei fianchi di Suleima. Non so perché, ma un po' me ne compiaccio. Manco fosse la curva dei miei fianchi che, invece, mi appare appesantita: troppa setteveli?

Mi piace la luce di fine agosto, già anticipa qualcosa del primo autunno. La spiaggia è vuota, pochi ombrelloni sventolano le loro frange alla brezza. Alcuni bambini, habitué e veterani dell'estate al tramonto, giocano a qualcosa che intendono solo loro, come vecchi compagni di scuola che ridono per battute e riferimenti incomprensibili.

Disteso sulla sabbia sfoglio *I Beati Paoli*. Ho ritrovato proprio i due volumi che avevo letto da ragazzo –

in spiaggia ho portato solo il primo – me li aveva regalati mio padre: erano finiti, non so come, nel casotto dove tengo le bici con le gomme sgonfie da tre decenni, il materassino galleggiante viola mai usato, le bocce rosse e blu da spiaggia, una delle quali introvabile dall'estate del 1986.

Guardo i ragazzetti sulla spiaggia. Sono della generazione che non leggerà mai *I Beati Paoli* di William Galt. Per fortuna non sanno cosa si perdono. Si consoleranno con i manga o con TikTok: ogni generazione sceglie i suoi beni di conforto.

Il volume, ancora nell'edizione di Flaccovio, ha la copertina sgualcita e agli angoli di alcune pagine porta la piegatura delle orecchiette per tenere il segno, testimonianza del ritmo circadiano tra veglia e sonno, tra lettura e gioco, tra tempo trascorso sulla sdraio in veranda a seguir le storie di Blasco da Castiglione e di Coriolano della Floresta, contro le ore passate a tirare calci a un pallone, a sbucciarsi le ginocchia, a cambiare la catena della bici, a scoperchiare formicai: attività tardo infantili risalenti all'età del bronzo, retaggio di un'epoca preistorica nella quale non si era nativi digitali, ma al massimo picciriddi più o meno cornutelli.

«Che leggi?» chiede Suleima, girandosi verso di me.

«Non leggo più. Ormai rileggo» rispondo, con piglio snob intellettuale.

«Uffa, quanto sei noioso. Che rileggi?».

«*I Beati Paoli*».

«Ah, i mafiosi incappucciati».

«Non erano mafiosi. È stata la mafia che ha creduto di avere trovato le sue origini nobili e letterarie».

«Ma sono esistiti veramente, questi Beati Paoli?».

«Se c'è un libro, vuol dire che sono esistiti».

«Saverio, che ragionamento è? Anche sugli elfi ci sono libri».

«E infatti gli elfi esistono. Almeno in quei libri. Nei libri c'è anche Canicattì che esiste davvero. Anche se molti non ci credono».

«Infatti, esiste anche Harry Potter».

«Quello esiste veramente. L'ho visto in una tv privata di Palermo. Fa i tarocchi in diretta al telefono. Ma si chiama in un altro modo, mi pare sia finito pure in galera per truffa».

Suleima si gira a pancia sotto.

Leggo. Anzi, rileggo.

Nell'ora del passeggio, e quando più risplendeva la pompa lussureggiante dei signori, in un pomeriggio di settembre del 1713 scendeva dalla strada di Monreale, verso Palermo, un giovane cavaliere, il cui assetto stonava maledettamente con quell'apparato di ricchezza, e più con l'espressione del volto. Non era infatti possibile immaginare nulla di più grottesco e di caratteristico.

L'arrivo di Blasco da Castiglione a Palermo ricalca perfettamente l'apparizione di D'Artagnan nelle prime pagine de *I tre moschettieri*. E mentre sono lì che vago a mente fra le letterature comparate e i *topoi* del romanzo d'appendice, tanto che mi figuro di essere Umberto Eco pochi minuti prima di scrivere *Il nome della rosa*, intravedo Suleima assorta a fissare il gruppetto di bambini che ora, smentendo di essere figli del loro tempo virtuale e digitale, in metaverso fanno la conta: ambarabà ciccì coccò, tre civette sul comò, che facevano l'amore con la figlia del dottore, il dottore si ammalò, ambarabà ciccì coccò. Filastrocca che mi dà qualche speranza sul futuro del genere umano.

Suleima si gira verso di me con un sorriso un po' triste.

«Ricordi?» mi chiede.

«Sì, anche se non ho mai capito bene la relazione fra le tre civette, il comò e il dottore gravemente malato».

«No, Saverio. Ricordi quando credevo di essere incinta?».

Sorrido e annuisco.

Lo so che basta niente e dalle civette si passa alle provette, dal dottore al ginecologo, dall'amore alla paternità.

«Non te l'ho mai chiesto, Saverio. Ma tu, quando hai saputo che era un falso allarme, cosa hai provato?».

Attento, Saverio, attento. Bisogna trovare il tono giusto, ancor prima che la giusta risposta. Una boutade? Un calembour? Un aphorisme? Perché ritengo che i francesi abbiano la frase esatta? Forse sono cartesiano o spero di diventarlo nei prossimi centottanta secondi.

Lascio un'orecchietta all'angolo della pagina, richiudo il libro, lo colloco sull'asciugamano (ogni gesto è ponderato, anche per guadagnare tempo), mi alzo e vado a sedere accanto a Suleima. Le scosto un ciuffo di capelli della fronte.

«Vuoi sapere come mi sono sentito, Suleima? Vuoi sentire la perdita che ho provato, la delusione, l'assenza? Tutto ciò, ma allo stesso tempo una sorta di euforia: la sensazione che era tutto ancora da vivere, da sentire e da mordere».

Mentre lo dico e mentre lo scrivo vorrei essere Marguerite Duras o Javier Marías o Margaret Mazzantini, insomma uno che sa scrivere frasi sentimentali senza sembrare ridicolo, come invece mi sento in questo momento.

Poi rischio di strafare.

«Ma sappiamo entrambi che non si può».

«Non si può? Perché?».

«Suleima, lo sai. Ne abbiamo parlato. Non si possono avere figli se si sta dentro la narrativa».

«Saverio, con questa storia della persona e del personaggio cominci a esagerare».

«Ma secondo te perché Marlowe, Maigret, Montalbano non hanno figli? Perché fondamentalmente nei loro romanzi il tempo non passa. Possono avere trenta, quaranta o cinquant'anni, ma non festeggiano mai il compleanno. Sono come Topolino e Paperino, senza età, senza ieri né domani. Non ci sono bambini nelle loro storie».

«E Qui, Quo, Qua?».

«Appunto. Hanno più di ottant'anni e vanno ancora in giro vestiti da Giovani Marmotte. Sono eterni. I bambini invece sono la misura del tempo. Cominciano a parlare, a camminare, vanno in prima elementare e subito dopo alla prima media, mettono i denti, imparano le divisioni a tre cifre e all'indomani gli spuntano le tette o la barba. I personaggi hanno solo tre età:

giovani, adulti o vecchi. E non crescono più. Appena finisco di scrivere i miei libri, dove siamo personaggi, giuro che facciamo un figlio. Anche perché, tra un racconto e un romanzo, non sapremmo a chi lasciarlo».

«A Peppe Piccionello».

«Non somiglia molto a Mary Poppins».

I bambini sulla spiaggia adesso credo stiano realizzando un castello di sabbia.

Suleima si gira verso di loro, mi posa una mano sulla coscia. Ha dita fredde.

«Un piccolo Saverio?» sussurra.

«O una piccola Suleima. Non è meglio?» le dico, lasciandole un bacio leggero sull'orecchio.

«Quanti libri devi scrivere ancora?».

«Pensavo altri trentadue o, al massimo, trentatré. Poi smetto».

Mi spinge sulla sabbia, si alza in piedi e va verso l'acqua.

«Chi arriva ultimo è genitore due».

Sfidato sul politicamente correttissimo, mi slancio di corsa verso la battigia. Mi merito almeno il podio di genitore uno.

«Lasciami qui da Marilù, torno a casa a piedi» dico, mentre risaliamo in auto dal mare verso Màkari.

«Non sai che ti perdi» fa Suleima. «Ho intenzione di fare una doccia molto lunga e molto calda».

Ci penso. Immagino. Pregusto. Ma il dovere mi chiama: devo scegliere il dolce per i nientisti e solo Marilù può darmi il consiglio giusto.

Scendo davanti al ristorante. Vedo l'auto di Suleima andar via, il suo braccio fuori dal finestrino. Ha ragione lei, devo uscire da queste pagine e ricominciare a vivere. Il mio personaggio mi imprigiona, ma so che fuori dall'impaginato rischio di perdermi.

Marilù è in cucina, prepara la cena per stasera.

«Cosa fai di buono per stasera?» le chiedo.

«Saveriuccio bello, che fai qui? Busiate con l'anciova e turbante di spatola. Vuoi un assaggio?».

«No, sono invitato a cena. Ma ora che ci penso: forse è meglio presentarsi a stomaco pieno. Non si sa mai».

«Ti preparo un po' di pesce spatola».

«Con la mollica?».

«Certo. Hai la faccia stanca, Saverio. Che c'è?» dice, preparandomi un piatto.

«Sono sveglio dalle sette di stamattina».

«Benvenuto tra noi comuni mortali».

«Faccio il disoccupato di successo proprio per non dovermi alzare presto. Ma alle sette i miei vicini di casa hanno deciso di demolire Monte Perciato a colpi di ruspa».

«Quelli forestieri? Mi pare che lui si chiami Federico, lei non lo so e non voglio saperlo. Vuoi un po' di pane?».

Mangio seduto al bancone della cucina, mentre Marilù e i suoi aiutanti trafficano con cipolle, pomodori, capperi.

«No, grazie. Senza pane. Perché ce l'hai con lei?».

«Saverio, una sera sono venuti qui a cena. Lei mi ha fatto impazzire: l'olio è biologico? Il vino è biodinamico? Il pane è di farina molata a pietra? La cipolla fa lacrimare gli occhi o il naso? Quasi quasi mi chiedeva l'atto di nascita di ogni pomodoro. Sai quanto ci tengo alla merce genuina, ma così è esagerato».

«Appunto, devo portare un dolce a casa di questi qui tra un'ora. Che mi consigli? Una setteveli?».

«Tu sei pazzo. Se ti presenti con una setteveli, minimo minimo, ti denunciano per molestie».

«Allora una cassata. Magari al forno: meno aggressiva. O un tronchetto al limone».

«Saverio, fai una cosa: dimentica i dolci siciliani. Questa è gente che se gli offri il gelo di mellone, tirano fuori la calcolatrice, sommano calorie, trigliceridi, colesterolo e il totale fa sempre 666, il numero del diavolo. Minimo minimo ti scomunicano e ti bruciano vivo con carburanti ecosostenibili, a chilometro zero. Ce l'ho io qualcosa per te. Aspetta».

Va al frigorifero, mentre finisco l'assaggio di pesce spatola che mi ha spalancato l'appetito.

«Vuoi un bicchiere di catarratto?» mi fa. La voce arriva da dietro la porta aperta del frigo.

«Freddo?».

«Freddissimo».

«In effetti, è l'ora dell'aperitivo».

«Anche dell'apericena».

Torna con una bottiglia già stappata. Il vetro è appannato dal freddo.

Nell'altra mano regge una crostata.

«Ecco. Crostata con marmellata di albicocche raccolte nel mio giardino, a concimazione naturale, con farina integrale di grani antichi, senza olio di palma né aggiunta di grassi animali».

«Sembra un medicinale. Può avere controindicazioni anche gravi. Leggere attentamente il foglietto illustrativo» replico. «La crostata non è un dolce, Marilù. Va bene solo a colazione».

«E infatti la offro a colazione ai clienti dell'albergo».

«Tanto vale portare quattro fette biscottate con la marmellata».

«A parte che non sarebbe una cattiva idea, purché la marmellata sia veramente biologica, proveniente da frutta non raccolta ma naturalmente caduta dal ramo. Questa la faccio io, è buonissima».

Mi verso mezzo bicchiere di vino.

«Dai Saverio, te la faccio incartare. Così fai bella figura».

«Quand'è successo che tutto ciò che è buono è diventato mortale? Mio padre ogni domenica comprava dodici cannoli di crema di ricotta, anche se eravamo in quattro».

«Forse per questo non mangi più cannoli».

«Non li mangio perché non voglio sembrare il solito siciliano con un cannolo in una mano e l'arancina nell'altra».

«Vedi? Sei ideologico. Porta 'sta crostata e non ti lamentare».

«Marilù, posso confessarti una cosa? Avvicinati, non voglio farmi sentire».

In cucina, sembra che tutti si fermino per ascoltarmi meglio.

«Di nascosto, Marilù, ogni tanto, un cannolo lo mangio. Ma solo quando non mi vede nessuno. Però conosco un siciliano, un mio amico, che non ha mai, e dico mai, mangiato un cannolo di ricotta».

«Di che religione è?».

«Non è un fatto di fede. È intollerante al lattosio».

«Mischino».

«Eggià. Non sa cosa si perde».

Mi torna in mente la frase di Suleima. Se faccio in fretta, forse riesco a trovarla ancora sotto la doccia.

L'ho trovata, infatti. Ancora sotto la doccia. Tra una cosa e l'altra, il tempo è passato in fretta. E ora siamo in ritardo.

«Dai Suleima, si è fatto tardi».

«Ho finito. Mi chiudi la lampo qui dietro?».

La aiuto. Ma come faccio a resistere a non darle un bacio sul collo?

«Saverio, smettila. Hai detto che è tardi».

«Ma è anche presto. C'è ancora luce».

«Cosa hai preso?».

«Crostata casalinga di albicocche, purtroppo».

«Buona. Perché lo dici con questo tono?».

«Mi sento l'omino del supermercato».

«Che vuoi dire?».

«Quello che si presenta a casa d'altri con i corn-flakes e il latte».

«Ma cosa volevi portare? Una torta nuziale a quattro piani?».

Squilla il telefono. Rispondo.

«Papà. Scusa, vado di fretta».

«E dove vai?».

«A cena».

«Allora sei in anticipo. Sono appena le otto».

«Ma devo fare la strada».

«E dove vai? A Mazara del Vallo?».

«Ma no, papà. Nella casa accanto».

«E parti alle otto?».

«Cenano presto».

«Saverio, solo nei film americani cenano con la luce. Noi siciliani non possiamo, la fotosintesi ci rovina la digestione».

«Vabbè. Papà, ricordi quando mi sono perso al supermercato? Dove eravamo?».

«Non ti sei mai perso al supermercato».

«Non è vero, ho un ricordo preciso. L'ho perfino sognato stanotte».

«Ma non ti sei perso. Ti eri nascosto. Ti abbiamo trovato dopo mezz'ora dietro al bancone dei surgelati. Mamma voleva ammazzarti, per la paura che si era presa. Per la prima volta nella sua vita ti ha dato uno schiaffo».

«Quindi non mi ero perso?».

«Saverio, no. Noi ti avevamo perso. Ma tu sapevi benissimo dov'eri».

«Perché l'ho fatto?».

«E che ne so? Perché eri scimunito».

«Ma ero solo un bambino, papà!».

«È vero. Un bambino scimunito».

Suleima mi indica un immaginario orologio al polso.

«Papà, adesso devo andare».

«Vai piano».

«Non ti preoccupare, vado qui accanto».

«Non mi preoccupo. Vai piano, così arrivi in ritardo. Gli ospiti puntuali sono fastidiosi».

Fino alla mezz'ora di ritardo, almeno in Sicilia, si rientra nella categoria delle persone molto puntuali. Oltre la mezz'ora, si slitta tra quelli abbastanza puntuali. Oltre un'ora, si rischia di apparire poco puntuali. Altre categorie non sono ammesse, perché nell'isola nessuno è veramente ritardatario: la colpa, semmai, è del tempo. Corre troppo veloce.

Quando busso alla porta, sono sicuro di essere nel giusto. Ci presentiamo con una crostata casalinga e ventisette minuti di ritardo sull'orario previsto. Secondo le regole di Trenitalia non avremmo nemmeno diritto al rimborso del venticinque per cento del biglietto: ventisette minuti non rappresentano ritardo manco sui Frecciarossa (che poi in Sicilia non esistono e quindi il fatto è puramente teorico: ipotesi di scuola, avrebbe detto il mio professore di filosofia).

Appare la mia vicina. Ha una bella faccia, fisico sportivo e una ciocca bianca tra i capelli neri: non capisco se è una cosa naturale o la ricercatezza di qualche parrucchiere à la page (ma se è così, non è certo un parrucchiere di Màkari).

«Benvenuti, sono Elsa. Vi aspettavamo. Federico e Peppe sono in veranda» dice, con una stretta di mano forte e mascolina.

«Ciao, sono Saverio, lei è Suleima e questa è una crostata con marmellata casalinga di albicocche biologiche, senza additivi né saccarosio» dico, senza sapere da dove mi viene la storia del saccarosio. Ma fa il suo effetto.

«Che meraviglia!» dice Elsa.

«Senza grassi animali, ovviamente» preciso.

«Anche voi, vedo, siete per un'alimentazione responsabile. Molto bene» fa Elsa, accogliendo fra le mani la crostata.

In veranda ci sono Federico e Peppe. Piccionello indossa una delle sue magliette: «Back to Sicily. Pensiero stupendo, nasce un poco sognando».

«Siete in ritardo. Io sono qui da mezz'ora» fa Peppe.

«Nessun problema. Non è ancora arrivato nostro figlio. Beviamo qualcosa» dice Federico, versando nei bicchieri un vino bianco lattiginoso. «È naturale, biodinamico: un nero d'Avola vinificato in bianco secondo metodi antichi di spremitura soffice e macerazione in tini di legno per sei notti di luna crescente».

Da un giorno all'altro, non so come, i miei coetanei che guardavano *Drive In* e leggevano *Tre metri sopra il cielo* di Federico Moccia – pensando che fosse Hermann Hesse – sono diventati una generazione di gastronomi e di sommelier. Mentre calava vertiginosamente la libido collettiva, si accresceva la cantinetta personale e quanti prima parlavano di perduti amori hanno cominciato a disquisire di tannini e di solfiti.

Il sole è ormai sul filo del tramonto. Le giornate si

accorciano. Ferragosto è capo d'inverno, diceva mia madre: mi torna in mente la sua frase, mentre l'orizzonte si incendia di rosso e Monte Cofano è un promontorio già scuro della sera.

«Alla vita nuova» brinda Federico. «Questo vino ha grande personalità, vedrete».

Brindiamo. Butto giù un sorso. Vedo le smorfie disgustate di Suleima e di Piccionello.

«Scusate, Elsa ha bisogno in cucina» dice Federico, allontanandosi.

Piccionello con una mossa rapida versa il vino nella siepe.

«Che fai, Peppe? Non hai sentito? Ha grande personalità e tu ci annaffi l'oleandro?» dico.

«Ha una personalità inutile: né vino né aceto» risponde Piccionello.

«Suleima, non dirmi che anche tu?».

Cresciuta a Bassano del Grappa, per motivi di territorio, anzi di terroir, ha un innato sesto senso per tutto ciò che è alcolico.

Lesta lesta, versa il vino nel vaso della chicas.

«Ha ragione Peppe» dice.

Sono l'unico col calice ancora pieno.

Ritornano i padroni di casa.

«Buono, vero? Lo produce una piccola cantina della zona. Vi riempio i bicchieri» fa Federico, rabboccando i calici di Suleima e Peppe.

Ridacchio dentro di me, sorseggiando piano il liquido che somiglia alla lontana al vino. Ma a me non sembra così male. Mi consolo ripensando al mantra di un celebre ubriacone: piuttosto che acqua, bevo l'aceto, almeno so che è vino guastato.

Il cielo ormai è grigio e blu.

«Appena arriva Romeo ci mettiamo a tavola» dice Elsa. «Questione di minuti».

Il ragazzo scivola nella categoria dei poco puntuali: lo aspettiamo da un'ora. Il suo telefono è staccato. Continuiamo a bere vino bianco di ambigua personalità, accompagnandolo con carotine, sedani e ravanelli al pinzimonio: aperitivo che non apre, né chiude l'appetito.

Romeo, Romeo, perché sei tu Romeo? L'invocazione shakespeariana mi affiora ai pensieri. Dove sei, Romeo?

Elsa è sempre più agitata. Insiste al telefono, prova ai numeri di amici e compagni di scuola di Romeo. Pochi rispondono: gli adolescenti non conoscono la possibilità che il telefono serva anche per chiamare o per essere chiamati.

Suleima mi lancia occhiate preoccupate.

«Niente, l'hanno visto oggi pomeriggio al bar sulla spiaggia di San Vito. Ma erano ancora le sei» dice Elsa, l'espressione affranta. È sul punto di piangere. «Ha detto che tornava a casa. Deve essere successo qualcosa».

Suleima mi invita con gli occhi a darmi da fare. Ma che dovrei fare?

«Sono ragazzi, magari ha perso tempo. Io alla sua età facevo disperare mio padre e mia madre» fa Piccionello.

Federico stringe le spalle di Elsa.

«Stai tranquilla, Elsa. Peppe ha ragione, magari ha

avuto un piccolo contrattempo» dice Federico, ma non ci crede nemmeno lui.

Mi allontano con la scusa di andare in bagno.

Da là dentro chiamo i carabinieri di San Vito, chiedo se ci siano stati incidenti in zona nelle ultime ore. Niente di preoccupante, si è solo cappottata una motoape carica di uva, non ci sono vittime né feriti.

Sono sollevato. Una brutta notizia in meno, in un tempo in cui ce ne sono troppe (ma esistono le buone notizie? Forse è solo un ossimoro). Mi affretto in veranda per riferire. Ma non c'è tempo, è subentrato qualcosa di nuovo.

Un cenno interrogativo a Peppe e Suleima. Piccionello rotea in aria una mano, mi fa capire che la situazione si è fatta grave.

Suleima sussurra piano nel mio orecchio:

«A Federico è arrivato uno strano messaggio».

«Che messaggio?».

«Non so, vuole andare dai carabinieri».

Mi avvicino a Federico e a Elsa, lei piange stretta fra le braccia del marito.

«Posso fare qualcosa?» chiedo.

«Saverio, mi è arrivato un messaggio su WhatsApp. Leggi» e mi mostra lo schermo del cellulare.

Vostro figlio è nelle nostre mani. Non fate niente se volete riaverlo vivo.

Il numero da cui è partito ha un prefisso straniero.

«Federico, hai provato a chiamare?» dico.

«È sempre staccato. Bisogna denunciare subito».

«Romeo, Romeo. Perché Romeo?» singhiozza Elsa.

Ha la medesima pena di Giulietta Capuleti, ma più profonda, più vasta, più inconsolabile.

«Elsa, andiamo dai carabinieri. Loro possono aiutarci» dice Federico.

«Chiedete del maresciallo Guareschi. Anzi, lo chiamo e gli dico che state arrivando. È un bravo carabiniere, una persona perbene» dico, mentre compongo il numero.

Mi allontano di qualche passo. Peppe sta mangiando, senza farsi vedere, gli ultimi gambi di sedano. Suleima fissa il cielo buio, forse le stelle.

«Lamanna, cosa succede a quest'ora?» chiede Guareschi.

«Scusa, Guareschi. Un ragazzo è scomparso, figlio di amici».

«Sarà in spiaggia a fare l'amore con una ragazza. Ti è mai successo, Lamanna?».

«Non scherzare. È arrivato un messaggio al padre, sembra un sequestro».

«Un sequestro di persona? A Màkari? Mi sembra strano, l'ultimo risale ai tempi del bandito Giuliano. I genitori sono ricchi? Mezzi mafiosi? Truffaldini?».

«Macché, gente del nord, gente normale».

«Lamanna, sai come si dice? Da vicino nessuno è normale. E la gente non esiste. Ergo, non esiste gente normale. Vabbè, dove siete?».

«Hai presente casa mia? Quella accanto».

«Va bene, arrivo. Tra un quarto d'ora sono lì».

«Guareschi, fammi un favore: non venire in divisa, sono già abbastanza agitati».

«Lamanna, sono in pantaloncini e ciabatte, modello Piccionello. Magari metto addosso una camicia e un paio di jeans. Sai, l'Arma è sempre l'Arma, siamo un po' all'antica: hai presente le buone cose di pessimo gusto?».

«Va bene, ma senza scruscio di sirene e luci lampeggianti. Discreto».

«Sì, Lamanna. Io sarò discreto, ma tu sei veramente discretino. Anzi tutto cretino. Non farmi perdere tempo».

Annuncio l'arrivo dei carabinieri. Elsa è preda di una crisi di panico.

«Perché non le diamo un calmante?» dico a Federico. «Elsa sta male».

«Ho delle compresse di valeriana, vanno bene, no?» mi dice.

Meglio di niente, penso. Anche se servirebbe un po' di chimica, altro che rimedi naturali: le proverbiali dieci gocce di Xanax. Ma non credo che in questa casa siano a conoscenza dell'esistenza delle benzodiazepine.

Metto una mano sulla spalla di Suleima, le accarezzo il collo. Continua a guardare il cielo stellato.

«Che pensi?» le chiedo.

«Fesserie, pensieri banali. Penso come tutto può alterarsi in un attimo. La quiete sconquassata, la serenità perduta».

«È la vita, tanto per dire una banalità».

«Già, è la vita. Avrà paura».

«Chi?».

«Romeo, avrà paura?».

131

«Non lo so. I ragazzi a volte hanno un coraggio sorprendente».

Si avvicina Peppe.

«Che facciamo? Ce ne andiamo?».

«Peppe, hai fame? Vuoi andare a mangiare?».

«No, ho mangiato tutto il sedano. E a casa avevo assaggiato la parmigiana. Ve l'avevo detto che in questa casa non si mangiava».

«Peppe ha ragione, forse è meglio andare via» fa Suleima.

«Io non mi stupisco di voi, ma di me che vi ho messo nei miei libri. Vi ho descritti come personaggi acuti, volitivi, arguti, e proprio mentre c'è una famiglia distrutta dall'ansia e dalla preoccupazione, voi belli belli volete tornare a casa per mangiare la parmigiana».

«Ma che dobbiamo fare? Diamo solo fastidio» dice Peppe.

Lo guardo con disprezzo.

«Peppe, io immaginavo, anzi credevo, che tu fossi Yanez, il fido impavido amico di Sandokan. E invece? Ti ritrovo prudente e pauroso mentre stipuli un'assicurazione Allianz contro i graffi di felino prima di entrare nella jungla ad affrontare la tigre di Mompracen».

«Ma chi è questo Yanez? È di Màkari? Mai sentito».

«Saverio, torna su questo pianeta» fa Suleima. «Questa non è fiction, è realtà. C'è un ragazzino sequestrato, scomparso, forse peggio, e noi restiamo qui a divorare pinzimonio di verdure solo per capire come va a finire, così tu hai una buona storia per i tuoi libri. Libri, tra parentesi, che non legge nemmeno tuo padre».

«Suleima, questo è un colpo sleale» dico.

Una sirena ulula in avvicinamento.

«Oddio» esclama Elsa, le mani tra i capelli.

La sirena si spegne solo quando arriva davanti casa. Lo Stato si presenta urlando, tanto per fare un po' di scena.

Esco fuori, Guareschi in jeans e camicia sembra uno dei tanti che sciamano ai Navigli, a Ponte Milvio, alla Vucciria o negli altri molteplici ritrovi della *movida national*, piazze di contrattazione dei titoli azionari di spritz e mojito.

«Sei stato discretissimo: l'ha capito solo mezza Sicilia che venivi qui».

«Lamanna, convinci il mio autista, se sei capace. Dice che il protocollo impone di accendere la sirena per chiamate d'urgenza. Il protocollo è il protocollo, non posso farci niente. Sempre carabinieri siamo, abbi pietà».

Elsa e Federico aspettano sul divano. Le domande di Guareschi sono precise, puntuali, nette. Non lascia spazio alle reazioni emotive. Elsa mi sembra rassicurata, comincia a fidarsi di Guareschi.

Suleima e Peppe vogliono portarmi via.

«Noi andiamo. Chiamateci per qualunque cosa. Siete in buone mani» e indico Guareschi.

Federico si alza, mi stringe la mano. Ci ringrazia.

Torniamo verso casa.

«Bene, adesso tocca a noi» dico.

«Che vuoi fare?» chiede Suleima.

«Andiamo a fare un giro in paese. Cerchiamo di parlare con gli amici di Romeo, giù al bar sulla spiaggia» spiego.

«Ma sono quasi le dieci» fa Peppe.

«I ragazzi non vanno a letto presto. A quest'ora sono tutti al bar. Andiamo a cercare qualche informazione utile».

«Va bene, forse hai ragione tu» dice Suleima.

«Certo che ho ragione. Sono o non sono il deus ex machina?».

«Che dice?» chiede Piccionello a Suleima.

«Dice che devo prendere la mia, perché lui è un deus senza macchina».

Infatti, saliamo sull'auto di Suleima e scendiamo per la strada che va a San Vito Lo Capo.

Nel bar sulla spiaggia c'è musica e una fauna così giovane che mi sento d'improvviso più vecchio di mio padre.

Peppe ha adocchiato una pizzetta con salsa, formaggio fuso e origano.

«Non avevi già mangiato la parmigiana?» chiedo.

«Ma prima di cena. Aperitivo».

«E la pizzetta cos'è?».

«Chiuditivo. Per chiudere la cena».

«Cena che non c'è stata».

«Cena nientista, appunto».

Prendo due birre. Artigianali, va bene. Ormai la Nastro Azzurro si trova solo in enoteca. La ragazza al bancone, con una certa scortesia (credo mi consideri fuori target, praticamente uno appena scappato dall'ospizio), ci serve due Minchia Tosta, bionde doppio malto, di produzione tutta siciliana, come si evince dal nome esotico e raffinato.

«Peppe, bevi qualcosa?» chiedo.

«Ososasa» risponde a bocca piena.

«Cosa dici? Non si capisce niente».

«Una gazzosa».

La chiedo, vengo guardato con sospetto. Tra quindicenni che tracannano alcolici da quando avevano undici anni, faccio la figura di un vegano alle cene di Trimalcione.

Viene servita una bottiglia di Polara, dall'etichetta rétro, ma dal prezzo moderno: costa più di una Coca-Cola.

«Bevila piano che è d'annata, gran riserva» spiego a Piccionello.

Con un cenno della testa, invito Suleima e Peppe a seguirmi. Ora devo muovermi con tatto e furbizia. Mi avvicino a un tavolo di ragazze e ragazzi, al centro troneggia un cestello argentato da cui spunta il collo di una bottiglia di spumante rosé. Dall'etichetta intuisco il prezzo al dettaglio e colloco i minorenni nella sempiterna categoria dei figli di papà.

«Conoscete un ragazzo che si chiama Romeo?» chiedo, quasi distrattamente.

«Tu chi sei?» replica uno che si sente il più duro della compagnia.

«Lo zio. Perché, non si vede?».

«Devi chiedere a Celeste» spiega una biondina con un delfino tatuato sul collo.

«Celeste?».

135

«La sua ragazza. È la brunetta laggiù, quella con la camicia verde» mi fa col dito puntato verso un tavolo all'angolo.

Adesso tocca a Celeste.

Ci avviciniamo con cautela.

«Non aggredirla» sussurra Suleima. «Anzi, fai parlare me».

La lascio passare avanti, resto a distanza con Piccionello.

«Peppe, fai il disinvolto».

«Saverio, io sono sempre disinvolto».

«Hai ragione, sennò non ti metteresti queste magliette».

«Vedi che sei invidioso? Solo perché mia nipote Emma ha avuto successo con le sue magliette».

«Hai ragione, infatti le cercano tutti. Per fortuna non le trova nessuno, perché non esistono».

«Aspetta e vedrai».

Ci guardiamo attorno, sempre con finta disinvoltura. Capto una conversazione dal tavolo vicino, parlano di una serie tv. Vorrei essere uno di quelli che dicono «ai tempi miei»: ma non riesco a trovare molte differenze, se non nei nomi degli attori.

Torna Suleima.

«Non sa niente. Si sono lasciati dieci giorni fa, non si sentono più» mi spiega.

«Così dice lei» commento.

«Sembrava sincera, era triste mentre ne parlava».

Vedo Celeste che si alza, se ne va in fretta.

Alla spalliera della sua sedia è rimasto appeso uno zainetto. Mi precipito verso il tavolo all'angolo.

«Celeste ha dimenticato questo, glielo riporto io» dico agli amici ancora seduti.

«Ma tu chi sei?» chiede una ragazzina col piercing al naso.

«Lo zio. Non si vede?».

La presenza di Suleima, accorsa al mio fianco, rassicura i ragazzi: non sono un molestatore di minori.

«È veramente lo zio» aggiunge Peppe. «Si vede, no?».

Uscendo dal locale, incrociamo Celeste che torna indietro.

«Questo è mio. L'ho dimenticato» mi fa, cercando di strapparmi lo zainetto dalle mani.

«Sì, lo so. Te lo stavo riportando».

Tengo la cinghia, Celeste tira. Ci sono disegni col pennarello, sigle misteriose, spille appiccicate, un cuore rosso con la scritta Romeo fatto con la biro colorata.

«Ma tu chi sei?» chiede Celeste.

«Lo zio, non si vede?» dice Suleima.

«Non si vede. Romeo è bello» dice la ragazza e va via di corsa.

Restiamo in silenzio, guardandola mentre si dilegua nella sera di fine estate.

«Se Romeo è bello, tu dunque non puoi essere lo zio. Ha detto così, no?» mi spiega Peppe.

«Sì, Peppe. L'avevo capito».

«Senza offesa, Saverio. Giusto per chiarire».

«Certo, senza offesa, Peppe».

Suleima mi dà un bacio sulla tempia.

«Secondo me, sei uno zio abbastanza bello. Non bellissimo, ma piacente».

Torniamo verso casa: la radio a basso volume trasmette una vecchia canzone.

Se il giorno posso non pensarti
La notte maledico te
E quando infine spunta l'alba
C'è solo vuoto intorno a me.

Le luci della casa di Federico ed Elsa sono accese. E chi dorme in una notte così. L'auto di Guareschi è andata via.

«Dai, passiamo da loro. Non è bello restare soli con tanta preoccupazione» dico.

La radio si spegne sulle strofe della canzone.

E la tua voce fende il buio
Dove cercarti non lo so
Ti vedo e torna la speranza
Ti voglio tanto bene ancor.

«Siamo tornati. Novità?» chiedo.

«Nessuna» dice Federico.

«Elsa come sta?».

«Quel carabiniere l'ha un po' rasserenata. Esclude il sequestro».

«Abbiamo incontrato Celeste».

«Chi?».

«Celeste, la sua ragazza. Almeno fino a qualche tempo fa».

«Una ragazza? Elsa, tu ne sapevi niente?».

«No, non lo sapevo. Ma forse l'ho vista una volta» dice Elsa dalla cucina. «Sto preparando una tisana, volete?».

Piccionello rifiuta sdegnato, manco gli avessero offerto cicuta, mentre Suleima si affretta a chiedere gli ingredienti: finocchio e melissa. Rilassante.

E ci ritroviamo in veranda, a sorseggiare una tisana al gusto di insalata, come se il mondo fosse uguale a tre ore fa.

«Secondo te, pare brutto se chiedo una fetta di crostata?» bisbiglia Peppe.

Manco gli rispondo. Basta lo sguardo.

«Scusate, non avete nemmeno mangiato. Un po' di crostata?» fa Elsa.

Accetto solo per fare un piacere a Peppe.

«Parlateci di Romeo. Com'è? Cosa fa?» chiede Suleima.

È la domanda giusta. Non lo abbiamo mai visto e non sappiamo chi sia.

«Un ragazzo della sua età. Un po' introverso, forse poco espansivo e il trasferimento qui non lo ha aiutato» dice Federico.

Elsa porta i piattini con la crostata.

«Che dici, Elsa? Com'è Romeo?» prosegue Federico.

«È sempre stato un po' timido, silenzioso, riservato. Fin da bambino. Pochissimi amici. Infatti, non ne conosco quasi nessuno. E qui a Màkari ancora meno. Una volta l'ho accompagnato in auto da quella ragazza, Celeste. Abita a Castelluzzo, accanto al panificio. Romeo doveva farsi dare un libro. Nostro figlio non è il tipo che porta gli amici a casa. A casa invece io ci sto molto, lavoro da qui, ad orari impossibili, per alcune società straniere, mi adeguo ai loro tempi. Passo dall'India agli Stati Uniti senza mai uscire dal mio studio. Federico viaggia spesso per lavoro. Io e Romeo passiamo molto tempo insieme. Non so, forse ho sbagliato: sono diventata troppo protettiva. Per questo abbiamo deciso di mandarlo all'estero per un po' di tempo. Ho paura che non gli ho insegnato a camminare con le sue gambe, a lottare e a difendersi».

Elsa si commuove. Anche Suleima e Piccionello si commuovono. Io rivedo mia madre, moltissime altre madri, pronte a darsi colpe che non esistono per spiegare cose che non si possono spiegare. Le cose vanno così, e basta.

«Elsa, non è colpa tua» dice Federico. «Romeo è stato a lungo seguito da uno psicologo. Ma non ha problemi gravi, solo una certa tendenza all'isolamento, qualche difficoltà a relazionarsi. Quest'estate mi è sembrato più socievole, forse sta crescendo, non so. Tra qualche giorno deve partire, un quadrimestre in un college irlandese, da settembre a dicembre. È molto contento di fare questo viaggio. Sapete, io e mia moglie abbiamo fatto molte esperienze internazionali fin da ragazzi, da soli, all'estero. Una grande scuola di vita: utile per imparare le lingue e per diventare adulti e autosufficienti».

«Hai ragione, Federico» dice Peppe. «A quattordici anni mio padre mi mandò a Selinunte, a fare il bagnino nello stabilimento che gestiva mio zio Gioacchino. Una grande esperienza».

«Peppe, parliamo di esperienze internazionali, non balneari» dico.

«Ciascuno fa quel che può. Per me fu una grande esperienza. Ho conosciuto anche una tedesca, si chiamava Gudrun. Bella, alta, bionda».

«Ho capito: ma è un altro tipo di esperienza. Più sessuale che internazionale».

Elsa sorride. E pure Federico. Un bip del suo telefono. Federico legge.

«Un altro messaggio».

«Che dice?» chiede Elsa allarmata.

Vostro figlio sta bene. Ma non tornerà presto. HSH

«Che significa HSH?» chiede Suleima.

«Non capisco. Avverto Guareschi».

«Ma non si può rintracciare il telefono da dove partono i messaggi? Che dicono i carabinieri?» chiedo.

«Dicono che ci vuole tempo. È una scheda telefonica straniera, di quelle che si trovano su internet: sono anonime» spiega Federico. Poi, si sposta per parlare con Guareschi.

«Hai sentito, Elsa? Romeo sta bene» dice Suleima, posandole una mano sulla spalla. Ma Elsa non risponde. Una lacrima le scivola nella tazza di tisana al finocchio e alla melissa.

La crostata è buona, però. Adatta per una colazione col caffellatte, ma anche a fine giornata ha un suo perché. In mancanza d'altro.

Mangio crostata guardando dalla veranda il mare schiarito dalla luna.

«Guareschi dice che il messaggio è anomalo» spiega Federico. «Nessuna richiesta, nessuna motivazione, nessuna scadenza. E quella strana sigla: HSH. Ha avvisato la scientifica, per gli accertamenti sul numero. Ha voluto una foto di Romeo, gli ho mandato questa, va bene?».

Mi mostra l'immagine di un ragazzo dai capelli chiari, accanto a una tavola da surf piantata nella sabbia. Romeo nella foto sorride, ma ha occhi tristi.

«È veramente bello. Aveva ragione Celeste» dice Suleima. E poi ad Elsa: «Ti somiglia, nel taglio della bocca».

Elsa ha un sorriso stentato, ma compiaciuto.

HSH. Mah.

Chiedo soccorso alla mia memoria, ma non mi aiuta: mi restituisce sigle e stemmi della mia infanzia. VHS, SWM, VHF, cose che non hanno senso, perché non esistono più.

Chiedo soccorso a quell'impiccione di Google che non sbaglia mai un colpo.

HSH s.r.l., software per l'ingegneria. HSH informatica e cultura. His Serene Highness, Sua Altezza Serenissima, HSH Hekurudha Shqiptare, sigla delle ferrovie di Tirana: Romeo in mano a capitreno albanesi riconvertiti al crimine? Mi sembra ardita come ipotesi, perfino in un noir che aspira ad essere transnazionale.

No, siamo fuori strada.

HSH. Mi sembra di averla già sentita o vista. Ma dove?

«A cosa pensi?» mi chiede Suleima, sbocconcellando con le dita un pezzo della mia crostata. «Dicevi che non ti piace».

«A mezzanotte mi piace tutto. E poi non è vero che non mi piace, ma appena cala il sole la crostata mi pare fuori tempo: al massimo a merenda».

«Dovevi fare come Piccionello: ha cenato con la pizzetta al bar».

Come si dice in questi casi? Riavvolgo il film e rivedo i fotogrammi. Non sarà molto originale come frase, ma è quello che mi succede.

«Brava, Suleima».

«Lo so. Ma in cosa consiste la bravura?».

«Il bar. Ricordi quando ho preso lo zainetto di Celeste? Su una cinghia c'era scritto HSH. Mi è tornato in mente adesso. Capisci? Lei sa cosa significa. Andiamo».

«Dove?» chiede Suleima.

«Da Celeste».

«E loro?» dice indicando Elsa e Federico.

«Vengono con noi. Così Celeste non scapperà. Li conosce, sa chi sono».

Giusto il tempo di spiegare cosa bisogna fare, ci ritroviamo ficcati in cinque nell'utilitaria di Suleima.

Arriviamo, ecco il panificio.

Scendo con Elsa e Federico.

«Restate in auto» dico a Peppe e Suleima. «Altrimenti potrebbe sentirsi accerchiata».

Elsa suona al citofono. Al piano di sopra si accende una luce, si apre il balcone, si affaccia Celeste.

«Ciao, sono la mamma di Romeo. Possiamo chiederti qualcosa?».

«Sono sola, i miei genitori sono a Palermo».

«Pochi minuti, stai tranquilla».

«Aspettatemi. Scendo».

Si spalanca il portoncino.

«Che succede?» chiede Celeste.

«Romeo, non sappiamo...» inizia Elsa, ma le si rompe la voce in pianto.

«Mi dispiace, io non so dov'è Romeo. Non lo sento da dieci giorni».

«Sì, lo sappiamo» intervengo. «Dobbiamo chiederti un'altra cosa».

«Ah, tu sei lo zio. Quello di prima al bar» dice Celeste.

«Esatto, si vede no? Mi spieghi cos'è acca-esse-acca?».

«Non so di cosa parli».

«Celeste, ascoltami, sulla cinghia del tuo zainetto hai una scritta: acca-esse-acca. Cos'è?».

Celeste si fa pensierosa. Guarda di sottecchi Elsa che singhiozza in silenzio.

Deve decidere.

«Celeste, è importante per noi» dice Federico.

«Eich-es-eich, ho capito. Sono le iniziali di un poeta inglese, l'abbiamo studiato a scuola» spiega Celeste.

«Come si chiama questo poeta?» chiedo.

«Mi pare Scott, non sono sicura. In classe lo chiamavamo eich-es-eich» dice Celeste. «Era diventato come un gioco tra di noi».

«Nient'altro?» aggiungo.

Celeste mi guarda col nitore di un cielo terso di giugno. Scuote la testa, fa cenno di no. Nient'altro.

È quasi l'una quando torniamo a casa di Elsa e Federico.

Federico prepara un caffè.

Piccionello crolla di botto su un divano, sonnecchiando.

Mi balla in testa una frase, non so da dove arrivi.

Il poeta è un fingitore.

Interrogo Teresita, la mia app gratuita di spagnolo scaricata quando pensavo di aprire un chiosco di granite siciliane a Formentera.

Il poeta è un fingitore, declamo dopo essermi appartato in veranda per non fare la figura di chi interroga le app gratuite.

Teresita non risponde.

Strano, di solito è loquacissima, al punto che devo spegnerla per farla tacere.

Il poeta è un fingitore.

Niente. Forse devo scaricare l'upload. Sarà a pagamento?

No, risponde. Stizzita, ma risponde.

Fernando Pessoa es un poeta portugúes, no español. Huevonazo.

E Teresita si spegne da sé. Con molta insofferenza, è evidente.

Ho capito, l'ha scritta Pessoa la frase che mi balla in testa. Faccio finta di non capire l'insulto finale, che vale più o meno come coglionazzo.

Visto che ho il telefono in mano vado a cercare Scott su internet. Ma questa volta fallisce perfino Google. Mi tira fuori Walter Scott, Francis Scott Fitzgerald, Cyril Scott, Michael Scott. Ma a nessuno corrisponde la sigla HSH.

Il poeta, quindi, è un fingitore. Finge di essere un altro.

«Ragazzo, parli da solo?».

Suleima mi porge una tazzina di caffè.

«Già zuccherato. Allora cosa bofonchi?».

«Suleima, quella sigla, HSH, è una cosa comune a tutti i compagni di classe di Romeo, così ha spiegato Celeste. Questo vuol dire che il sequestro, finto o vero, è una cosa da ragazzi, maturata fra i suoi amici».

«Saverio, non so se è una consolazione. I ragazzi, a volte, possono fare cazzate irreparabili».

«Lo so».

«Non mi hai detto cosa significa HSH».

«Niente, le iniziali di un poeta inglese che si chiama Scott. Non so altro».

Suleima sorride, come chi ritrova qualcosa smarrita da tempo.

«Death is nothing at all. It does not count. I have only slipped away into the next room. Nothing has happened» recita con la leggera inflessione irlandese che ha ereditato da suo padre. «Henry Scott Holland. È la poesia preferita di mio padre. L'ha messa anche in musica».

Devo fare una digressione, anche se questa storia la sanno in tanti. Il papà di Suleima, Sean Lynch, è un musicista irlandese di Dublino. Verso la metà degli anni Settanta, sedicenne, Sean frequenta una band musicale con alcuni compagni della Mount Temple School. Ma un giorno litiga col frontman e lascia il gruppo: dopo qualche anno abbandona la scuola, Dublino e l'Irlanda per girare l'Europa e, non so bene perché, finisce in Italia. La band, nel frattempo, aveva cambiato nome: ora si facevano chiamare U2. Il frontman si faceva chiamare Bono Vox. Con Sean avevano rotto a causa di una ragazza.

Come ho detto, questa storia la sanno praticamente tutti, la ripeto solo per i pochi che ancora non la conoscono. Ma appena Suleima recita i versi di Henry Scott Holland non penso a Sean, né a Bono, né a Dublino. Penso invece che Suleima è la donna giusta al momento giusto. E penso che la poesia di HSH sia la chiave di tutto.

«Venite, ho capito» grido. Sveglio Peppe con uno scossone. «Ho capito tutto».

«Io pure» dice Peppe, tornando dal suo mondo. «Ma cosa?».

Racconto di Henry Scott Holland, prete inglese di un secolo fa: la sua poesia è diventata popolare da qualche tempo, chissà per quale ragione. È molto di moda ai funerali.

«Aspetta» dice Elsa.

Va nella camera di Romeo, torna indietro con un foglio stampato: è proprio la poesia *La morte non è niente*.

«Sì, è questa» dico.

«Però se si legge ai funerali non è una bella cosa» sussurra Peppe, per non farsi sentire.

«E invece sbagli» rispondo. «Vedete cosa c'è scritto? Sono nascosto dietro l'angolo. Proprio così, Romeo è dietro l'angolo. Si è nascosto, non sappiamo perché».

«Forse non vuole più partire» fa Suleima.

«Non credo» dice Federico. «Era felice di questo viaggio, l'ha deciso lui. Incoraggiato da noi, ovviamente».

«Magari ha cambiato idea» commenta Peppe. «Magari si è innamorato. Magari si è fatto degli amici. I ragazzi hanno il cuore matto e il vento in testa».

«Sì, Peppe, matto da legare» faccio. «Però stai dicendo una cosa giusta. E solo una persona ha le chiavi di un cuore matto».

«Celeste».

«Brava Suleima. Elsa, hai il suo numero? Proviamo a mandarle un vocale. Vediamo se funziona» dico.

Costringo Elsa a leggere la poesia. Celeste sentirà l'emozione nella voce di Elsa. Registrazione avviata, vai.

La morte non è niente.
Sono solamente passato dall'altra parte:
è come fossi nascosto nella stanza accanto.
Io sono sempre io e tu sei sempre tu.
Quello che eravamo prima l'uno per l'altro lo siamo ancora.
Chiamami con il nome che mi hai sempre dato, che ti è familiare;
parlami nello stesso modo affettuoso che hai sempre usato.
Non cambiare tono di voce, non assumere un'aria solenne o triste.
Continua a ridere di quello che ci faceva ridere,
di quelle piccole cose che tanto ci piacevano
quando eravamo insieme.
Prega, sorridi, pensami!
Il mio nome sia sempre la parola familiare di prima:

pronuncialo senza la minima traccia d'ombra o di tri-
stezza.
La nostra vita conserva tutto il significato che ha sem-
pre avuto:
è la stessa di prima, c'è una continuità che non si spezza.
Perché dovrei essere fuori dai tuoi pensieri e dalla tua
mente, solo perché sono fuori dalla tua vista?
Non sono lontano, sono dall'altra parte, proprio dietro
l'angolo.
Rassicurati, va tutto bene.
Ritroverai il mio cuore,
ne ritroverai la tenerezza purificata.
Asciuga le tue lacrime e non piangere, se mi ami:
il tuo sorriso è la mia pace.

Quando Elsa finisce di leggere, abbiamo gli occhi lu-cidi.

«Bella è, fa piangere» dice Peppe. «Le poesie devo-no fare piangere».

«Peppe, la cipolla fa piangere, non la poesia».

«Le poesie devono fare piangere, Saverio, ascolta a me. Infatti, tu fai ridere. Perché non sei poeta».

Non replico per non allungare il dibattito crociano su poesia e non-poesia.

«Adesso mandiamo il vocale a Celeste» dico.

«E poi?» chiede Federico.

«E poi aspettiamo. Lei sa dov'è Romeo, anche se nega».

«Così diabolica?» chiede Elsa.

«No, così innamorata» spiega Suleima.

La scruto. Mi accosto al suo orecchio:

«Anche a me piacerebbe avere una ragazza così innamorata».

«Magari ce l'hai, ma non lo capisci. D'altra parte, hai i tuoi limiti: sei un uomo».

E mi sorride con gli occhi.

Mi sveglio, controllo l'orario. Le tre e quarantacinque minuti.

Siamo stravaccati su divani e poltrone, sollevo il braccio di Suleima che pende a terra.

Piccionello è comodo comodo sulla sdraio in veranda: dorme come un bambino.

Vado a bere. Elsa è in cucina, ha disposto sul tavolo le foto di Romeo.

«Brava, Elsa, sei una delle ultime persone al mondo che tiene le foto stampate in una scatola, come faceva mia mamma. Tutti gli altri le tengono sul cloud, ma nessuno ricorda mai sotto quale password le ha nascoste».

«Hai ragione, per certe cose sono un po' all'antica».

«Allora avrai di sicuro anche una scatola con fili, ago e spille, come l'aveva mia mamma».

«No, quelli li tengo nel cloud, per non pungermi quando devo attaccare i bottoni».

Brava Elsa, una risposta così poteva essere mia.

«Guarda. La sua prima bicicletta. Aveva sette anni» dice, mostrando la foto di Romeo bambino. «Tu non hai figli?».

«Che io sappia, no».

«Lo vorresti? Un figlio, intendo».

«Non so se lo vorrei. Ma vorrei che arrivasse senza preannuncio. A sorpresa, forse anche a mia insaputa. Vorrei trovarlo sotto a un cavolo, in una mattina di primavera».

«Lo sai cosa c'è di strano? Che appena hai un figlio scopri la tua imperfezione. E impari a essere più umile, più predisposta ad ascoltare e vedere quanto succede attorno. Vuoi mangiare qualcosa?».

«No, ho sete».

«Aspetta, ho due birre artigianali».

«Le bevo anche se sono industriali, purché siano potabili».

Me ne dà una ben fredda, addirittura *attorronata* come si dice a Palermo, parola che sempre mi ha affascinato, forse per una sua certa incongruità: l'immagine di un torrone di birra.

«Pensi che abbia organizzato tutto il mio Romeo?».

«Credo di sì».

«Bastava dirlo. Lo abbiamo sempre abituato a raccontare tutto».

«Elsa, io penso che diventare grandi significa cominciare ad avere dei segreti. Cose che non vuoi raccontare. A volte manca il coraggio. E con genitori come voi è ancora più difficile».

«Genitori sbagliati, vuoi dire questo?».

«Anzi, il contrario. Genitori amici, aperti, tolleranti, disponibili. Quando hai genitori così perfetti come voi, con quale libertà puoi commettere un errore tutto tuo, prendere le distanze, decidere e sbagliare da solo?».

«Ho capito. È sempre colpa nostra».

«Non è colpa vostra. Ma i genitori a questo servono: qualcuno deve prendersi le colpe. Soprattutto le colpe che non ha. Forse per questo non ho figli: devo ancora scontare le mie colpe, non posso prendere addosso quelle altrui».

«E allora come sai queste cose?».

«Me le racconta mio padre».

«Dovresti farlo, un figlio, Saverio».

«Ora ci penso. Ma prima riportiamo a casa il tuo».

E mando giù un altro sorso di doppio malto.

Squilla il telefono.

«Lamanna, sono Guareschi. Sei con i genitori del ragazzo? Hanno i telefoni staccati. L'abbiamo trovato».

«I carabinieri hanno trovato Romeo» grido. «Dov'è? Come sta?».

«L'ha fermato una nostra pattuglia, verso Custonaci. Era in motorino con una ragazza. Senza casco».

«Guareschi, il fatto che era senza casco incide?».

«Non incide, ma per essere precisi».

«Vabbè, gli farai la multa. Adesso dove sono?».

«Qui in caserma».

«Veniamo a prenderli».

«Sì, venite a prenderli. Fate in fretta perché piangono a dirotto: tra poco devo chiamare i sommozzatori perché è un'alluvione».

«Guareschi, sei cinico. Sono solo ragazzi».

«Ragazzi piagnoni».

«Tu non hai pianto mai?».

«Quando mi hanno rubato la bici».

«Vedi?».

«Sì, ma stavo in un bosco a cinquanta chilometri da casa».

«Povero Pollicino».

«Non dire fesserie. E fate presto. Vorrei andare a dormire».

«Certo, vuoi dormire tranquillo e asciutto».

Chiude la telefonata. Non so se ha sentito.

Lassù, oltre le montagne che chiudono il capo di San Vito, un chiarore tenue. Forse è l'aurora, sono le quattro e quindici minuti: non so se il sole spunti a quest'ora alla latitudine di Màkari. Forse sono le luci di Trapani o di Custonaci. La strada però è ancora buia, gli stop dell'auto di Elsa e Federico ci precedono, accendendosi a ogni curva.

«Mah» esclama Piccionello.

«Mah, che cosa, Peppe?» chiedo.

«La vita è strana».

«A volte dici verità che colpiscono. Da dove ti è venuta una tale illuminazione? Hai fatto un corso serale di gnoseologia?».

«Saverio, quanto sei camurrusu. Dico per dire».

«Allora se parli tanto per dire, non dire niente. Ci fai più figura. Non sai che la miglior parola è quella che non si dice?».

«Appunto, Saverio. Taci. Sono le quattro del mattino e siamo tutti stanchi» fa Suleima, gli occhi sulla strada e il volante stretto fra le mani.

«Sì, Saverio, stai zitto» commenta Peppe.

«Mah» sospiro.

Ci fermiamo davanti alla caserma dei carabinieri.

Elsa e Federico scendono dall'auto, entrano dentro. Sto per scendere anch'io. Peppe mi afferra un braccio.

«Saverio, dove vai?».

«Dentro, per capire cosa succede» dico.

«E che deve succedere, Saverio?» fa Peppe. «Pianti, abbracci, spiegazioni. Cose di famiglia».

«Ma devo sapere. Non tanto per me, ma per i miei lettori. Il dovere della verità» spiego.

«Dai, Saverio» dice Suleima. «Non è l'incontro di Teano. Cosa vuoi che succeda?».

«E quindi?» chiedo.

«E quindi aspettiamo» fa Suleima.

«Ma dopo una notte intera, ci fermiamo sul più bello?».

«Saverio, lascia spazio all'immaginazione» fa Suleima. «Guarda, c'è un panificio aperto. Vediamo se hanno il pane caldo».

Nel panificio c'è odore buono di pane appena sfornato.

Il panettiere ha la pancia gonfia del bevitore di birra, un cappellino bianco, pantaloncini corti e una maglietta infarinata con una scritta sul petto: «È caldo quando è fresco, è fresco quando è caldo». Dietro le spalle, la risposta al quiz: «Pane quotidiano».

«È tuo parente?» chiedo a Peppe.

«Ma chi lo conosce?».

«Per via della maglietta. Avete lo stesso outfit».

L'uomo taglia a metà una pagnotta di grano duro.

«Lo volete cunzato?» chiede. «Ho olio, sale, pepe, origano, pomodori e pecorino».

Seduti sulla soglia del panificio, nel profumo di pane fresco, mangiamo pane cunzato e guardiamo la luce dell'alba. Non è uno spettacolo consueto, almeno per me.

«Volete birra?» chiede il panettiere, uscendo fuori con due Peroni da tre quarti. Ce le offre.

Il paradiso sarà più o meno così: pane cunzato nella luce rosa dell'alba e birra fredda.

«Mah» sospira il fornaio, gli occhi al cielo dove resiste ancora una stella.

«Che cosa?» chiedo.

«Niente. Mah, e basta. C'è qualcosa da aggiungere? Mah».

Ecco, adesso ricordo dove ho già sentito questo inafferrabile *mah*. Ne comprendo il significato. Mi torna a galla un racconto di Vitaliano Brancati, in cui narrava di un suo vecchio zio, ridotto a vivere in una stanza affollata di pipe, di bastoni e di ricordi al secondo piano del palazzo di famiglia. La vita dello zio di Brancati – rammento a memoria – era piena di fatti, ma non ne aveva ricavato alcuna regola: questo gli evitava il pericolo, comune ad altri siciliani, di morire fra i proverbi. Molte cose, nella sua vita, gli erano parse strane e incomprensibili. Ma non credeva di dover pronunciare grandi parole sul mistero dell'esistenza e sull'inconoscibile. Si accontentava di guardare nella sua memoria le cose vissute, di guardarle e riguardarle e finalmente diceva: «Mah!».

«Siete turisti?» chiede il fornaio.

«No» dico.

«Forestieri?» insiste.

«No» dice Peppe.

«E che fate qui a quest'ora?».

Suleima indica la caserma di fronte.

«Aspettiamo» dice.

«Signorina, aspettate la legge? Ne avete da aspettare, allora».

Il mare è fermo sotto il primissimo sole, dolce color d'oriental zaffiro.

Il portone della caserma si apre. Escono Celeste e Romeo. Dietro, Elsa e Federico.

Ultimo esce Guareschi. Ha la faccia pesta di una notte in bianco. Si ferma sulla soglia, gli occhi stretti a fissare il cielo chiaro di luce ancora fresca.

Lo saluto con la mano.

Allarga le braccia, alza le spalle, scuote la testa sorridendo.

Con la coda dell'occhio vedo Elsa e Federico che accompagnano i ragazzi in auto. Trepidanti, ci lanciano un ciao da lontano.

Allungo il passo verso la caserma, accompagnato da Suleima e da Piccionello. Guareschi si stropiccia il volto con una mano.

«È andata bene, no?» gli chiedo.

«Hanno combinato tutto loro due» dice. «Romeo voleva stare con Celeste. Non voleva più partire. Sai come sono i ragazzi: s'innamorano».

«Bastava dirlo» commento.

«Si sentiva responsabile. Per i soldi già spesi, per gli impegni già presi. Però, voleva anche spaventare i suoi genitori. Voleva far capire, a modo suo, il peso della lontananza. La sua lontananza da qui. La lontananza di Celeste e dei suoi amici da lui. La paura di partire».

«La pena è di chi parte» fa Piccionello.

«E invece era appena dietro l'angolo» aggiungo.

«Sai, Saverio, sembrano così grandi, così autonomi. E noi gli chiediamo di diventare subito adulti, di camminare da soli per il mondo grande».

«Ma sono picciriddi» dice Peppe.

«Già».

«E ora?».

«Ora andiamo a dormire».

«Lo costringeranno a partire? O a restare?» chiedo.

«Non lo so, Saverio. Sono fatti di famiglia. Intanto, andiamo a dormire. Domani è un altro giorno».

Romeo e Celeste, seduti sui sedili posteriori dell'auto, guardano fuori dai finestrini. Si abbracciano smarriti.

Guareschi si sofferma a scrutare ancora il cielo chiaro.

«Mah» dice. E rientra in caserma.

L'auto di Elsa e Federico si allontana.

«Mah!» mormoro.

«Cosa dici?» mi chiede Suleima.

«Mah!».

«Che vuoi dire, Saverio?».

«Niente. Solo questo: mah».

Roberto Alajmo
La peggiore notte della sua vita

«Ma che dite vero che dobbiamo entrare? Io mi pareva che stavi babbiàndo...».

La riluttanza di Giovà ha radici remote, che affondano nell'infanzia. Nel suo ideale curriculum potrebbe legittimamente scrivere che ha sempre cercato di scansare la vita in ogni sua forma e manifestazione. Sempre, fin dai primi anni. Giusto il tempo di capire che fra lui e il cosmo esisteva una forma di incompatibilità che nessuna delle due parti riusciva a superare – né lui, né il cosmo. Incompatibilità che difatti persiste fino ai giorni nostri.

Ma naturalmente, prima di approdare alla maturità, prima di intraprendere il mestiere di guardia giurata, prima di essere costretto ad accettare il ruolo di investigatore per conto di Cosa Nostra, molto prima di trovarsi trascinato in una serie di vicende parecchio più grandi di lui, Giovanni Di Dio è stato bambino. Un bambino timido e pacchionello. La sua infanzia si è protratta oltre ogni decenza, sebbene anche da ragazzino non fosse tanto diverso da come sarebbe diventato poi: maldestramente impegnato a rendersi invisibile agli occhi del mondo, senza peraltro riuscirci a causa del tonnellaggio e della tendenza a catalizzare disastri.

Almeno fino agli anni Ottanta, nella borgata di Partanna Mondello i ragazzini facevano comitiva senza andare troppo per il sottile riguardo all'estrazione sociale: il figlio del primario ospedaliero e quello del poliparo di Mondello Paese avevano pari diritto di cittadinanza nel manipolo di sfaccendati che si riuniva nei pomeriggi d'estate all'ombra delle Due Querce. Non che fossero democratici: è che certe distinzioni a quell'età risultavano ancora inafferrabili. In questa forma di involontario socialismo la leadership veniva esercitata solo sulla base del carisma personale, senza riferimenti al reddito familiare. Il capo indiscusso era Giampaolo, che oltre a essere figlio del capobastone del quartiere, anche fisicamente si imponeva sugli altri. Il resto del gruppo, pur essendo subordinato al capobanda, tendeva a livellarsi verso l'alto. Ne veniva fuori una specie di esercito della via Pál, con le gerarchie saturate da un'abbondanza di generali e solo Giovà a fare da soldato semplice. Persino lui, il Nemecsek delle Due Querce, era rassegnato al proprio basso grado: mai aveva aspirato a scalare le gerarchie della comitiva, confidando in un anonimato che comunque per lui risultava fuori portata. Per quanto provasse a mimetizzarsi nel branco, il branco riusciva a isolarlo sempre e sfogare su di lui i peggiori istinti collettivi.

Era Giovà la vittima predestinata di ogni scherzo, nell'età in cui con gli scherzi non si va mai per il sottile. Quando alle Due Querce la noia saturava il pomeriggio, qualcuno iniziava a prenderlo di mira, gli altri si univano subito e Giovà era talmente calato nel ruolo di vittima che prendeva parte vigliaccamente al riso di scherno che accompagnava ogni battuta scagliata verso di lui, con riferimento spesso al suo peso corporeo ma anche, in generale, al suo essere inadeguato di fronte a qualsiasi evenienza. Paradossalmente, questo masochistico schierarsi dalla parte dei suoi aguzzini faceva sì che gli amici si stancassero presto di prenderlo per il culo e lo lasciassero in pace cercando un diverso sfogo nel supplizio di qualche lucertola o, col passare degli anni, nel millantare prodezze sessuali ancora molto di là da venire. Ecco: se possedeva una qualità era quella di essere talmente maldestro da riuscire a cavarsela col minimo danno suscitando, se non la compassione, almeno il tedio degli amici.

«Ma che dite vero che dobbiamo entrare? Io mi pareva che stavi babbiàndo...».

Oggi per assecondare la sua corte di vessatori Giovà si è lasciato convincere a fare un'incursione notturna nella Casa Maledetta. A Palermo la conoscono tutti perché è una villa che si trova proprio di fronte all'Hotel Palace, sulla trafficatissima via Principe di Scalea, all'incrocio con viale Galatea. Se non fosse per la fama sinistra che la circonda, sarebbe una villetta a suo modo originale, in stile neopompeiano, recintata da una palizzata di legno gialla e l'aria incongrua che le conferisce il colonnato neoclassico della facciata. Sulla Casa Maledetta circolano una serie di leggende che a Mondello conoscono tutti, tutti si raccontano, tutti sentendosi autorizzati ad aggiungere qualche dettaglio particolarmente succulento.

Con diverse varianti si racconta che durante la guerra è stata una casa d'appuntamenti frequentata dai soldati tedeschi. Oppure un luogo di tortura. Oppure entrambe le cose: bordello e covo di torturatori. Secondo un'altra versione, a frequentare la villa erano invece un manipolo di soldati americani che cercavano tregua dalla guerra approfittando del mare, che si trova a cinquanta metri da lì. Esiste anche una variante che combina e concilia le due versioni: alcuni soldati americani avevano fatto irruzione sterminando i tedeschi asserragliati dentro la villa.

Più elaborata è la versione secondo cui il fatto di sangue, sempre risalente alla Seconda guerra mondiale, sarebbe una specie di remake della leggenda della Baronessa di Carini: l'amore infelice di una ragazza di Mondello per un giovane tedesco, castigato dal padre di lei. In particolare si racconta di un capanno a cui il genitore inferocito aveva dato fuoco, bruciando viva la sua stessa figlia. Forse è lei lo spettro della donna che periodicamente qualcuno giura di aver visto apparire sulla soglia, appena oltre il colonnato, mentre rivolge al passante un gesto di invito a entrare. È un gesto contraddittorio, secondo tutti quelli che affermano di averlo visto: da un canto la donna esorta a farsi avanti, dall'altro il suo sguardo è gelido, privo di espressione.

La leggenda della Casa Maledetta è passata di bocca in bocca, di generazione in generazione, almeno fin dagli anni Quaranta, contribuendo sensibilmente ad abbassare il valore di mercato della villa. A tutt'oggi, non si sa chi sia il proprietario, né si capisce chi possa volerla comprare. Di sicuro c'è che a memoria di bambino è sempre stata disabitata.

Fra i ragazzini riuniti in sessione perpetua alle Due Querce si fanno gare di spavento. Vince chi riesce a sbaragliare il coraggio e la fantasia degli amici inventandosi qualcosa di insuperabilmente pauroso, di fronte a cui gli altri devono cedere e rinunciare al rilancio. Quando spunta l'argomento Casa Maledetta, ognuno aggiunge un dettaglio e tutti alzano la posta, fomentandosi a vicenda, come in un'asta al miglior offerente. C'è chi afferma di aver visto all'interno della villa una luce intermittente, come un segnale. C'è chi nel silenzio della notte è riuscito a sentire distintamente lo scroscio di un rubinetto aperto. Giampaolo, che in questo genere di competizioni ci tiene a non cedere il primato, afferma di avere parlato con il capomastro di una squadra di operai che si accingevano a una ristrutturazione dell'immobile. Squadra poi misteriosamente scomparsa già all'indomani e mai più riapparsa nei giorni e nei mesi a seguire.

«Ma che dite vero che dobbiamo entrare? Io mi pareva che stavi babbiàndo...».

Nelle parole di Giovà di fronte alla Casa Maledetta c'è una crepa di panico che lui stesso sente allargarsi, realizzando che ormai non può più tirarsi indietro. Quando Giampaolo ha proposto di fare un'incursione notturna lui si è subito allineato, secondo la solita dinamica del conformismo mimetico, confidando però che alla fine non se ne sarebbe fatto niente. Da principio gli era parsa una sbruffonata di quelle che a una certa età servono come valvola di sfogo ai picchi di testosterone incontrollati, tipici dell'incipiente adolescenza. Qualcosa compreso fra la gara a chi piscia più lontano e il giro delle prostitute di piazza Sant'Oliva, detto anche Puttantour. Era quasi sempre Giampaolo a lanciare quelle proposte di trasgressione, specialmente nelle serate d'estate, quando il tempo da passare s'allungava.

«Una sera di queste dobbiamo entrare nella Casa Maledetta» aveva detto, subito suscitando l'entusiasmo dei presenti.

«Cornuto chi se ne pente» s'era subito acceso GianniCirafici, chiamato così, nome e cognome, per non confonderlo con l'altro Gianni, GianniPennino, che pure non aveva voluto far mancare il suo appoggio alla proposta:

«Di bella e bella, avà!».

«Amunì! Quando?» aveva domandato GianniCirafici, pragmatico.

«Stasera» aveva risposto Giampaolo per mettere a ulteriore prova l'astratto coraggio dei sodali.

«Stasera?» aveva domandato Giovà, che sperava in una dilazione per lasciar sfumare l'impegno.

«Che? Ti stai scantàndo?» l'aveva subito incalzato Giampaolo.

«Si scànta! Si scànta» era stato il coro degli altri, pronti a mettere Giovà con le spalle al muro.

«No, che scantàre e scantàre...» si era difeso lui cercando di trovare un coraggio che sapeva di non possedere.

Una volta trovato il punto debole, la crudeltà dei quattordici anni porta a insistere su quello. Il coro dei sadici aveva lanciato un paio di urli bellicosi:

«Amunì! Amunì!».

Bisognava andare, bisognava andare subito e bisognava soprattutto portare Giovà, che si era mostrato il più riluttante all'idea di una visita notturna alla Casa Maledetta.

Siccome già era passata mezzanotte, il gruppo si era messo rapidamente in agitazione. Erano montati sul sellino dei rispettivi ciclomotori, pedalando con frenesia per riuscire ad avviarli. Giovà non possedeva un mezzo di trasporto. O meglio: l'autorità familiare gli aveva accordato una bici Graziella in condominio con la sorella. Per evitare di portare in giro il disonore di una bici così leziosa, Giovà preferiva presentarsi a piedi all'appuntamento quotidiano delle Due Querce. Quando c'era poi da spostarsi in gruppo, cominciava una gara da parte di tutti gli amici per non doverselo caricare dietro, sia perché pesava, sia perché era considerato troppo sfigato, portatore di quel genere di sfiga che, specialmente a quattordici anni, viene ritenuto contagioso.

C'erano oltretutto, quella sera, due ragazze. Era quella l'estate fatidica di ogni generazione, quella in cui si passa da una forma di cripto omosessualità («le ragazze, bleah») a una di generica smania di accoppiamento eterosessuale («le ragazze, ah!»). Era quasi un interruttore ormonale che scattava da un giorno all'altro, con le leggi del magnetismo sentimentale che si capovolgevano all'improvviso. Le due ragazze in questione, le uniche disponibili a uscire la sera con quel manipolo di maschi zoticoni, si chiamavano Patrizia e Loredana.

A un certo punto della storia d'Italia tutte le ragazze si chiamavano o Patrizia o Loredana. Di sicuro fino agli anni Settanta. Poi basta: nessuna bambina è stata più battezzata né col nome di Patrizia, né col nome di Loredana. Per avere altre Patrizie e altre Loredane si dovrà aspettare che le Patrizie e le Loredane degli anni Sessanta diventino vecchie, e i loro figli decidano di dare alle nipoti il nome delle nonne (e quasi quasi dovremmo esserci).

Ma vabbè.

Patrizia e Loredana non erano né belle né brutte. Né intelligenti né stupide. Né simpatiche né antipatiche. Nessuno sapeva perché facessero parte della comitiva, probabilmente nemmeno loro due, che difatti seguivano il gruppo restando sempre un po' in disparte, come le squaw quando la loro tribù si spostava di accampamento in accampamento. Più che discriminazione di genere, si trattava di diffidenza reciproca.

Delle due, a Giovà piaceva Loredana. In realtà gli piacevano entrambe in maniera indiscriminata (gli piacevano tutte le ragazze in maniera indiscriminata), e se Patrizia si fosse dimostrata interessata a lui (se qualsiasi ragazza si fosse dimostrata interessata a lui), avrebbe fatto presto a dirottare la sua attrazione sull'amica (o su chiunque). Però la sua prima scelta era Loredana, la più insignificante: siccome Giovà immaginava di poter fare poco affidamento sul proprio fascino, gli sembrava più realistico puntare sulla meno attraente. Una scelta al ribasso dettata da pura e semplice consapevolezza dei propri limiti. Fermo restando che comunque né Loredana né Patrizia né nessuna ragazza aveva mai dato il minimo segno di accorgersi della sua esistenza.

«Ma che dite vero che dobbiamo entrare? Io mi pareva che stavi babbiàndo...».

La presenza delle due ragazze, in quel frangente, lo rendeva ancora più insicuro, ma una volta arrivati davanti alla Casa Maledetta e spenti tutti i ciclomotori, il silenzio della notte era diventato un'incombenza a cui risultava difficile sottrarsi. A zittire per ultimo il suo Ciao era stato Giampaolo, chiosando:

«Minchia silenzio!».

Era allo stesso tempo una constatazione sbalordita e un ordine rivolto ai compagni d'avventura:

«(Minchia! Silenzio!)».

A prescindere dalla cadenza dei punti esclamativi, era comunque bastata l'evocazione e subito il gruppo aveva reso omaggio a quel silenzio così minaccioso e promettente, al tempo stesso. Lo schiocco dei cavalletti dei ciclomotori era stato l'unico suono residuo, mentre le orecchie di tutti si concentravano a intercettare anche il minimo segnale proveniente dalla villa.

Niente.

Nessun rumore, come era ovvio ma per nulla sicuro, viste le leggende che riguardavano la Casa. Solo il passaggio di qualche automobile – nemmeno troppe, visto l'orario – era il dazio da pagare alla modernità. Ma la comitiva delle Due Querce era lì per lasciarsela alle spalle, la modernità. In quel momento non erano più un'accozzaglia di adolescenti brufolosi, ma cavalieri in missione segreta, appena scesi da cavallo per addentrarsi nei meandri di un castello misterioso ed incognito.

Giampaolo aveva lasciato sedimentare il silenzio senza dovere insistere. Erano tutti istantaneamente entrati in una dimensione assorta, sconosciuta alla loro età. Dalla Casa emanava un fascino difficile da decifrare. Per quanto fossero consapevoli del fatto che le leggende erano leggende, si erano fomentati a vicenda. Leggende o no, la Casa era diventata un enigma che erano determinati a sciogliere.

Ai propositi molto mascolini della maggioranza non aderiva però la minoranza femminile. A prendere la parola era stata Loredana, interpretando anche il pensiero di Patrizia:

«Mi parete scimuniti. Che ci volete entrare a fare?».

Ecco il pragmatismo tipicamente femminile, che applicato anche alle situazioni più avventurose contribuisce a ricondurle entro i confini dello scetticismo domestico.

«Ma veramente!» aveva subito concordato Patrizia.

Giovà, per suo carattere, tende ad andare quasi sempre d'accordo con le donne. Madre, sorella gemella e zia paterna sono destinate a essere le vestali di tutta la sua vita anche a venire, e a maggior ragione lo sono adesso, quando si sta molto timidamente affacciando agli anni delle prime responsabilità. Anche fuori dall'ambito familiare, pare a Giovà che il punto di vista femminile sia sempre il più ragionevole, di sicuro quello più

170

facilmente riconducibile alla mitezza d'animo che lo contraddistingue. La gola secca gli impedisce di prendere parte al dibattito e appoggiare la mozione delle ragazze, ma muove impercettibilmente la testa a mo' di assenso, sperando che prevalga la linea di un'onorevole ritirata, visto pure che s'è abbondantemente superata l'ora in cui la signora Antonietta, sua implacabile madre, ha fissato il rientro a casa.

Purtroppo, invece, sugli altri maschietti della comitiva la ragionevolezza femminile non fa presa. Viene anzi mortificata con bellicoso ardimento:

«Non è cosa di femmine» aveva virilmente sintetizzato GianniCirafici.

«Meglio se ve ne tornate alle case» aveva subito aggiunto ghignando GianniPennino, che per principio non si trovava mai in disaccordo con l'opinione di maggioranza, mettendoci di suo sempre un'aggiunta di zelante fanatismo.

Le due ragazze avevano incassato il sarcasmo maschile con lo stesso sdegno che avrebbero potuto riservare a un topo morto avvistato sul marciapiede: schifoso, ma pur sempre fuori dalle sacre mura di casa.

«(Fate le minchiate che volete)» avevano pensato all'unisono Loredana e Patrizia, rimontando sul ciclomotore della seconda e lasciandosi dietro una fragranza di sdegno molto persistente, se solo i maschi a quell'età fossero in grado di distinguere un odore dall'altro.

Uscite di scena le ragazze, uniche possibili alleate, Giovà era rimasto da solo. Peggio, anzi: boicottato dalla sua innata vigliaccheria. È stato allora che ha effet-

tivamente pronunciato la frase che avrebbe consenti-
to agli altri di metterlo con le spalle al muro una volta per tutte, quella che legittimava l'irrisione degli
amici, consegnandolo al sospetto di scarsa virilità:

«Ma che dite vero che dobbiamo entrare? Io mi pareva che stavi babbiàndo...».

La silenziosa condanna che emana dagli sguardi di
Giampaolo e dei due Gianni porta di colpo Giovà in
una dimensione dove non c'è più spazio per distinzioni e precisazioni. Il tempo che Giovà si trova improvvisamente a vivere è il presente. Qui e ora.

Con la forza del contesto gli amici lo hanno messo nelle condizioni di dovere per forza affrontare alcune delle sue paure più radicate. Non ci sono scappatoie possibili. Non può sottrarsi all'avventura svicolando a destra o
a manca, sopra e sotto. La recinzione della Casa è lì, in
fragile legno. Sembra che stia aspettando proprio lui.

«Che ti sta' scantàndo?» domanda Giampaolo, col sottinteso che lo spavento, fra loro, è fuori discussione.

Giovà invece sì che vorrebbe intavolarla, una discussione. Vorrebbe discuterne ancora a lungo, se non altro per guadagnare tempo e spingere più lontano possibile il momento dell'azione.

«Mi pare che ste cose fatte all'amprèss-amprèss...».

«Che senti dire amprèss-amprèss?» lo incalza
Giampaolo.

«Lo dice mia madre quando...». Giovà si confonde, immaginando all'improvviso che la lingua parlata a casa sua
non corrisponda alla lingua parlata dal resto del mondo.
«Per dire all'improvviso, senza preparazione...».

172

«Che preparazione e preparazione? Che preparazione vuoi fare?».

«Non lo so... Perlomeno dirlo a mia madre!».

Gli amici si guardano fra loro e sorridono. Il pensiero di avvertire la madre prima di affrontare un'avventura è inconfondibilmente tipico di Giovà.

«Glielo vogliamo dire prima ad Antonietta?» sorride mellifluo GianniPennino.

Già suona volgare quel modo di riferirsi a sua madre chiamandola per nome di battesimo.

«(Come ti permetti?)» pensa Giovà, ma senza trovare il coraggio di mostrarsi indignato.

Colpendo la sfera materna, alla loro età ancora tanto sacra e cocente, GianniPennino vuole proprio insinuare qualcosa, nemmeno lui sa che cosa. Lui è fatto così, come i pescecani: compensa la scarsa intelligenza con l'abbondanza di cattiveria. Supportato dai due Gianni, è comunque Giampaolo che dirige le operazioni:

«Giovà, non fare il Giovà» il gioco di parole riceve subito un supporto di ilarità da parte degli altri due. Decisamente il Nemecsek delle Due Querce si trova in minoranza:

«... È che un poco m'abbùtta».

«Che t'abbùtta?! Che senti dire, t'abbùtta!?».

Fingendo che l'idea di entrare nella Casa Maledetta risulti per lui tediosa, Giovà s'è infilato in un vicolo senza uscita. Prova a venirne fuori, ma in maniera maldestra, millantando:

«Già ci sono entrato, una volta...».

Questa è veramente grossa: per la cosa in sé e soprattutto per chi l'ha detta.

«In che senso?». GianniCirafici ha un dubbio, ma Giampaolo ha già sgamato il bluff di Giovà.

«Già ci sei entrato? Mih! E quando?» con uno scambio di sguardi invita i complici ad assecondarlo. «(Vediamo fin dove vuole arrivare)».

«Una volta... quando fu... l'anno scorso».

«E niente c'hai raccontato a noialtri amici?!».

«Mah... non fu niente di che».

«Perciò! Entri nella Casa Maledetta, e non ci dici niente?! Racconta! Come fu?».

«Te l'ho detto: niente di che. È... una casa».

«Una casa come?».

«Una casa. Ci sono le stanze...».

«Le stanze!». Giampaolo finge sbalordimento, i due Gianni sorridono. «E com'erano, com'erano queste stanze?».

«Erano... stanze».

«E la cucina? C'era la cucina?».

«C'era. Però vuota. Senza né fornelli né niente».

«Eh, ma se non c'era niente, come l'hai capito, che era la cucina?».

«Eh, l'ho capito...». Giovà si dà arie da intenditore. È convinto di essere lui a comandare il gioco, anche perché Giampaolo glielo lascia credere:

«E il gabinetto, il gabinetto? C'era il gabinetto?».

«C'era. Tutto fitùso...».

«E il cesso? Il cesso c'era?». La domanda di Giampaolo, per il tono con cui è posta, fa accendere una spia nel cervello di Giovà, che per non sbilanciarsi limita la risposta a un bisillabo.

«C'era».

A questo punto Giampaolo pensa di aver tirato lo scherzo abbastanza per le lunghe. La sua finta curiosità si squaglia da un istante all'altro:

«E allora perché non lo usi per andartene a cacare!?».

Le grandissime risate con cui i due Gianni accolgono il sarcasmo del capobranco rappresentano la definitiva mortificazione di Giovà, che per un attimo è tentato di insistere con le fantasie, apre anche la bocca per dire qualcosa, ma poi rimane in silenzio e subisce con santa rassegnazione la presa per il culo, convinto pure di meritarsela. Finché Giampaolo decreta la fine della ricreazione:

«Amunì, basta babbiàre».

Giovà ha esaurito le scuse. Tiene la testa bassa. Sa che gli tocca rassegnarsi.

«Chi entra per primo?» domanda GianniCirafici.

«Giovà, che già c'è stato e conosce la strada...» gli risponde subito GianniPennino che ha ancora voglia di infierire. Ma Giampaolo sa che non deve chiedere troppo. E poi che capobranco sarebbe lui se non fosse sempre in prima linea?

«Vado prima io, e voialtri mi seguite».

Il cancello è chiuso, ma la palizzata è piuttosto bassa, quasi un invito a scavalcare. Sembra costruita immaginando che nessuno sia così pazzo da voler entrare proprio in quella casa, con la fama che la circonda. Detto fatto, Giampaolo scavalca con un unico gesto atle-

tico, subito imitato dai due Gianni, appena un po'
meno disinvolti. Resta sul marciapiede Giovà, a guardare la palizzata come un ostacolo insormontabile. Scavalcare è una di quelle cose che immagina di non saper fare. Che non ha mai provato a fare perché è convinto di non essere capace.

«Avà! Che ci vuole?» lo esorta GianniPennino pre-
gustando il disastro.

Giampaolo è di gran lunga il più dotato del gruppo.
Capisce quando è il momento di finire di scherzare e
dare una mano all'amico in difficoltà.

«Fai come ti dico io: metti un piede qua».

Giovà esita, cerca una scusa per scansare l'arrampi-
cata ma non ne trova, se non ammettendo la propria
incapacità:

«Non me la fido!».

«Amunì!».

La disponibilità ad aiutarlo da parte di Giampaolo è
un incentivo che Giovà non può ignorare. Decide di
fidarsi e finalmente mette un piede nello spazio indi-
cato dall'amico. Effettivamente ci sta. Un po' storto,
ma ci sta.

«Così...».

Seguendo le istruzioni, Giovà riesce a tirarsi su. Arrivato in cima però si blocca, rimanendo a cavalcioni,
con il legno appuntito della palizzata che minaccia di
trapassare i pantaloni corti e la stessa carne, in una zona oltretutto particolarmente sensibile. Ma è ancora
Giampaolo, con pazienza, a soccorrerlo:

«Ora piano piano sposta il culo da questa parte».

«Ora cado...».

«Amunì, che non cadi. E anche se cadi, ti piglio io. E anche se non ti piglio non ti fai niente, che in tutto è alto un metro».

Malgrado i risolini dei due Gianni che gli arrivano in sottofondo, Giovà decide di fidarsi ancora e seguire le istruzioni. Sposta leggermente il sedere, ma adesso davvero uno spuntone gli sta trivellando la carne.

«Ahiahi...».

«Eh, che tragedia!».

Alla fine, pur di sottrarsi al martirio dell'alta coscia, Giovà si lascia cadere fra le braccia di Giampaolo che lo accolgono impedendogli di finire per terra.

«Oplà! Bravo Giovanni!».

Una caratteristica di Giovà è non saper riconoscere l'ironia. Doppi sensi, sarcasmo, sfumature in genere sono fuori dalla sua portata interpretativa. Se qualcuno gli dice una cosa, quella è. La premura e i complimenti di Giampaolo dovrebbero suonargli quantomeno sospetti, viste le circostanze, ma non è così. Si sente anzi rinfrancato, quasi pronto a varcare la soglia della Casa.

«Siete pronti?» domanda Giampaolo.

«Pronti!» esclamano i due Gianni come un sol uomo, e difatti il sospetto c'è che rispondano a un unico pensiero.

«Un minuto...» esita ancora Giovà.

«Che?» vuole sapere Giampaolo.

«Scavalcando mi sono fatto male alla caviglia».

Basta lo sguardo univoco dei tre amici per smontare la patetica scusa. Non c'è nemmeno bisogno di altre parole per metterlo a tacere e andare incontro all'avventura. I quattro eroi – di cui uno molto, molto riluttante – valicano il colonnato e si ritrovano davanti alla porta. Sembra solida, di sicuro è sprangata. Giovà osserva, sperando che questo rappresenti un deterrente:

«È chiusa».

Il sottinteso è:

«(Peccato, torniamo indietro)».

Una scappatoia puerile, che difatti gli altri nemmeno prendono in considerazione.

«E che ci vuole?».

A parlare è GianniCirafici, che del gruppo è quello dotato di un'eccezionale manualità. Capace già a sette anni di rimediare a qualsiasi foratura di bicicletta, più di recente è riuscito a elaborare il motore del suo Bravo verde fino a trasformarlo in una scheggia fuori controllo. Oltre che sui mezzi a due ruote, l'abilità di GianniCirafici si applica a vari altri ambiti che vanno dal furto di benzina alla forzatura di qualsiasi serratura. Per la benzina gli basta un metro di tubo di gomma e una bottiglia di plastica: la bravura sta nel dare una rapida succhiata e scansare la bocca prima che il getto di carburante gli finisca in gola. Per dire: quando Giovà ci ha provato ne ha bevuto un mezzo litro.

Per le porte, invece, GianniCirafici adopera un coltellino svizzero multiuso a dodici lame, col quale si mette ad armeggiare. Possiede anche una certa vocazione teatrale, per cui pretende il silenzio, mentre lavora:

«Zt!».

Gli bastano due minuti, poi si risolleva e sferra una pedata alla porta, che si spalanca di botto, con un frastuono che sfida la notte. Gli amici sarebbero tentati di far partire l'applauso, se non fosse che ormai sono entrati in una dimensione sacrale, che richiede assorta concentrazione.

L'interno della Casa si spalanca davanti ai loro occhi, ma è un ritaglio di buio nel quale non si distingue nulla.

Esitano.

Finché a varcare la soglia è Giampaolo, con gli altri che volentieri gli accordano questo privilegio. Giovà lo vede scomparire da un istante all'altro, inghiottito dalla tenebra. I due Gianni tentennano, ma dopo qualche secondo seguono il capo carismatico. E spariscono anche loro.

Per quanto Giovà ne capisce, potrebbero essersi dematerializzati da un istante all'altro. Disintegrati. Addirittura la porta d'ingresso della Casa potrebbe essere un varco nello spazio e nel tempo. Forse in un attimo gli amici sono stati proiettati nel passato o nel futuro. Magari in questo momento stanno assistendo ai Vespri Siciliani o alla vittoria del Palermo in Coppa dei Campioni. L'ipotesi è improbabile per tanti motivi, ma soprattutto perché dal buco spazio-temporale gli arriva la voce di Giampaolo:

«Che fa, ti catamì? A te stiamo aspettando...».

Giovà valuta. Potrebbe scappare, certo. Ma arrivato alla palizzata avrebbe il problema di scavalcare e lo riprenderebbero subito, con prevedibile aggravio della mortificazione. Per Giovà è uno di quei momenti in cui andare avanti è una prospettiva agghiacciante ma anche l'unica possibilità. C'è poco da valutare. Trattiene il respiro, fa un passo.

E anche lui si ritrova inghiottito dal buio.

La prima impressione è che questo buio sia totale. Un buio intollerabile, che arriva direttamente al cuore di Giovà strizzandoglielo con dita glaciali.

Ma, in realtà, una volta dentro, quando gli occhi si abituano, qualcosa si riesce a scorgere. La luce dei lampioni stradali filtra, però non è detto che sia una cosa positiva.

Quel che si scorge all'interno è solo desolazione.

Desolazione e puzza di muffa.

La Casa dev'essere rimasta chiusa per molto tempo prima di questa loro incursione. L'umidità ha avuto il tempo di riprendere possesso di quel lembo di Mondello che un tempo era stata palude e palude tende a tornare ogni volta che può. Sotto i piedi Giovà sente qualcosa che somiglia orribilmente a un infuso di melma, foglie marce e sudiciume imprecisato, pentendosi all'istante di essere uscito da casa con le infradito, quelle che sua madre chiama giapponesine. A un certo punto sente distintamente un piede finire immerso in una pozzanghera:

«(Ciac)».

E siccome non piove da mesi, si sforza di non immaginare di che genere d'acqua si tratti. Sempre che sia acqua.

Non c'è abbastanza luce per verificare, sebbene

GianniCirafici, già precoce fumatore, tiri fuori un accendino e contribuisca a rischiarare l'ambiente.

Quel che emerge dall'ombra non è confortante. La luce tremula anzi accentua l'aspetto minaccioso delle pareti scrostate. In un angolo c'è un mobile fatto a pezzi. I frammenti di legno accatastati sembrerebbero parzialmente carbonizzati, ma qualcosa deve aver spento le fiamme prima che potessero finire il loro lavoro. Di tutto il resto dei materiali di cui è cosparso il pavimento è più difficile stabilire l'origine. E tutto sommato, pensa Giovà:

«(Meglio così)».

Mentre ancora gli occhi si stanno cominciando ad abituare, l'accendino si spegne di colpo e GianniCirafici lancia un grido.

«AH!».

«Che?!» esclama GianniPennino, ed esclamerebbe anche Giovà se non fosse paralizzato dal terrore.

«M'abbruciai col ferro dell'accendino».

«Ma che mih...!» commenta Giampaolo.

«M'abbruciai!» prova ancora a giustificarsi Gianni-Cirafici.

«Stacci attento, che mi stava venendo uno stinnìcchio» liquida la questione GianniPennino.

Giovà, che forse sentendo il grido un colpo lo ha avuto per davvero, non trova parole da aggiungere. Gli pare che la lingua abbia preso a muoversi come carta vetrata su un palato di legno. Il suo silenzio è il pretesto che gli amici trovano per uscire dal momento di panico.

«Giovà, ci sei?» domanda sardonico Giampaolo.

«Qua... sono».

Lo stacco impaurito fra una parola e l'altra non sfugge agli altri, che lo sottolineano con una risata esagerata persino per dei cretini come loro. Il nervosismo di quella risata significa una cosa sola: che se la stanno facendo sotto pure loro, altro che.

«Avanziamo» esorta GianniPennino che, da accanito lettore della collana a fumetti *Super Eroica*, si sente coinvolto in una missione di guerra.

«Che avanziamo e avanziamo?!» gli risponde Giampaolo, più che altro per ripristinare le gerarchie. Ma poi l'idea della missione di guerra gli piace e, purché sia lui a comandare, accorda:

«Avanziamo».

L'ambiente d'ingresso dovrebbe essere quello da cui si irradia tutta la casa. Il poco chiarore consente di vedere che ci sono due porte, a destra e sinistra. Sul fondo, invece, si apre un varco più grande, mezzo ostruito, che dà su un cortile.

Escono.

Lo spazio all'aperto è già più scontornato dalla luce notturna: grossomodo quadrato, circondato da colonne scanalate. Sotto il porticato si aprono gli ingressi alle altre stanze. Uno schema architettonico classico e incongruo. Improvvisamente è come se si trovassero in una casa dell'antica Roma.

«E ch'è?!» si lascia scappare GianniPennino di fronte al fascino inestricabile di sfarzo e decadenza.

Quello stile neopompeiano che in origine doveva essere un capriccio del committente o dell'architetto, nella notte sembra essere lo scenario perfetto per un viaggio nel tempo. Quattro ragazzi vestiti in stile anni Ottanta adesso si trovano al centro del cortile di una casa romana di età imperiale.

Certo, il giardino appare in totale rovina. Le piante sono stecchite, ad eccezione di quelle selvatiche e infestanti. Immancabile, c'è pure un esemplare di ailanto, l'albero che cresce sempre in mezzo alla desolazione. C'era una panchina di pietra su cui gli antichi proprietari forse sedevano nei pomeriggi cercando di lasciarsi contagiare dall'armonia del contesto. Ma anche la panchina, come l'armonia, è andata distrutta. Qualcuno sembra essersi accanito fino a farla in pezzi molto piccoli, spinto da una furia inspiegabile.

A rimarcare il fatto che comunque i quattro amici sono rimasti in epoca contemporanea, sotto il porticato c'è il relitto di un frigorifero da bar con tanto di marchio Eldorado, più lo scheletro di un ombrellone da spiaggia, con gli spicchi di stoffa lacerati. In generale, dappertutto ci sono rifiuti ingombranti di cui qualcuno ha voluto sbarazzarsi. Molti di questi rifiuti difficilmente hanno mai fatto parte dell'arredo della villa. A quanto pare la brava gente di Mondello ha trovato comodo, negli ultimi anni, entrare chissà come e adoperare la Casa Maledetta come discarica di rifiuti speciali. Il che toglie effettivamente un po' di mistero all'avventura che i quattro stanno vivendo. Se non altro significa che in tempi recenti qualcuno è già entrato nella Casa.

Dopo essersi guardato attorno, è Giampaolo a ordinare:

«Sparpagliamoci».

L'imperativo lascia interdetti i due Gianni e Giovà. Tanto che di fronte alla loro esitazione Giampaolo è costretto a specificare:

«Esploriamo ognuno per i fatti suoi».

Giovà in vita sua ha visto abbastanza film dell'orrore per sapere che a un certo punto succede sempre questo: gli ospiti della casa si separano e vengono ammazzati con comodo, uno dopo l'altro, cominciando sempre con il più furbo, quello che decide di scendere da solo a scoprire cosa c'è in cantina. Mentre quindi i due Gianni, seppure riluttanti, si allontanano in direzioni opposte, Giovà rimane impalato. E quando anche Giampaolo inizia la sua perlustrazione, lui si mette a camminargli alle spalle, seguendolo a distanza di pochi metri. L'istinto gli dice che, in un film dell'orrore, Giampaolo sarebbe l'ultimo a morire, se non altro per esigenze di drammaturgia. Stargli vicino quindi dovrebbe consentirgli un certo margine di sopravvivenza. Fatti pochi passi, rendendosi conto del pedinamento, Giampaolo si volta e lo affronta:

«Che stai combinando?».

«... Esploro».

«Che esplori?».

«... La Casa».

«Qua, la stai esplorando?».

«Qua...».

«Qua già sto esplorando io. Vai a esplorare da qualche altra parte, per cortesia».

«Già di là stanno esplorando quelli...» prova a obiettare Giovà.

«Ti dissi che qua già sto esplorando io».

«Ma che fastidio ti do? Anzi, ti guardo le spalle...».

«Non c'è bisogno che mi guardi niente. Voglio girare per i fatti miei».

Detto questo, Giampaolo si allontana scrutando nel buio. Giovà non osa continuare a seguirlo, rimane immobile, guardando l'amico scomparire in uno dei varchi sotto il porticato. Come sempre non sa dove tenere le braccia, quindi le tiene lungo i fianchi, in una posizione che, a farci caso, sembra innaturale persino a lui.

Adesso gli altri sono tutti all'interno della casa, invisibili ai suoi occhi. È solo, in mezzo al cortile. Fa in tempo a immaginare di aggregarsi a uno dei due Gianni, quando improvvisamente dall'interno della casa gli arriva il suono di una risata bestiale. Una risata crudele, che risuona come se provenisse da direzioni diverse. Giovà incassa la testa nel collo per puro istinto di autoprotezione. La risata possiede qualcosa di demoniaco e davvero soprannaturale. È come se diversi demoni, dislocati nei vari luoghi della Casa, ridessero all'unisono. Per di più, è come se le voci corressero da una parte all'altra dell'edificio restando sempre invisibili, almeno per il momento.

Giovà arriva a immaginare che sia la sua fantasia a produrre il suono delle risate, ammettendo implicitamente di fronte a se stesso l'idea di essere impazzito.

«(Ma se sono uscito pazzo, com'è che sto pensando di essere uscito pazzo?)».

Il dubbio gli viene anche perché le risate demoniache proseguono, sempre come se provenissero da qualcuno che si trova contemporaneamente in tutte le parti della Casa e aspetta solo il momento di venire allo scoperto senza che sia possibile prevedere in quale punto.

«(Lo sapevo che bisognava restare uniti... Dove sono ora gli amici?)».

Gli amici, effettivamente.

Forse sono stati già uccisi dagli spettri ridanciani, forse ormai lui è l'unico sopravvissuto e la sua sorte è segnata.

Gli amici, effettivamente...

Quelle risate sguaiate, quelle risate malsane...

Gli amici, effettivamente: sono gli amici che si stanno prendendo gioco di lui.

Non è la prima volta. E nell'arco della sua vita, può esserne sicuro, non sarà l'ultima. Ma in quel contesto, in piena notte, all'interno della Casa Maledetta, è uno scherzo che Giovà sente di non meritare.

Mentre lascia che fra la radice del naso e l'angolo degli occhi le lacrime si radunino in attesa di ordini, quando sta per aprire le cateratte del pianto, Giovà capisce che gli amici non hanno ancora finito, con lui. Hanno veramente deciso che quella dev'essere la peggior notte della sua vita.

Le risate, che adesso Giovà riconosce pienamente come quelle dei due Gianni e di Giampaolo, smettono di correre da un capo all'altro della Casa e sembrano convergere verso un unico punto.

Il salone d'ingresso.

Ora ridono all'unisono.

«(Quegli infami...)».

A Giovà sembra di vederli: felici di essersi riuniti, che magari si danno reciprocamente delle gran pacche per complimentarsi a vicenda dello scherzo. Apre bocca per dire qualcosa, ma non saprebbe cosa. Allora richiude la bocca e aspetta che arrivi il momento che teme. E difatti arriva, il momento, sotto forma di un botto: la porta d'ingresso che viene richiusa con forza.

Giovà capisce di essere rimasto completamente solo.

Solo, nella Casa Maledetta.

Però la sua testa è fatta in un certo modo: non crede per principio alle cose che non vede coi propri occhi. Quindi si scuote e si dirige verso l'uscita, un po' per verificare il suo timore e un po' per scappare, a prescindere. Non gli importa, a questo punto, se gli amici lo giudicheranno un vigliacco. Fra le massime di sapienza domestica che sua madre rilascia in continuazione la sua preferita è quella che dice:

«(La fuga è vergogna ma pure salvamento di vita)».

Talmente tante volte l'ha sentito dire che Giovà ne ha fatto una specie di principio polivalente. Se lui appartenesse a una stirpe, questo sarebbe il motto araldico ideale. Di sicuro è lo slogan a cui è ispirata l'intera sua esistenza. Nel frangente, poi, non c'è nemmeno bisogno di ripassarla, perché è già l'istinto a suggerirgli di correre più veloce che può in direzione dell'uscita.

Per Giovà *correre più veloce che può* significa correre per modo di dire, rischiando per giunta di cadere a ogni passo. Nel giro di trenta secondi arriva comunque nel salone d'ingresso, verificando che in effetti gli amici se ne sono andati piantandolo lì. Si ferma a riprendere fiato, poi ancora tre passi gli servono per accertarsi di quel che il suo cuore già sa senza bisogno di sapere.

La porta è sprangata.

I perfidi amici devono aver bloccato la maniglia, che lui da dentro non riesce nemmeno ad abbassare. Prova, riprova, tenta e ritenta, ma niente. Non si apre.

Giovà ormai ha capito, ma gli serve una specie di riepilogo dell'orrore, per rassegnarsi al fatto di essere bloccato dentro la Casa Maledetta. È una vertigine di panico che lo afferra per la gola, impedendogli quasi di respirare. In apnea ritenta di forzare la maniglia, ma niente, quella è irremovibile.

Sfiata. Pensa. Cerca di pensare, con scarsi risultati.

Però una cosa gli viene in mente: le finestre.

«(Ci sono delle finestre, in questa casa!)».

Vorrebbe precipitarsi a cercarne una che gli consenta di uscire da lì. In fondo è tutto piano terra, dovrebbe riuscire a scavalcare il parapetto senza farsi del male.

In realtà buio e cautela lo obbligano a muoversi lentamente, cercando di non inciampare. Un passettino dopo l'altro, sempre attento a ciò che può sussurrare il silenzio circostante. Anche la prima stanza è leggermente rischiarata dalla luce che l'apertura sul patio lascia filtrare, che non è molta ma basta per distinguere la finestra. O meglio: quella che a suo tempo era stata una finestra, e che adesso risulta murata. Per scoraggiare le incursioni di vandali e ladri il proprietario ha fatto alzare un muro di mattoni di tufo ancorati col cemento. Nulla che Giovà possa smantellare a mani nude. La casa però è grande, le finestre non dovrebbero mancare. Lui stesso ricorda di averle viste, dall'esterno. Sempre muovendosi con prudenza in mezzo a macerie e pozzanghere fetenti, riesce a raggiungere la seconda delle stanze che si snodano attorno al cortile. Anche qui c'è una finestra: e anche questa è murata.

Un ambiente dopo l'altro, fra mille inciampi, Giovà completa il percorso delle camere, caratterizzate dalla costante dello squallore. Ognuna ha una finestra, e tutte le finestre sono murate. Alla fine del giro si ritrova daccapo nell'ingresso, in preda a un misto di panico e desolazione. Per scrupolo ritenta di aprire la porta.

«(In fondo il gioco è durato abbastanza, adesso possono pure liberarmi, no?)».

No.

Allora grida per farsi sentire:

«Amunì! Aprite! Finiamola co' sto babbìo!». La sua voce vorrebbe risultare minacciosa, ma Giovà non è tipo da risultare minaccioso, mai.

Dall'altra parte, nessuna risposta. Dal resto del mondo, nessuna risposta. Non si sentono più nemmeno i cachinni soffocati di prima. A quanto pare, mentre lui faceva il giro delle stanze i suoi aguzzini si sono annoiati di aspettare e hanno trovato più spiritoso piantarlo lì e tornarsene a casa. Adesso sono rimasti soli, lui e il silenzio della Casa. In quel silenzio può ascoltare distintamente il flusso dei suoi pensieri. Pensieri che, per quanto lui si sforzi, non si discostano da:

«(Che silenzio...)».

La paura è moltiplicata dal silenzio ed entrambi, a loro volta, moltiplicano la fame. Una fame nervosa che lo assale sempre, a maggior ragione quando si trova sotto stress. Nel frangente gli si è scatenato un appetito famelico, e il fatto di non poterlo saziare acuisce a sua volta il nervosismo, in un continuo rimbalzo fra paura e fame, fame e paura.

Ma non solo. Ora che ci pensa:

«(Devo fare pure pipì)».

Si piazza in un angolo del cortile e fruga nelle mutande alla ricerca di quel che serve, cercando poi di concentrarsi. Siccome la testa di Giovà è fatta in maniera di potersi concentrare su una sola cosa per volta, la pipì rappresenta un momento di autentico sollievo. Per una trentina di secondi la tensione si allenta. Ma finisce quasi subito.

Si mette a girare a casaccio per le stanze, tornando però in continuazione nel patio dove, chissà perché, è convinto che le demoniache presenze possano sentirsi scoraggiate dall'idea di ridurre il suo corpo in tocchetti molto piccoli e servirli anche crudi al prossimo aperitivo infernale. Se a intermittenza si azzarda a tornare dentro per esplorare le camere è solo alla ricerca di un varco che gli consenta di tirarsi fuori da quella casa e da quella notte.

«(La peggiore notte della mia vita)».

In cuor suo, Giovà sa che non esistono vie d'uscita. Però ci mette ancora un po' a rassegnarsi del tutto all'idea. Continua a cercare come una mosca cerca scampo sbattendo continuamente su una vetrata, anche facendosi male. Un passo sfortunato, e quella che probabilmente è una grossa spina di bouganville gli penetra sotto la pianta del piede, traforando l'infradito da parte a parte.

È veramente troppo. A questo punto Giovà molla il freno delle lacrime e scoppia a piangere senza più pudore, come fa quando è sicuro che nessuno si trovi nei paraggi a giudicarlo. La spina riesce a tirarla via dalla ciabatta, sia pure con qualche difficoltà, ma il buco sotto la pianta del piede gli fa male. Brucia. Già immagina la ferita infettarsi a contatto col luridume che c'è per terra. Cerca un angolo del cortile meno fetente degli altri. Quello che trova è parecchio fetente, ma in giro non c'è niente di meglio.

Si mette seduto per terra:

«(Addio bermuda puliti, chissà che dirà mia madre)».

Cerca al tatto la ferita. Nel buio non riesce a vederla, non dev'essere niente di grave. Ma brucia. Nella sua fantasia l'infezione ha già cominciato il suo corso, quello che si concluderà probabilmente con l'amputazione del piede.

A Giovà non sembra di meritare tutto questo.

«(La peggiore notte della mia vita)».

Adesso che anche i suoi passi hanno smesso di risuonare, il silenzio della Casa gli arriva ancora più forte e minaccioso. A farci caso è popolato di micro rumori che possono essere di tutto, dal singolo geco a caccia di zanzare fino ai lavori di un congresso delle alte gerarchie demoniache lì riunite per decidere cosa riservare alla povera anima di Giovà, ormai saldamente nelle loro mani.

Strano: il fatto di essere spacciato, per giunta semi-immobilizzato dalla ferita al piede, contribuisce a smaltire almeno un po' del panico che negli ultimi minuti ha avuto il sopravvento. Senza saperlo, Giovà è un seguace della massima per cui se c'è una soluzione, inutile preoccuparsi. E all'opposto, come nel caso sembrerebbe: se non c'è soluzione, inutile preoccuparsi.

Intanto che i diavoli decidono del supplizio che gli spetta, Giovà si rannicchia. Con qualche difficoltà, rimanendo seduto per terra, riesce ad abbracciarsi le ginocchia. E rimane lì, in attesa della sentenza. Scricchiolii vari, gocce che cadono, lo squittio di un topo, probabilmente.

I rumori gli arrivano come notizie di un mondo che ormai è rassegnato a lasciare.

«(La peggiore notte della mia vita)».

Dopo qualche minuto, anche per rimarcare la propria rassegnazione, Giovà lascia la posizione seduta e si abbandona su un fianco, rannicchiandosi più che può, cercando inconsciamente di offrire meno superficie corporea possibile ai colpi del destino. Non arriva a pensare che in quella posizione il destino che lo aspetta inesorabile possa non accorgersi di lui, ma l'istinto gli suggerisce di non tralasciare questo estremo tentativo. Si sta definitivamente sporcando anche la maglietta, ma ormai la situazione è fuori dal suo controllo. Oltretutto:

«(Quando le restituiranno il mio corpo, mia madre avrà altro a cui pensare)».

Almeno così, adagiato su un fianco, sta più comodo. Aspettare la morte da sdraiato è la condizione migliore a cui sente di poter aspirare. Si mette anche le mani giunte sotto la guancia, in una posizione di approssimato comodo. Potrebbe cercare qualcosa di meglio, ma non importa. A questo punto, non importa.

«(La peggiore notte della mia vita)».

Intanto che aspetta che i diavoli o chi per loro vengano a raccattare la sua povera vita, Giovà chiude gli occhi. Lo fa per non dover vedere i diavoli, verificando che, in effetti, con gli occhi chiusi lo spavento risulta meno forte. Non è certo il pensiero magico a guidarlo:

«(Se io non li vedo, loro non vedono me)».

Non è così ingenuo. Però così si sente un po' meglio. Ha meno paura, se non altro.

Adesso la serie di piccoli scrosci che popolano la notte gli arriva ovattata, meno minacciosa. È vero, questa è:

«(La peggiore notte della mia vita)».

Ma è come se ormai non potesse capitargli niente di peggio di quel che lui ha già immaginato per conto suo. Questo pensiero è a suo modo confortante. Su questo pensiero conviene concentrarsi.

Una caratteristica di Giovà, fin dall'età più giovane, è quella di cercare scampo dalla realtà rifugiandosi nel sonno. E per quanto possa sembrare assurdo in un frangente del genere, in effetti questo fa. Arriva a pensare solo, ancora una volta:

«(La peggiore notte della mia vita)».

E si addormenta.

Si abbandona a un sonno subito profondo, senza sogni. Un sonno-rifugio dove Giovà trova finalmente quella pace che da sveglio era fuori dalla sua portata.

Le persone che sono state in coma e dal coma si sono poi risvegliate raccontano spesso che durante la loro *assenza* si trovavano in una condizione di beatitudine. Erano sereni, se non felici. Alcuni di loro raccontano che gli arrivavano anche sporadiche nozioni del mondo esterno, ma erano talmente beati che preferivano ignorarle. Stavano bene dove stavano. Lo stesso è per Giovà quando dorme. Lui è nella sua dimensione, e il resto non conta. Di più: il resto non esiste.

Nella dimensione del sonno per Giovà non esiste riferimento temporale. Ogni volta non sa quanto dorme. I rumori inquietanti si susseguono a sua insaputa, magari qualche diavolo davvero si china ad annusarlo decidendo poi che non sa che farsene, di lui. Le zanzare banchettano sulla sua carne senza misericordia, ma nemmeno quelle riescono a cavarlo dalla pacifica dimensione in cui è sprofondato.

Solo al mattino, con la prima luce, Giovà si sveglia, constatando di essere ancora vivo. Tenendo ancora per qualche secondo gli occhi chiusi fa un appello delle parti del corpo che eventualmente gli sono state sottratte. Muove i piedi, le mani. All'appello non sembrerebbe mancare niente. Quando finalmente si decide a sollevare le palpebre, verifica che anche naso e orecchie sono al loro posto. In effetti la peggiore notte della sua vita è trascorsa senza danni irreparabili.

Passata la notte, non dubita di poter trovare una via d'uscita dalla Casa Maledetta, specialmente visto che alla luce del giorno la fama sinistra che circonda la villa sembra meno fondata di quel che credeva. E che anche le future generazioni di ragazzini continueranno a credere per gli anni a venire.

In un modo o nell'altro riuscirà a uscire.

Troverà un modo di richiamare l'attenzione di qualche passante e farsi aprire.

Troverà un modo per tornare a casa anche a piedi.

Troverà un modo per recuperare il rapporto con Giampaolo, i due Gianni, Loredana, Patrizia e tutti gli amici, malgrado lo scherzo che gli hanno inflitto.

La vita tornerà sui binari consueti. Il suo destino di investigatore riluttante e inadeguato lo sta aspettando.

È vero, questa è stata la peggiore notte della sua vita.

Ma Giovà è ancora un ragazzo. Chissà. Magari ce ne saranno altre anche peggiori.

Alessandro Robecchi

Piano B

Quello con la cravatta si è avvicinato alla macchina, da dietro. Ha aperto il bagagliaio e ci ha messo una piccola borsa da viaggio. Poi ha aperto lo sportello del passeggero, si è seduto, ha richiuso e ha tirato un sospiro.

Il biondo non ha nemmeno alzato gli occhi, seduto al volante, lo sguardo fisso su un portone di via Messina, Milano, un buon posto dove vivere, se vi piacciono i cinesi.

Il tizio che aspettano, però, non è cinese per niente, e questa sera faranno il lavoro. Dopo tre settimane di turni, appostamenti, pedinamenti, indagini, hanno deciso per oggi.

Bene, chiudere la pratica, fatturare. La vita continua.

Il tipo che devono ammazzare si chiama Umberto Guarino, quarantasei anni, di cui due di galera nel 2009, ma è roba passata, e questa notte ci lascia la pelle.

«Facciamo in fretta, vero?» dice quello con la cravatta.

«Non cominciamo, eh! Il tempo che ci vuole. Non dirmi che Marta ti aspetta per mezzanotte, non farmi incazzare».

L'altro fa un risolino.

«Macché. Sono fuori per lavoro. Bologna, un cliente importante, torno domani mattina e venerdì libero, la famiglia prima di tutto».

«Ti rendi conto che vai ad ammazzare uno e l'alibi te lo fai per la moglie? Che ti porti dietro il bagaglio e lo spazzolino da denti?».

«Può sempre servire».

Quello con la cravatta non se la prende, scorre le dita sul telefono, è un discorso che hanno fatto mille volte. Non ha voglia di litigare, vuole chiudere la faccenda in modo sicuro e tranquillo, bere qualcosa con il suo socio e magari dormire da qualche parte prima di tornare a casa dalla trasferta di lavoro, una cena noiosa, affari.

«Tutto bene a Bologna, caro?».

«Sì, sì, benissimo, tesoro».

Quello con la cravatta fa un sorrisino, poi mette su una faccia da schiaffi.

«Sono tutto tuo, socio, fai di me quello che vuoi». Poi però si fa serio.

«E il nostro amico?» intende il Guarino. «Tutto sotto controllo?».

Riporta il discorso sul lavoro.

Aspettano.

Questo Guarino che tra un po' sarà morto fa una vita abbastanza monotona. In sostanza frequenta tre posti, non a giorni fissi, ma a rotazione casuale. Ha una ragazza, o qualcosa del genere, dalle parti di Porta Genova, ci va ogni tanto e resta lì tutta la sera. Non ci dorme mai, forse la ragazza è un po' sposata.

Altrimenti va in un bar di viale Monza, uno di quelli dove i clienti fissi hanno qualche stanzetta tranquilla per giocare a carte e parlare di figa.

Non è un bar di hegeliani, ma uno si adatta, no? Comunque è un bar col bigliardo, una rarità, il biondo e quello con la cravatta ci hanno fatto una partita, mentre davano un'occhiata al posto.

Terza alternativa, la famiglia. Un fratello più giovane alla Comasina, vicino all'Istituto Ortopedico, un quartiere dove in orario di ambulatorio sembrano tutti zoppi. Il fratello ha una moglie carina, piccola e bruna, ma non sono solo fratelli, perché li hanno visti parlare d'affari e di soldi, si erano fatti quest'idea, in un bar del quartiere, e sembrava più un socio.

Da quello che sanno, il futuro morto vive con l'affitto di qualche catapecchia, e di due negozi che vendono niente, forse presta soldi, nessun movimento strano, tipo droga o cose così, un delinquente piuttosto regolare.

«Io dico ragazza, anche se preferirei fratello» dice il biondo.

Ha ragione, meno telecamere, meno finestre. Sotto casa del fratello hanno duecento metri tranquilli per avvicinarsi, sparare e andare via, le strade sono più sgombre, in giro non c'è nessuno. È quello che chiamano «un buon posto», ma il Guarino è imprevedibile, può passare anche una settimana senza che ci vada, pure di più.

Dovete sapere, se mai farete quel mestiere, che non è la stessa cosa uscire per fare un sopralluogo, o un pedinamento, e uscire per chiudere il contratto. Non puoi essere pronto tutte le sere, è una professione che ha i suoi grattacapi.

A Porta Genova, dalla ragazza, è un po' diverso e molto più difficile, solo per trovare parcheggio ci vuole una risoluzione dell'Onu, tutti i negozi hanno le telecamere e loro hanno calcolato un raggio buio di appena una cinquantina di metri, dal portone della signorina. Un po' poco, e la via è stretta, quasi un vicolo, basta uno che piscia il cane e salta tutto.

Il bar è un'altra storia. Lì hanno spazio in abbondanza, ma ci sono altri problemi. Viale Monza fa parte di una vena della città che fila come un fuso da piazza San Babila verso il Grande Nord, e se vai sempre dritto, se non giri mai, arrivi fino a Oslo. Insomma ci passa sempre qualcuno, e in più è zona immigrata e proletaria, quindi una volante in giro c'è sempre, a protezione della sicurezza e del decoro di questa nostra bella città. C'è anche un vantaggio, però: se il tizio muore sparato a pochi metri da un locale di farabutti come lui, le indagini andranno subito da quella parte.

Insomma, hanno un piano per tutti e tre i posti e hanno stabilito di lasciar fare al caso, fissare una sera – questa – e che sia il Guarino a scegliere il luogo del suo decesso.

Aspettano.

Sono su un'Audi rubata, le targhe sono di una Polo quasi nuova, hanno cellulari da due soldi e schede telefoniche greche comprate in Turchia.

Poi dal portone esce una sagoma, lo vedono a duecento metri, di spalle, un impermeabile lungo, leggero, e un cappello antipioggia, di quelli da pescatore, anche se ancora non piove. Fa solo qualche passo e sale sulla sua macchina, una BMW vecchiotta ma lucida, si divincola dal parcheggio e parte.

«Cento euro sulla ragazza» dice quello con la cravatta.

«Io dico bar».

«Andata».

L'incarico era di quelli standard, poche complicazioni, e il committente aveva superato l'interrogatorio preliminare con grande abilità. Di solito chiedono molte informazioni prima di accettare un incarico. Lavorare poco ma bene, è il motto della ditta, ricevono i clienti solo in luoghi pubblici e aperti, e tendono a scartare quelli che si dimostrano instabili o confusi.

Le mogli gelose, per esempio, hanno il vizio di pentirsi, quando vedono il cadavere del porco, tendono a perdonarlo, se non respira più, finiscono in lacrime davanti a un pm a cantarsela dopo un paio di giorni, prima del saldo, pessimo affare.

Oppure i delinquenti, quelli no, checcazzo, c'è un'etica. Se ti fai prestare un milione e poi fai ammazzare il creditore per trecentomila sei un pezzo di merda, ammazzatelo tu, scusa!

Ormai si sono fatti psicologi, e hanno una certa pratica nell'inquadrare i personaggi: chi spende un sacco di soldi per togliere di mezzo qualcun altro non è uno a cui daresti le chiavi di casa, questo li ha resi prudenti e sospettosi.

Questa volta, niente di simile.

Un vecchio signore, che non aveva avuto reticenze né aveva cercato di mascherare nulla: era una storia antica, più di vent'anni prima, il Guarino gli aveva fatto una carognata e lui aveva aspettato, zitto e buono, si era fatto la sua vita, che a guardarlo non era venuta neppure troppo male. Ora che è ricco e non ha più niente da costruire, è pronto a mangiarsi il suo piatto freddo.

Non sembrava uno da ripensamenti.

«Non può essere così semplice» aveva detto il biondo.

«A volte le cose sono semplici» aveva detto il cliente, senza nessuna frenesia di convincerli, non aveva fretta, aveva aspettato vent'anni.

Era calmo come un prete di campagna dopo pranzo.

Aveva una giacca costosa ma stazzonata, la noncuranza di quello che non deve rendere conto a nessuno, era arrivato in taxi, c'era un tramonto rosso e il biondo era incazzato con un concessionario, c'erano problemi con una macchina, qualcosa del genere.

Il vecchio aveva preso un Margarita, ma nemmeno sfiorato olive e patatine. «So che è il movente, quello che frega in questi lavori» aveva detto. «Be', praticamente non c'è, non se lo ricorda neanche lui, sentitevi liberi di agire per il meglio».

Aveva dei pregi, il tipo, e il pregio migliore era una valigetta con dentro centosettantacinquemila euro, l'acconto, gli altri dopo il lavoro.

Ore 21.07

Ora il telefono che il biondo ha sistemato al centro della consolle sopra il cambio automatico mostra un puntino azzurro. Il gps che ha piazzato sulla macchina del Guarino. Così non è un vero pedinamento, cioè possono anche perderlo e sapranno sempre dov'è.

Ma la BMW non va dove dovrebbe, dove si aspettano loro. Fa un giro di giostra davanti al Cimitero Monumentale e piega verso est.

«Non è lui» dice quello con la cravatta.

«Che cazzo dici?».

«Non è lui, ti dico. L'abbiamo seguito per giorni, dài, sappiamo come guida. Scatti e frenate. Fa la gimkana, è uno stronzo. Questo qui guida come l'autista del papa». La macchina è proprio davanti a loro.

«Devi accostarlo».

«Sei scemo?». La regola è non farsi vedere, ovvio.

La BMW prende via Cenisio, poi i semafori di piazza Firenze, poi il vialone che va fuori, verso l'autostrada.

«Merda».

In viale Certosa fanno il gioco dei semafori per mettersi accanto al Guarino. Al primo rosso niente, hanno una macchina davanti. Al secondo nemmeno. Solo verso la fine, quando si gira a destra per le autostrade, riescono ad accostare, perché la fila è doppia. Quello con la cravatta pianta gli occhi nel finestrino accanto, ci sono i vetri di mezzo, ma saranno sessanta centimetri. Lo vede bene.

Non è lui. No. È più vecchio, questo, mal rasato, tranquillo e beato, non si accorge nemmeno che dalla macchina accanto lo stanno fissando. Armeggia con la radio come uno che guida una macchina che non conosce, lo guardano mentre preme tasti a caso. Non è il loro uomo, questo è sicuro.

La BMW ha girato a destra, verso le autostrade e le tangenziali, da lì può andare ovunque, ma a loro non interessa più. Il biondo rifà il vialone in senso inverso, poi corso Sempione, e ora sono di nuovo in via Messina, provincia di Shanghai.

Guardano in alto. La luce dell'appartamento del Guarino è accesa, quindi stanno in silenzio per un attimo, ognuno dei due ha bisogno di riflettere sull'ovvio.

Quello con la cravatta è sceso dalla macchina, è sparito in via Paolo Sarpi ed è tornato dieci minuti dopo con due cartocci fumanti, ravioli al vapore.

«Se ha dato a qualcuno la macchina, gli ha dato anche il telefono, ci scommetto un milione» dice quello con la cravatta.

«Stai attento alla soia, non macchiare i sedili» dice il biondo.

Quello con la cravatta si volta e lo guarda per bene, un profilo che mastica nella notte.

«Che cazzo te ne frega, mica è tua la macchina».

«Mi dà noia lo stesso».

«Quindi manda via uno con la sua macchina e il suo telefono».

«Si sta fabbricando un alibi».

«Eh, dev'essere una serata speciale anche per lui».

Aspettano.

«Che si fa, rimandiamo?» dice il biondo.

«Seccante, però! Bisogna fare tutto da capo, questa macchina non regge più di un paio di giorni, bisogna procurarsene un'altra, e le targhe...».

«E la trasferta di lavoro a Bologna che bisogna riorganizzare, e poi Marta s'incazza, vero?».

«Ma no! Che stronzo».

Il biondo si mette comodo sul sedile, vuole essere positivo. Cosa cambia, in fondo?

«Vediamo che succede, magari ci dice bene. Se esce lo seguiamo e vediamo dove va e perché si costruisce un alibi. O magari ha solo prestato la macchina a un amico e siamo noi ad allarmarci per niente, hai ragione, non ha senso mollare subito».

Il puntino azzurro sul telefono del biondo dice che la BMW si sta muovendo verso est, è già quasi a Bergamo, sulla A4.

Il viavai di cinesi si dirada, loro guardano il portone. Aleggia come fumo di sigaro la gloriosa noia degli appostamenti.

Il biondo provoca, è fatto così.

«E quindi niente più crisi coniugale? Niente avvocati? Niente trovami un bilocale per qualche tempo?».

Non toglie gli occhi dalla finestra illuminata al terzo piano. Non piove, ma c'è come un vapore nell'aria, o sono gocce molto piccole.

«Macché!». Quello con la cravatta sta al gioco. «Anzi, grande riappacificazione! I ragazzi sono grandi, prendiamoci del tempo per noi, riscopriamo la coppia, quelle cose lì».

Il biondo fa un sorrisino, sta per dire qualcosa, ma la luce della finestra al terzo piano si spegne, così non dice niente. Due minuti dopo Umberto Guarino esce dal portone. È lui, questa volta, non c'è dubbio, cammina verso l'angolo della via, poi gira a destra. Quello con la cravatta scende per seguirlo a piedi, intanto si ficca nelle orecchie le cuffiette e si collega con il cellulare del biondo che resta in macchina. Passano dieci minuti.

«Ci sei? Ora ti dico una cosa che non ci credi».
«Sentiamo».
«La chiesa».
«Quale chiesa?».

Ore 22.18

Il biondo ha fatto manovra, poi un paio di chilometri di sensi unici – a piedi sarebbero quattro passi – e ha parcheggiato vicino alla chiesa. Un edificio di mattoni rossi, un muro esterno che nasconde un cortile, e una costruzione che non è la chiesa, ma vi si appoggia, formando una piazzetta che da lì vedono a stento, forse è un dormitorio, un convento, e poi la dotazione standard di campanile e campane, che adesso se ne stanno zitte, non è orario d'ufficio.

Quello con la cravatta è salito in fretta, si è quasi tuffato sul sedile, in tempo per vedere il socio che fa la faccia del punto di domanda. Così gli indica due enormi camion sistemati precariamente agli angoli della via stretta, metà sui marciapiedi, metà sulla carreggiata.

«Materiale per la parrocchia. Pacchi, brande, tende, roba della Croce Rossa, missione umanitaria. Il nostro uomo aiuta a scaricare, ho visto che salutava il prete».

Si vede bene anche da lì, il prete non è vestito da prete, ma non è l'abito che fa il monaco, giusto?

Intorno a un camion, dà ordini a tre o quattro uomini che si caricano in spalla pesi considerevoli e spariscono in un portoncino. Tutto a mano, non hanno un muletto, la Provvidenza non ci ha pensato. Anche il Guarino si rimbocca le maniche.

Dentro l'Audi rubata la perplessità riempie l'abitacolo come un gas.

Stanno zitti ancora un po', poi parla quello con la cravatta:

«Stiamo per ammazzare uno che aiuta i preti per le buone cause?».

«Il Signore dà, il Signore toglie» dice il biondo.

È davvero una sorpresa, però.

Hanno seguito il Guarino per tre settimane, il massimo della devozione che hanno visto era per il Negroni sbagliato delle diciannove, i bar di balordi, la ragazza un po' sposata, forse di quelle a tassametro. Un prete e una chiesa, le brande per i profughi, i pacchi di viveri non erano previsti.

Non possono far altro che guardare. Gli uomini lavorano lenti e metodici, silenziosi, si scambiano solo qualche battuta veloce.

«Magari le conversioni arrivano così. Quando meno te lo aspetti, ecco che ti viene un'illuminazione: ma no, non andiamo a farci una bella scopata, stasera, aiutiamo il prevosto a scaricare i camion».

«Amen».

Il biondo guarda l'orologio.

È passata un'ora abbondante, loro in macchina che scrutano nella nebbiolina vaporizzata di quella pioggia che non piove, e quattro uomini che fanno avanti e indietro trasportando chissà cosa nel cortile della chiesa, forse c'è una rimessa, o un magazzino. Il primo camion è vuoto. Un autista muscoloso sale e fa manovra, lascia il posto all'altro, lo spettacolo ricomincia.

Poi il Guarino si ferma, si avvicina al prete e parla brevemente con lui. Quello gli batte una mano su una spalla, paterno, pretesco, e gli passa qualcosa, che cava da una tasca. Il Guarino se ne va, ma fa solo qualche metro. Sale su una Panda grigia nuova di pacca, la quattro per quattro, un go-kart per piste innevate e boschi, che invece trotta spedita verso la periferia, in pianura, circuito urbano con semafori.

Il biondo guida senza togliere gli occhi dai fari posteriori di quello davanti, niente gps, questa volta, si fa alla vecchia maniera. Sarà la macchina del prete? Cioè uno presta la sua macchina a un altro che corre verso Bergamo, poi va a scaricare un camion e si fa prestare la macchina dal parroco? Decisamente una serata balorda, il tipo.

Ore 00.29

L'hanno perso e ripreso, poi raggiunto di nuovo e di nuovo sono stati distanziati. Se il biondo è teso per l'inseguimento non si vede per niente, guida veloce e rilassato, si porta sotto quando compare un semaforo, così non è costretto a passare col rosso, anche se il Guarino prende un paio di gialli abbondanti. Imboccano via Gallarate, verso la periferia, il nord-ovest operoso, svincoli e officine. Camminano sui sessanta all'ora, non c'è in giro quasi nessuno.

E poi si sente il plin di un messaggio.

Quello con la cravatta mette la mano nella tasca interna della giacca e ne cava un iPhone. Non i cellulari con cui comunicano tra loro, con le schede irrintracciabili. No, no, il suo telefono, proprio il suo privato.

Il biondo stringe le mani sul volante. Per un attimo

fa lo sguardo dell'orso bianco di fronte al cucciolo di foca.

«Non ci credo, cazzo, che ti sei portato il cellulare».

«Mica posso stare in trasferta a Bologna e staccare il telefono!».

«Ti rendi conto che rischio trent'anni di galera, o l'ergastolo, perché ammazzo la gente insieme a uno controllato dalla moglie?».

«Macché controllato!».

Legge il messaggio. Poi lo declama, serissimo:

«Buonanotte, tesoro».

Il biondo sospira come un mantice, ma è più un ruggito represso, non è il momento di litigare. Non perde di vista gli occhietti rossi sul sedere della Panda del prete, sta a distanza, rallenta un po'.

Quando la Panda si infila a destra loro tirano dritto, poi il biondo spegne i fari e fa inversione, si avvicina finché la visuale è accettabile. È un parcheggio semivuoto, forse uno di quei posti di coppiette, ma di coppiette non ce n'è, solo lampioni fiochi, alberelli stenti, qualche macchina sparsa, e la Panda con le luci ancora accese.

Aspettano. Ora c'è un po' di tensione, perché il tizio potrebbe vederli, se si guarda bene in giro.

All'improvviso, un lampo giallo, le doppie frecce di un Suv posteggiato un po' discosto dalle altre macchine. Il Guarino spegne il motore, scende, chiude la Panda col telecomando e si avvia verso il punto che ha lampeggiato nella notte. Non c'è in giro nessuno, non ci sono case intorno, solo qualche svincolo più avanti dove le tangenziali sposano le autostrade in un fruscìo di fretta pneumatica.

Svelto come un gatto, quello con la cravatta è sgusciato dalla macchina, si è fatto coprire dalla carrozzeria camminando piegato, poi ha attraversato la strada di corsa fino a farsi coprire da un'altra macchina. Vuole avvicinarsi ma capisce il rischio: non tanto che se ne accorga il Guarino, già sarebbe un'altra complicazione, ma che passi una pattuglia, polizia o carabinieri. È gente che diventa sospettosa se vede uno che corre accucciato come un marine in un parcheggio, in piena notte.

Ora è a due auto di distanza, si abbassa ancora un po', si muove pianissimo, finché tra lui e il Suv c'è soltanto un'utilitaria, e poi due posti liberi. Visuale perfetta. Riesce anche a sentire i due che parlano, il Guarino e chissà chi al volante, non le parole, no, ma i toni sono quelli di una discussione. Due uomini, parlano uno sull'altro, alzano la voce.

Il biondo ha visto qualcosa, da lontano, qualcosa come un lampo.

Quello con la cravatta, invece, che comincia a avere i crampi per la posizione accucciata, ha sentito anche il botto. Bello forte, dentro la macchina doveva essere assordante. Lo sportello del Suv si apre subito. Umberto Guarino esce barcollando, scuote la testa, si porta le mani alle orecchie e preme, in una mano ha ancora la pistola. Sembra inebetito, fatica a stare in equilibrio, ondeggia per qualche secondo. Poi si riscuote, mette via la pistola in una tasca del soprabito, prende un fazzoletto, o uno straccio, da un'altra tasca e pulisce le maniglie, dentro, fuori, sembra calmo, ora, metodico.

Chiude lo sportello e torna alla Panda, mette in moto, parte.

Loro, dietro. Quello con la cravatta si è praticamente tuffato sul sedile, il biondo ha tenuto i fari spenti per qualche centinaio di metri.

«Be', ora che sappiamo che è un assassino, il fatto che aiuta i preti passa un po' in secondo piano, giusto?».

Questa cosa dell'etica e della deontologia della professione gli ha preso un po' la mano.

Il biondo sembra preoccupato.

Tiene d'occhio i fanali posteriori della Panda e pensa a una cosa sola, e dicendola pure, anche se a quel punto sembrava un po' ovvia.

«È armato».

Il lavoro semplice che dovevano sbrigare in un paio d'ore si è incasinato male e ora seguono uno che ha la pistola in tasca, e a quanto pare la sa usare. È un problema, anzi un problema che non avevano previsto, quindi due problemi.

Poi il socio fa un gesto stizzito con una mano, come a scacciare qualcosa.

«Torna indietro».

«Perché? Lo perdiamo!».

«Lo sappiamo dove va, non perdiamo nessuno, torna indietro, ti spiego».

Il biondo ha fatto una manovra rapida, non di quelle consigliate dal codice della strada.

«Stiamo tornando sul luogo di un delitto che non abbiamo nemmeno commesso noi?» dice.

Però guida in quella direzione, i fatti contano di più delle parole.

«Senti, uno ci chiede di ammazzare un tizio. Il tizio che dobbiamo ammazzare va ad ammazzare un altro tizio. Chi potrebbe essere? Unisci i puntini».

«Dici che nel Suv, là al parcheggio, il morto potrebbe essere il nostro cliente? Cazzo, il Guarino! È quello che si dice giocare d'anticipo».

«Be', vorrei sapere se sto lavorando per un morto».

«Anche perché i morti tendono a non pagare il saldo».

Ora stanno zitti, i fari spenti, la macchina parcheggiata proprio dove il Guarino aveva messo la Panda, ma col muso pronto alla fuga, se servisse, sperano di no. Quello con la cravatta scende e trotta verso l'altro lato del parcheggio, raggiunge il Suv e apre la portiera del passeggero. Non deve uscire un buon odore da lì, perché il biondo, che è rimasto seduto in macchina, può vedere la scena, e quello che vede è il suo socio che quasi fa un balzo all'indietro. Poi si china, il fazzoletto che teneva in mano per non lasciare impronte lo porta alla bocca. Si rialza quasi subito, chiude lo sportello e torna di corsa alla macchina.

«Non è lui».

«Ah, e chi è? L'hai visto in faccia?».

«Quale metà della faccia?». Fa una smorfia e ripiega il fazzoletto. C'è un momento di silenzio, poi si decide a parlare. «Più giovane, questo, non saprei l'età, ma insomma vestito come un discotecaro di quarta categoria, niente barba, scarpe bicolore e dita piene di anelli, c'è un sacco di sangue, un lavoro fatto male».

Il biondo ride. Non si capisce se per le scarpe bicolore o perché il saldo è salvo, basta finire il lavoro.

Ora guida prudente e ligio alle regole, torna verso il centro e la chiesa di mattoni rossi. La Panda è parcheggiata lì, li avrà preceduti di dieci minuti buoni, i camion sono sistemati un po' meglio di prima, sul marciapiede ci sono solo alcuni uomini che si salutano e si attardano a chiacchierare, bravi parrocchiani, forse gli autisti, e il prete che dice che deve alzarsi presto, andate a dormire, grazie ragazzi.

Non sentono tutto, ma non è difficile da immaginare.

Tra gli uomini c'è il Guarino, saluta anche lui.

Da quando se n'è andato con la macchina del prete a quando l'ha riportata non è passata nemmeno un'ora, anzi un bel po' meno, poco più di mezz'ora. Stringe mani e dà il cinque a un piccoletto tutto muscoli, ma... quello con la cravatta lo nota subito.

«Lo aveva anche prima lo zainetto?».

«No».

«Ti capita spesso di arrivare senza bagaglio e andartene con uno zaino?».

216

«Mai».

«C'è stata una consegna».

«Un omicidio che va e una valigetta che viene, dici? Leggi troppi romanzi».

Ride, perché è quello che fanno loro: incassano dopo il lavoro.

«Un collega, eh? E che dici, secondo te è etico far fuori un collega?».

I due soci si guardano e lo sguardo di entrambi dice: questo sì che è un alibi coi fiocchi. Il prete, nientemeno!

Ma poi ci mettono tre secondi a unire i puntini.

«Va bene, è una buona copertura se riesci a ammazzare qualcuno in mezz'oretta, sparisci un attimo e ricompari. Ma perché farsi due alibi?».

Il biondo tocca il telefono, il display si illumina. La BMW del Guarino è ferma poco fuori Dalmine, sulla provinciale che porta a Bergamo, Google Maps indica il puntino azzurro del gps accanto a un centro commerciale, benzina, ristoranti, che a quest'ora saranno chiusi. Chissà quale altro peccato, quindi.

Quello con la cravatta sta per scendere e mettersi di nuovo dietro al tizio, che si è avviato. Porta lo zainetto su una spalla sola, come le ragazze la borsetta. Il biondo lo frena.

«È a piedi, andrà a casa. Aspettiamolo là».

In via Messina, tra il portone del Guarino e il raggio delle telecamere dell'albergo all'angolo, ci sono almeno cento metri senza telecamere, hanno controllato mille volte. È un buon posto per fare un lavoro veloce e pulito. La serata è durata anche troppo, sarebbe buona cosa finirla in fretta. Pulito, veloce, se sono fortunati possono spargargli anche dalla macchina.

Quello con la cravatta ha pensato tutto questo, ma ha detto solo:

«Giusto, c'è pure un tempo di merda».

Così il biondo mette in moto, fa il giro dell'isolato, ma vede che il Guarino non va verso casa sua. Si avvia deciso proprio dalla parte opposta, attraversa la strada, verso l'ospedale dei bambini. Lì vengono al mondo parecchi piccoli milanesi ogni notte; se volete vedere facce di giovani uomini nel panico, con gli occhi spiritati e l'ansia che se li mangia, siete nel posto giusto.

«Ma che cazzo fa?».

Come se rispondesse alla domanda del biondo, il Guarino si avvicina alla fila dei taxi e fa un cenno al conducente, che pare annuire. Poi sale e il taxi parte. Il biondo si mette dietro, a distanza.

Non dicono niente perché non c'è niente da dire.

Segui uno per più di venti giorni, disegni abitudini e posti, ti fissi in testa piani precisi, distanze, movimenti possibili, abitudini, coperture, telecamere... E poi quello fa cose impensabili, ammazza la gente, aiuta i preti e viaggia in taxi nella notte.

«Non si può dire che facciamo un lavoro noioso» dice il biondo.

L'altro fa una smorfia. Nessuno dei due propone di rimandare, ora sono solo curiosi.

Il taxi fila oltre il parco, costeggia il carcere di San Vittore, piega per via Solari, si addentra nel quartiere, non sanno la via perché il biondo ha messo fuori uso il navigatore e il computer di bordo, è lui che si occupa della logistica, rubare una buona macchina che non abbia un antifurto satellitare diventa sempre più difficile, dove andremo a finire, signora mia. Per quello con la cravatta le automobili moderne, tutte elettronica e sensori, sono una scienza incomprensibile, quasi magia, il biondo invece ci sa fare.

Ore 2.56

Il Guarino sta nel bar da più di un'ora, loro fuori, a duecento metri, i finestrini aperti di qualche centimetro per non appannare tutto. La serranda del bar è mezza abbassata, un semibuio. Significa che dentro c'è un'altra stanza, con la luce accesa, ma nella sala principale, con il bancone e qualche tavolino, è tutto spento. Per farti entrare lì, insomma, devono conoscerti. Sceso dal taxi, il Guarino aveva bussato leggermente, e qualcuno gli aveva aperto.

«Ricapitoliamo» dice il biondo.
È un gioco che fanno loro, voi non fateci caso.
Ma prima che comincino, un altro plin del telefono.
Quello con la cravatta lo estrae dalla tasca interna della giacca, la destra, perché dall'altra parte ha una fondina ascellare che lo ingombra. Legge.
«Dormi? Io non ci riesco, mi manchi».
Fa un sorrisino, ma è anche un po' seccato. Certo che dormo, sono a Bologna a trattare con un clien-

te, ho cenato, bevuto. Ovvio che dormo, come ti viene in mente…

Il biondo sbuffa, l'altro non risponde al messaggio e mette via il telefono, si congratula con se stesso per aver disattivato le spunte blu che confermano la lettura, non sta perdendo il tocco, questo proprio no.

Il biondo ricomincia da capo.

«Ricapitoliamo. Presto la macchina a un tizio».

«Tra navigatore e telefono, ben due gps diranno che sei andato a far conquiste a Dalmine, ognuno ha le sue perversioni, ma mica è vietato» dice quello con la cravatta. Giocano a ping pong.

«Invece vado a piedi da un prete, a scaricare opere di bene… ci sto… quanto?».

«Quasi un'ora e mezza, poi dico: ehi, don, mi presti la macchina, per cortesia? Te la riporto al volo!».

«Ecco le chiavi, vai, pecorella del signore».

«Sì, grazie, vado a sparare a qualcuno dentro un Suv nel parcheggio dell'amore».

«Poi riporto la macchina… una mezz'oretta, una cosa che si dimentica facile, e secondo te dove sono stato tutta la notte, se qualcuno dovesse chiederlo?».

«A scaricare i camion del prete, che domande!».

«Un così bravo figliuolo!».

Silenzio. Lo rompe il biondo, gli occhi sempre fissi sulla serranda del bar.

«Perché cazzo uno dovrebbe farsi due alibi? Non ne basta uno?».

C'è una calma notturna, astiosa.

«Due alibi, giusto? Forse non sono per la stessa per-

sona. Cioè, alla polizia direi che sono stato in qualche
localaccio vicino a Bergamo. Possono controllare. No,
ho pagato in contanti, commissario. Certo che avevo
il mio telefono, eccolo. E anche il Telepass confermerà»
dice quello con la cravatta.

«E a qualcun altro invece conviene dire del prete: ah,
che fatica, mi sono spezzato la schiena tutta la notte,
ma per una buona causa, fatemi santo e non se ne parli più» dice il biondo.

Non ha senso, fine della storia.

Anzi no. Perché il biondo aggiunge:

«E poi ripeto: è armato. Una cosa che fa una certa
differenza, nel nostro lavoro, mi pare che tendi a di-
menticarlo».

«Siamo armati anche noi, e siamo in due. Le ragazze ci adorano».

Il biondo ride.

Poi finalmente c'è qualche movimento.

Abbassandosi per passare sotto la serranda a mezz'a-
sta, il Guarino esce, si guarda intorno e accende una
sigaretta. Poi fa qualche passo sul marciapiede, lento. Quello con la cravatta scende e attraversa la strada, ora è sullo stesso marciapiede, a trenta metri.
Venti. Dieci. Ormai il quasi morto dovrebbe sentire
i passi e voltarsi. Tenendo la destra nella tasca del-
l'impermeabile, quello con la cravatta toglie la sicura alla pistola. Se non si volta da solo lo chiamerà, gli
piace guardarli in faccia. E poi sparare alle spalle non
sta bene, che modi, non si fa. Ora è a cinque metri.

Il biondo li segue a distanza, sul marciapiede opposto, fuoco di copertura, se dovesse servire.

Ma ora si sente un motore.

Una moto accosta al marciapiede proprio dove sta il Guarino, scende solo la ragazza, poi anche lui si toglie il casco, spegne il motore ma resta a cavalcioni della moto, le mani nei guanti sul serbatoio rosso. Lei gli prende la testa tra le mani e lo bacia. Intanto il Guarino ha fatto dietrofront, ha buttato la sigaretta e dato un'occhiata ai due, cammina lento come prima, questa volta tornando verso il bar.

I due soci tornano alla macchina.

«Ma chi è che va in giro in moto con questo tempo? Bisogna essere scemi!».

«Con tutti i posti per limonare che ci sono, poi!».

«Che serata del cazzo!».

Guardano la ragazza che entra in un portone, il centauro si rimette il casco, accende il motore con un rombo e parte. Due minuti di bacio, poco per una gravidanza, ma abbastanza per rovinargli il lavoro.

Ora dalla serranda semiabbassata escono altri due tizi. Ragazzotti, si direbbe, ma possono valutare solo atteggiamenti e corporature, perché da lì dove sono loro le facce non si vedono bene. Il Guarino non se ne stava andando, è solo uscito a fumare, li aspettava. Hanno jeans e giacche sportive. Lo zainetto che portava il futuro defunto ora lo porta un altro, sempre su una spalla sola, dev'essere leggero. Sono silenziosi e rapidi, non sembrano tre amici brilli che escono da un bar, piuttosto tre persone che devono fare qualcosa e pensano solo a quello. Salgono su una macchina che sta lì a pochi metri, una Toyota verde scuro.

«Altro giro, altra corsa» dice quello con la cravatta.

«Incomincia a rompermi i coglioni, il tizio» dice il biondo. Mette in moto.

«Sì, lo ammazzerei».

Si avviano dietro alla Toyota, che procede lenta e guardinga mentre passa i semafori con il giallo lampeggiante.

Ore 4.02

Il biondo è sceso un attimo, ha fatto un giro, è sparito per qualche minuto e poi si è rimesso al posto di guida.

«Pisciare» ha detto.

Ma in realtà ha detto molto altro, con il tono e con gli occhi. Ha detto che questo cazzo di Guarino lo fa apposta, di girare qui e là come una trottola per Milano, di notte, da solo, in compagnia, a piedi, in taxi, proprio la sera in cui dovrebbe farsi ammazzare. Centosettantacinquemila prima e centosettantacinquemila dopo, a lavoro fatto, entro 48 ore, sono trecentocinquantamila buoni motivi per ammazzarlo in fretta, ma sembra che lui non sia d'accordo, e si è messo a fare affari la sera sbagliata.

Quello con la cravatta pensa le stesse cose.

Ora sono parcheggiati lungo Ripa di Porta Ticinese, dopo il ponte, appena fuori dall'area pedonale, così la nebbiolina che cala dall'alto si mischia a quella che sale dai Navigli. Il Guarino e gli altri due sono entrati in un portone, loro hanno il Naviglio Grande sulla destra e un parchetto sulla sinistra, tutto deserto e desolato, è passata una volante, ma non li ha visti.

«Qui è un buon posto» dice il biondo. «Da quel lato solo un muro e il parco, niente telecamere, direi».

«Direi non basta» dice quello con la cravatta. Ma non è una vera obiezione, anche lui vorrebbe chiudere il contratto prima che faccia chiaro.

«Se esce da solo dovrà chiamare un taxi» dice quello con la cravatta, «oppure cercarne uno, quindi andrà di là», e indica il ponte e la stazione di Porta Genova.

Il biondo scende ancora dalla macchina, torna dopo cinque minuti, si siede e indica col dito.

«Da quel portone alla fine della seconda aiuola è buio totale» – intende che nessuno ti sta riprendendo – «poi ci sono le telecamere della pizzeria, meglio non rischiare». Saranno duecento metri abbondanti, uno spazio più che sufficiente, basta scendere dalla macchina, attraversare la strada, sparare e tornare alla macchina. Quaranta secondi al massimo.

Nessuno dei due dice «Ok, facciamo così», ma qualcosa nell'abitacolo è cambiato, i nervi sono più tesi, i movimenti minimi, controllati. Quello con la cravatta si è tastato sotto la giacca, ha sganciato il bottone della fondina, il biondo ha messo la sua pistola sul sedile, in mezzo alle gambe

Finalmente il Guarino esce.

Mette il naso fuori dal portone e si avvia nella direzione che speravano loro. Ha di nuovo lo zainetto. Cammina tranquillo, né forte né piano, come uno che sa dove andare. Passa davanti al portone dello stabile vicino. È da lì che la zona non è coperta dalle telecamere. Il biondo ha in mano la sua PPK, quello con la cravatta una trentotto a canna corta. L'altra mano è sulle maniglie degli sportelli, pronta a scattare.

«Ora!» dice il biondo.

«No!» dice il socio.

Si fermano di colpo.

Da dietro un albero della prima aiuola è sbucato un uomo, una sagoma scura, non capiscono se è uno dei due di prima o un'altra persona. Però vedono bene che colpisce il Guarino con una forza brutale, ha in mano qualcosa, una mazza, una spranga, non si vede bene, il movimento è stato fulmineo, e si è sentito il colpo. Il Guarino cade a terra, un altro uomo esce dal buio, si china sul corpo, prende lo zainetto e fa per andarsene, ma ci ripensa, fa un passo a ritroso e sferra un calcio alla sagoma sdraiata, in faccia, forte. Si allontanano insieme, anzi no, il primo uomo torna indietro e colpisce ancora il corpo rannicchiato a terra con quella specie di bastone. Due, tre, quattro volte. Poi si volta e corre via, nel buio del parco. L'altro è già sparito.

Sono rimasti impietriti a guardare lo spettacolo, che non è durato più di un minuto. Una macchina è passata veloce sulla strada e non si è fermata, forse chi guidava non ha visto niente, forse ha pensato che farsi i cazzi propri alle quattro del mattino fa bene alla salute, cioè te lo dice proprio il medico.

«Va bene, stavolta mi ha rotto veramente i coglioni» dice quello con la cravatta. È incazzato davvero.

Scende dalla macchina, attraversa la strada deserta e si pianta con le gambe aperte sopra il Guarino che geme e rantola, sanguina dal naso e da un orecchio, potrebbe stare meglio, insomma.

Ora ha solo un secondo per pensare, quindi non si attarda a chiedersi se sia etico, il colpo di grazia a uno che si lamenta accasciato per terra, ma lo stronzo li ha fatti sudare, e poi quello è un posto buono, e poi è il suo lavoro, checcazzo. Ora o mai più.

Toglie la sicura con l'indice, lo mette sul grilletto.

C'è un rumore di passi.

Tacchi. Veloci. Una donna, viene da un vialetto del parco. Quello con la cravatta esita ancora una frazione di secondo. Poi sente il biondo accanto a lui che dice, a voce troppo alta:

«Che coglione, sempre sbronzo. Dai, portiamolo a casa, ci penserà la moglie».

Il rumore di tacchi si arresta per qualche secondo, la signora si è fermata a guardare. Quello con la cravatta allarga le braccia e le sorride, sarà a una cinquantina di metri, è buio, nessuno può vedere bene. È una donna bionda, forse una che torna dal lavoro, dalla lussuria della movida dei Navigli, ha spillato birra e servito ai tavoli, tutta la notte in piedi, e ora va a dormire. In questi casi la procedura è che il testimone muore anche lui, una disgrazia, spiace.

Ma ormai è passato l'attimo. I due soci mettono in piedi il Guarino, che non si muove per niente, e lo sostengono, lo trasportano come se fosse svenuto. «Non lo regge, non c'è niente da fare» dice il biondo, all'indirizzo della donna. Lei ride e continua per la sua strada, i tacchi riprendono il ritmo.

Ognuno si mette un braccio del Guarino attorno al collo, attraversano di nuovo la strada, aprono lo sportello posteriore dell'Audi e ci buttano il ferito, poi salgono. Il biondo mette in moto, partono.

Ore 5.13

«Ci serve un piano B» dice quello con la cravatta.

«Sei scemo? Il piano B è fallito sei ore fa».

«Dài, abbiamo quasi finito, è già mezzo morto, ne ammazziamo solo metà».

«Non abbiamo tempo di ripulire la macchina come si deve, tra un po' fa chiaro, se ci lasciamo dentro un morto non possiamo lasciarci anche le nostre impronte».

Quello con la cravatta annuisce.

«Prima regola, la sicurezza».

«Appunto».

E voi, amici, dove lo buttereste un cadavere alle cinque del mattino, a Milano?

Il Guarino geme. Non è cosciente, sicuro che ha qualcosa di rotto. Il biondo guida, attentissimo ai limiti e alle precedenze, non è il momento di farsi fermare per un controllo. Il socio ha frugato sommariamente il corpo sui sedili posteriori, ha messo dei guanti, e ora ha in mano la pistola, quella che ha sparato nel parcheggio, una Beretta 92X, sembra nuova, manca un colpo.

Nella stessa tasca, le chiavi di casa, un bel mazzetto denso con sette o otto chiavi e una cordicella di metallo. È un errore, tenere qualcosa in tasca che può ostacolarti nell'uso veloce della pistola. Se devi fare una cosa rapida, non puoi rischiare di estrarre per sbaglio la chiave del portone.

«Dilettante» dice.

«Se era un professionista stava meglio, di salute» dice il biondo.

Vero anche questo.

Ora quello con la cravatta aggancia la cintura di sicurezza, ma dietro la schiena, così l'Audi smette di pigolare i suoi irritanti avvisi di sicurezza, e lui può muoversi liberamente e continuare a frugare il mezzo cadavere. Intanto, prende il comando delle operazioni.

«Vai verso piazzale Loreto».

Il biondo ubbidisce senza fare domande.

Nessun telefono, ovvio. Nel portafogli del Guarino ci sono tutte le cose che tutti abbiamo nel portafogli, patente, carte di credito, tessera sanitaria, centodieci euro, poi bigliettini sparsi, ricevute di farmacie, un post-it ripiegato, di quelli azzurri, con uno scarabocchio che quello con la cravatta legge e rilegge.

Don Serafino, 22.30, scarico. P. 85.000.

Legge ad alta voce, rimette tutto a posto, tranne il bigliettino azzurro, e stavolta si risiede per bene, con la cintura allacciata giusta.

È un'ora indefinibile nel respiro della città. Non c'è ancora luce, ma non c'è più il buio nero di prima. Le strade brillano per quel velo di acqua che è sceso tutta la notte, sottile, invisibile. Girano pochissime macchine, soprattutto taxi, tutto è fermo eppure si sente che qualcosa freme. C'è l'atmosfera che c'è prima di ogni gara, i centometristi attorno alle loro pedane di partenza, in attesa del via, o i piloti sulla linea dello start. Un'attesa, come una tregua, prima che tutto torni a muoversi. Tra un'ora ci sarà già casino, traffico, luce. Dopo le sei non se ne parla di andare in giro con un cadavere in macchina, anche se per ora è soltanto semicadavere.

«Più che un dilettante, un cretino» dice il biondo.

In effetti, non è una buona regola andare ad ammazzare la gente con in tasca l'indirizzo di dove andrai a ritirare il saldo e addirittura la cifra. P. era forse quello che doveva pagare, sarà stato uno degli altri che scaricavano i camion.

«Prezzi modici, comunque» dice quello con la cravatta.

«Un dilettante, ti ho detto».

Dunque nello zaino c'erano ottantacinquemila euro, ma del perché se lo passassero di spalla in spalla non si sa niente. Sembravano complici, i primi due, e quindi son già tre persone a conoscenza dell'omicidio. Se si aggiungono i due che hanno massacrato il Guarino, che sapevano sicuramente dei soldi nello zaino, fa cinque. In un caso di omicidio, cinque persone che sanno qualcosa sono una folla, una moltitudine.

Ora quello con la cravatta sta armeggiando col telefono, legge, cerca ancora.

«Allora?» dice il biondo. Ha imboccato corso Buenos Aires e fila verso Loreto.

«Un attimo».

Un gesto di stizza.

«Allora?»

L'altro chiude il telefono. «Ok, ce la facciamo».

Il Guarino ha smesso di lamentarsi, ma non è morto perché si sente il respiro affannoso. Forse se gli sparano gli fanno un piacere, c'è da considerare anche questo, a proposito di etica.

«Prendi di là, vai all'inizio di Palmanova, ma non il viale».

Fanno manovra, e girano a destra e poi a sinistra, quasi un'inversione, piccole vie attorno a palazzi residenziali.

«Piano, mettiti lì».

Il biondo esegue. Sono parcheggiati a spina di pesce, alle spalle le case, davanti un giardinetto e poi le quattro corsie veloci di via Palmanova.

«Che ore sono?».

«Cinque e quarantadue».

«Dieci minuti».

Aspettano.

«Così si spiegherebbe il secondo alibi» dice il biondo.

«Un alibi per la polizia, per l'omicidio, e un alibi per qualcun altro per il ritiro del saldo, il prete, il camion da scaricare più che un alibi era una copertura».

«Non ha funzionato benissimo, diciamo».

«Sì, mi piacerebbe sapere chi è il tizio che il Guarino ha ammazzato là nel parcheggio, perché mi dà l'impressione che volessero ammazzarlo in parecchi».

«Leggeremo il giornale» dice il socio. Non toglie gli occhi dal quadrante dell'orologio.

Ore 5.50

Tutto tace. Se qualcuno esce dai palazzoni che hanno alle spalle, lo fa dall'altro ingresso. Ci sono due negozi, ma sono chiusi. Solo un uomo è sbucato da questa parte, è salito su una macchina, a cinque o sei posti da loro, e se n'è andato. Mattiniero, mezzo addormentato.

Quello con la cravatta sembra spingere le lancette dell'orologio, tanto le guarda intensamente. Aspetta che siano le 5 e 57, poi scatta.

«Via!».

231

Prendono il corpo che sta steso dietro, lo accompagnano come prima, sostenendolo dalle due parti, i piedi che strisciano a terra, il sangue ormai secco sulla faccia. Non si muove, forse respira, forse no, non hanno tempo di controllare e poi chissenefrega.

Sette passi. Nove. Quindici passi.

Ora sono in mezzo a quell'aiuola incongrua, piazzata tra una strada a più corsie dove scivola il traffico e dei casermoni di periferia, coperti soltanto da un cespuglio sofferente, verde comunale, accanto a un parapetto che sarà alto un metro. Poi c'è una grata verticale che sarà almeno un altro metro, quindi devono alzare un corpo morto fin sopra le loro teste e lasciarlo andare. Sollevamento pesi.

Il biondo ha capito.

«Soluzione del cazzo, se posso permettermi» dice.

Quello con la cravatta non ci casca, è concentrato.

«Dài!» dice il biondo.

«No» dice il socio.

Ma passa soltanto qualche secondo e sentono un vago tremore sotto i piedi. Anche la grata di ferro vibra un po'. È come un ruggito sordo, uno strumento da bordone, non lo sentiresti nemmeno, se non fossi pronto ad ascoltarlo, se non lo aspettassi.

«Adesso!».

Si alzano sulle punte dei piedi per sollevare il corpo del Guarino oltre la grata di ferro, il biondo fa anche un piccolo salto, alla fine. Il corpo è rimasto in bilico, come piegato in due, metà di là della grata, la testa e il busto, e metà di qua, le gambe.

Quello con la cravatta si è già voltato verso la macchina parcheggiata, quasi con noncuranza ha sollevato di qualche centimetro una gamba del Guarino, una pressione lieve, quasi una carezza, che basta a sbilanciare quel bilico perfetto. Non si è voltato a guardare, sta già camminando nel piccolo prato, con il biondo accanto.

Il corpo è sparito, caduto giù in un buco, dritto sui binari, e subito si è sentito il rumore del treno che sbuca dalla terra.

È proprio lì che la sotterranea esce alla luce del mondo, i passeggeri strizzano gli occhi per il chiaro improvviso, che li colpisce, il rumore cambia. Chi l'avrebbe mai detto che l'alba del nuovo mondo si vede alle 6.01 del mattino nella tratta Piazzale Udine-Cimiano della metropolitana milanese, linea verde? Una corsa ogni quattro minuti contro la corrente delle moltitudini che vengono a lavorare a Milano. Questi escono, invece, trasporto truppe, mano d'opera per uffici e officine, insegnanti attoniti di dover dispensare la loro scienza a Vimodrone, a Cernusco, a Gorgonzola. Ogni quattro fottuti minuti. Ci puoi regolare l'orologio, è una città che funziona, sapete?

Sentono il rumore della frenata. Un nitrito lungo e acido, come un allarme. E poi un allarme, appunto. Il biondo fa manovra, curva subito a destra e sparisce nella città prima ancora che qualcuno si affacci da quel lato delle case per vedere che succede.

«Ci vuole un caffè, che dici?».

«Oh, ma c'è una principessa, qui. E dov'è la barista?».

La ragazza dietro il banco guarda il biondo con la faccia che dice: ecco un altro cretino. Però è divertita, perché a quell'ora di solito i cretini dormono, invece questo qui è bello sveglio, e lei non è ancora incattivita dalla giornata.

«Vi siete alzati presto o state andando a dormire?» chiede la ragazza, mentre armeggia con la macchina del caffè.

«Io non dormo mai, il proverbio dice che i pesci mi odiano».

La ragazza ci mette un po', ma poi ride.

Quello con la cravatta sta guardando il telefono, vicino al frigo dei gelati con la «Gazzetta» di ieri, stropicciata come un gatto randagio. Entra un altro cliente, altro caffè, la barista si dedica a lui.

«Andiamo?».

Devono ancora lasciare la macchina. Pulirla un po' se il Guarino l'ha sporcata col suo sangue, tornare in ufficio a posare l'artiglieria, insomma tutte le procedure di sicurezza, e poi andare a letto, se Dio vuole.

«Ti trovo qui, vero?» dice il biondo alla barista. «Il tempo di fare il tagliando alla Bentley».

Quello con la cravatta fa un gesto di fastidio.

«Sbrigati, allora, guarda che il tuo amico ti chiama. Falla anche lavare, la Bentley, sicuro che ci sono dei capelli biondi».

Ragazza interessante.

Escono in fretta, il socio quasi corre verso la macchina.

«Merda, merda, merda!» dice. Il rosario.

Quando sono seduti gli mostra il telefono. Tre messaggini brevi, uno attaccato all'altro, spediti come una raffica.

«Non riesco a dormire, mi manchi».

«Vengo lì, c'è un treno alle sette».

«Alle nove al massimo facciamo colazione... e se hai ancora la camera...». Poi due cuoricini rossi.

Il biondo si fa una risata. Non si trattiene, ride proprio di gusto.

«Dille che anche tu non vedi l'ora di scopartela e hai preso il treno prima per tornare a Milano. Da quanto siete sposati, poi, vent'anni?».

«Diciannove».

«Allora togli la parte che non vedi l'ora». Il biondo ride ancora.

L'altro è incazzato e sta pensando. Muove le dita sulla tastiera ma non scrive, anzi cerca qualcosa.

«Niente, merda».

«Niente cosa?».

«Niente treni da Bologna che arrivano qui alle sette».

«Dobbiamo mollare la macchina, lo sai, vero?».

«Lo so. Pensaci tu, ti spiace? Fammi scendere in zona stazione».

Ora è il biondo che è incazzato.

Deve infilarsi nel traffico con una macchina rubata, con le armi e tutto, e poi la zona della stazione è più controllata della frontiera tra le due Coree, perché mettersi nei guai dopo un lavoro andato bene? Per una moglie? Non lo capirà mai.

«Senti» dice quello con la cravatta. Ha il tono di quello che spiega un piano. «Alla stazione la aspetto lì, al treno che parte per Bologna, al binario. Eccomi qua, tesoro, sorpresa! Sono tornato in macchina con un collega che doveva essere qui presto, ha restituito la macchina alla stazione, lui partiva da Bologna alle cinque, me l'ha detto ieri sera, e io ho approfittato perché non vedevo l'ora di stare con te... che ne dici?».

Poi fa una faccia che contiene qualche dubbio.

«Sta in piedi? Regge?».

«Sposati da diciannove anni, eh?».

«Allora, ci crederesti o no?».

«Io? Nemmeno per un secondo. Ma una che prende un treno all'alba per giocare al dottore col marito in trasferta per una notte, secondo me crede a qualunque cosa, vai tranquillo».

C'è più traffico del solito, ma non è che il biondo guidi spesso alle sette meno un quarto del mattino, quindi non ci fa caso. Ora sono in viale Piave, quasi ai bastioni, in fila.

Poi c'è di nuovo il plin del telefono. Sempre lei.

Quello con la cravatta legge subito, febbrile.

«Ma che succede con la metro?».

Questa volta risponde subito. Quale parte del cervello ti dice di chiedere notizie sulla metropolitana milanese a uno che sta dormendo a Bologna? Ragazze.

«E che ne so io?».

Di nuovo il plin.

«Tutto bloccato, cazzo, qualche stronzo che si è buttato sotto».

È una donna romantica, sapete, ma ogni tanto se ne dimentica.

Lo scambio di messaggi si fa frenetico. Quello con la cravatta digita veloce.

«Dài, lascia perdere, mi hai rovinato la sorpresa».

«Che sorpresa?».

«Vai a casa, sono tornato prima, in macchina con un collega, massimo alle otto, otto e mezza sono lì, i ragazzi sono a scuola?»

«Certo».

Questa volta i cuoricini li manda lui.

Il biondo guarda il suo socio, che ha chiuso gli occhi per un istante.

Ha l'aria sollevata e incredula di quelli che scampano alla morte per pura fortuna, perché perdono l'aereo, o la pistola si inceppa, o la prof di fisica è malata.

«Allora possiamo andare a casa, giusto?» dice il biondo.

«Come passa il tempo quando ci si diverte, eh!».

Poi parlano di come ritirare gli altri centosettantacinquemila, il vecchio leggerà sui giornali che è venuto il momento del saldo, i due soci si dicono cose tecniche, dettagli operativi, conti correnti e magie bancarie, fidatevi, è meglio non sapere altro.

La macchina la lasciano in un parcheggio di via Doria,

in divieto di sosta. Hanno deciso di dare una mano al proprietario: alla seconda o terza multa, qualcuno si degnerà di controllare la targa, cercheranno la denuncia di furto e gliela renderanno fingendo di averla cercata.

I sedili posteriori sono puliti, il Guarino ha avuto il buon gusto di sanguinare poco. Probabilmente, un treno che ti passa sopra cancella gli altri traumi, chissà, e poi gli troveranno in tasca la pistola, il morto nel parcheggio l'avranno già scoperto, faranno due più due. Com'è quella storia sulla teoria del caos: una farfalla sbatte le ali a Pechino... Ecco, uno ammazza un tizio in un parcheggio dietro via Gallarate e poi si butta sotto la metropolitana dalle parti di Cimiano. Che brutte cose fa fare il rimorso.

Il biondo spegne il motore e il socio prende il suo bagaglio dal baule. Sembra uno sceso ora dal treno, un po' stropicciato dal viaggio. Controllano di non lasciare niente all'interno.

Si allontanano senza nemmeno salutarsi, basta un cenno del mento che dice tutto. Il biondo sparisce dietro un angolo, quello con la cravatta se la prende più calma. Beve un altro caffè, a un tavolino, questa volta, poi sale su un taxi, saluta, dà l'indirizzo.

«Si metta comodo che questa mattina è un disastro» dice il tassista.

«Cioè?».

«Tutto bloccato, la metro non va, pare che si è buttato uno, sotto la verde, dopo piazzale Udine. Tutto fermo».

«Poveraccio».

«Ma che poveraccio! A quest'ora, poi! Dà fastidio la radio?».

Quello con la cravatta si appoggia al sedile e chiude gli occhi. Fuori non c'è niente da vedere, solo macchine in fila, nervosismo urbano meccanico e la luce già sporca del giorno.

Fabio Stassi
Fino a che la realtà non ci separi

Bien sûr le temps qui va trop vite
Ces métros remplis de noyés
La vérité qui nous évite
Mais voir un ami pleurer.

Nel cimitero di Reykjavik

Quando Feng giunse davanti al portone di quella casa vacanza, una squadra della polizia aveva appena terminato di transennare la strada, impedendole il passaggio. Una straniera era stata trovata morta in una stanza del secondo piano. Più o meno nello stesso momento, Vince Corso stava leggendo una pagina di Milan Kundera che cominciava così: «In Islanda non ci sono quasi alberi, e quelli che ci sono stanno tutti nei cimiteri: come se non ci fossero morti senza alberi, come se non ci fossero alberi senza morti».

Ma era quasi ora di cena, e Django chiedeva di uscire grattando la porta. Corso provò a ignorarlo per un altro paio di frasi, giusto il tempo di scoprire che in Islanda gli alberi non vengono piantati accanto alle tombe, ma al centro: «per costringere chi passa a immaginarsi le radici che sottoterra attraversano il corpo».

Si alzò controvoglia. Legò Django al collare, afferrò la giacca, poi chiuse il libro e lo infilò nella tasca. Avrebbe continuato la lettura all'aria aperta, davanti a una birra. Salutò Gabriel che innaffiava il giardino condominiale e si avviò per via dello Statuto.

Il cielo si era rannuvolato, minacciava di piovere da un minuto all'altro. Anche gli alberi sembravano anneriti. C'era quella sensazione di vuoto che danno certe serate di fine estate: pochi passanti lungo i marciapiedi; sulla strada il solito traffico tardivo della gente che doveva ancora rincasare dal lavoro, ma più sporco, più grigio di sempre.

Le banche tiravano giù le saracinesche, e sotto i portici gli ambulanti ripiegavano i teloni impermeabili sopra i loro banchi. Sui muri, un vento umido e soffocante sollevava l'orlo di vecchi manifesti che annunciavano spettacoli di tre mesi prima.

Anche il tram che gli passò davanti gli sembrò scolorito, come quelli che a volte erano ritratti sulle cartoline che per cinque anni aveva spedito a suo padre. Aspettò che le donne alla fermata vi salissero, poi superò le rotaie. In piazza una fioraia cercava di convincere due turisti a comprare le sue rose stantie, mentre ai suoi piedi un piccione con un'ala storta raccoglieva da terra una mollica di pane.

Corso lasciò per un poco Django libero di giocare con un altro cane nello spazio riservato, poi lo legò di nuovo e tornò verso via Merulana, dal lato dell'Auditorium di Mecenate. A via di San Vito si fermò a un tavolino sotto gli ombrelloni del caffè pasticceria Panella, ordinò una Menabrea e prese a sfogliare i giornali che per tutta la giornata avevano letto decine di clienti.

Ancora ci si poteva sedere fuori, fumarsi una sigaretta, scorrere le notizie del mondo che in quella piazzetta arrivavano come attutite, lontane. A Oslo migliaia di studenti erano scesi in piazza per il clima, sul confine greco si ammassavano centinaia di profughi e a Madrid Almodóvar stava terminando di girare l'ultimo film. In città, invece, un altro operaio era caduto da una impalcatura e sulle rive del Tevere era stato scoperto un deposito abusivo di rifiuti animali. Ma a quell'ora anche quegli articoli parevano sciupati e vecchi come i fogli che li contenevano. Lasciavano sempre delle macchie d'inchiostro sulle dita.

Quando terminò la pagina dello sport e quella degli spettacoli, tirò fuori dalla giacca il libro di Kundera. Era un saggio che poteva essere letto come un romanzo che ha per protagonista il romanzo stesso, recitava la bandella. Non avevano torto: per lui era più avvincente di qualsiasi poliziesco.

Era arrivato al punto in cui si discuteva, come in un'istruttoria, se Max Brod avesse fatto bene a non rispettare il testamento di Kafka e a pubblicare i suoi inediti. Mancavano ormai pochi paragrafi – le ultime prove, le ultime congetture – e Corso era contento di leggerli lì, in quell'angolo della città, quando la luce del giorno scemava e cominciavano ad accendersi le insegne dei locali e le prime lampadine gialle nei piani bassi delle case.

Quel posto aveva un'aria francese, come la musica che gli piaceva. Gli dava l'illusione di starsene al centro del Quartiere Latino, in un altro secolo, a discutere di letteratura con un gruppo di scrittori in esilio. Non poteva immaginare che per conoscere la fine della pagina che aveva lasciato in sospeso avrebbe dovuto aspettare l'alba. E che, dopo quella notte, anche quella pagina avrebbe assunto un altro significato.

Forse fu per istinto, o soltanto per distrazione, se prima di riprendere a passeggiare nel cimitero di Reykjavik insieme a Milan Kundera sollevò lo sguardo. Anche Django si drizzò sulle gambe e smise di annusare l'aria. Feng camminava come stordita, a pochi passi di distanza, in uno stato di sonnambulismo. Aveva gli occhi di vetro, e le mani che tremavano. Quasi non lo riconobbe. Corso dovette alzarsi, aiutarla a sedere, chiederle che cosa le fosse successo.

Xian

Da quando stavano insieme – quasi un anno, ormai, anche se evitavano di pensarci –, non aveva mai visto Feng in quello stato. Corso chiamò il giovane cameriere che lo aveva servito e gli chiese subito dell'acqua. Dall'interno, qualcuno uscì a vedere. Anche una coppia di anziani che passava di lì si bloccò di fronte a loro. Si tenevano per mano, incerti sul da farsi, e li guardavano spaventati, come se quella scena gli ricordasse qualcosa che avevano già vissuto.

Sembrava che a Feng costasse una grande fatica anche soltanto sollevare il bicchiere o tenere aperti gli occhi. Corso le appoggiò una mano sui fianchi, ma era come se lei non avvertisse il contatto, come se la sua coscienza fosse da un'altra parte. La abbracciò allora in silenzio, e aspettò.

Feng cominciò a piangere sommessamente. Si era sforzata di trattenere il respiro fin quasi a non poterne più, e ora stava cercando di risalire in superficie. Corso la strinse più forte. Finalmente Feng si lasciò andare: ora i singhiozzi la scuotevano con violenza, e le lacrime le bagnavano il viso. Pure le spalle – le sue amatissime spalle – le si erano fatte più piccole, e il suo lungo corpo magro appariva inerme e inconsolabile.

Come a un segno convenuto, si rianimò anche la coppia di anziani che aveva continuato a fissarli per tutto il tempo: con una certa riluttanza i due ripresero a camminare lungo la strada, ma per qualche altro metro non poterono fare a meno di voltare la testa più volte. Chissà se li avrebbero dimenticati o se per quella sera, e per altre sere ancora, si sarebbero chiesti il motivo di quel dolore. Corso li vide sparire in fondo alla strada e gli venne da pensare che forse erano vecchi abbastanza per riconoscerlo. Feng, intanto, aveva riacquistato il controllo di sé e cominciato a raccontare.

Quella mattina era atterrata a Roma una sua amica, Xian. Gliene aveva parlato, qualche volta. Xian era la figlia di un generale del Consiglio di Stato: l'aveva conosciuta in un istituto di lingue di Pechino, ed erano partite insieme per l'Italia. Per qualche mese avevano anche condiviso la stessa casa, a Roma. Poi Feng era diventata una lettrice del dipartimento orientale della

249

Sapienza e Xian aveva trovato lavoro come modella. Ora viveva a New York. Ogni tanto scriveva che sarebbe tornata, ma poi scompariva di nuovo. Aveva sempre fatto così: all'improvviso tagliava i ponti, e le lasciava il dubbio che non si sarebbero mai riviste.

Questa volta, però, dopo mesi di silenzio l'aveva chiamata il giorno prima annunciandole il suo arrivo, e anche, con entusiasmo, che aveva una novità importante da festeggiare insieme. Feng l'aveva invitata a dormire a casa sua, ma Xian aveva già prenotato un b&b a via Merulana. Non sarebbe stata sola. Poi l'aveva pregata di riportarle le lettere che si erano scritte nel corso degli anni, senza spiegarle la ragione. L'appuntamento era per quella sera stessa.

Quando la polizia l'aveva allontanata dal marciapiede dicendo che una straniera era morta nella casa vacanza verso cui si stava dirigendo, la sua prima reazione era stata quella di fuggire. Con la coda dell'occhio aveva fatto in tempo a incrociare lo sguardo di Lin e di Maria, altre due amiche di Xian che non vedeva da molto tempo. Erano impietrite sulla soglia del portone spalancato, e avevano le mani tra i capelli.

Inizio della veglia

Accompagnami, gli chiese Feng appena fu in grado di alzarsi.

Corso pagò la birra e si avviarono in silenzio, seguiti diligentemente da Django. La casa vacanza si trovava dall'altro lato della strada, oltre il Teatro Brancaccio. Duecento metri, e si iniziarono a scorgere le macchine: una volante era ferma in seconda fila; poco più avanti, la luce di segnalazione di un'ambulanza continuava a lampeggiare ma senza sirena. Gli sportelli erano aperti; il carrello della barella vuoto.

Diverse persone si erano assiepate intorno a loro. Qualcuno aveva sollevato in alto un braccio e puntato la fotocamera del cellulare verso il cancello davanti a cui stazionavano gli agenti. Che aspettavano? Cosa volevano sapere?

A Corso tornò in mente quello che aveva letto prima di uscire: Kundera, appena sbarcato in Francia dalla sua Cecoslovacchia piena di microfoni e di delatori, diceva di essersi imbattuto nella foto di una rivista in cui Jacques Brel, ammalato di un cancro al polmone, si copriva il volto per ripararsi da una schiera di fotografi appostati davanti all'ospedale dove si curava. L'amica di Feng non avrebbe potuto opporre neppure quel gesto infantile. Corso avrebbe voluto urlare a tutti di andare a casa, ma Feng lo trascinò via, prima che la folla iniziasse a spintonarlo. Se non l'avevano già fatto, era stato soltanto per il weimaraner che portava al guinzaglio.

All'agente di guardia spiegarono la situazione, pregandolo di lasciarli passare. Ma fu il commissario che gestiva le operazioni a dare il permesso. Si era appena acceso una sigaretta: aveva i capelli più crespi dell'ultima volta che si erano visti, la giacca logora quanto la sua, e la faccia ancora più stanca e scavata. Con Corso si riconobbero all'istante. Loro sono con me, disse ai suoi colleghi. Varcarono la soglia del b&b, e fuori, di colpo, scese la notte.

L'ingresso dell'appartamento si era trasformato in un ritrovo di vecchie amiche di Xian. Alcune di loro indossavano dei sandali con i tacchi alti, altre scarpe sportive, ma tutte mostravano un gusto personale nella scelta degli abiti. Di vista Feng – anche lei era vestita con molta cura – ne conosceva la metà, a eccezione di due con le quali scambiò un forte, commosso abbraccio. Quando il commissario le invitò a prendere posto nella grande sala di accoglienza di quella casa, Corso si accorse che non era soltanto un intruso, tra loro, era anche l'unico uomo presente, esclusi i poliziotti, ma non poté fare altro che scegliere l'angolo più in disparte, nel fondo.

La stanza era addobbata con una certa studiata eccentricità, coerentemente con lo stile liberty del palazzo. Da un lampadario d'epoca calava una luce fredda, o forse era il silenzio generale a rendere gelida ogni impressione. Una macchina da scrivere Underwood era poggiata su una ribaltina; dall'altro lato si allungava verso il soffitto una antica lampada a petrolio con il bulbo di vetro opaco. Un divanetto in raso occupava una parete. La scrivania aveva il piano verde, con sopra il registro degli ospiti bene in mostra e una miniatura di bronzo raffigurante una lupa capitolina. Sui muri, litografie e stampe dell'Ottocento.

Il commissario disse di aspettare lì e di non muoversi; tornò nell'ingresso e lo sentirono salire rapidamente le scale. Nell'attesa, Corso contò in tutto nove donne, compresa Feng. Una era una signora avanti negli anni, con i capelli bianchissimi. Ma la maggioranza erano giovani, e particolarmente belle.

La più lontana, dall'altro capo della stanza, chiese se qualcuna di loro l'avesse già vista. Le altre mossero appena il capo, per negare. La ragazza che aveva parlato era cinese anche lei, e a Corso parve di una magrezza innaturale. Con la voce spezzata, trovò la forza di formulare un'altra domanda. Perché siamo qui? Era quello che si stavano chiedendo tutte: perché si trovavano nello stesso luogo, e in un contesto così tragico? E, soprattutto, cosa era realmente capitato alla loro amica?

La polizia le aveva informate soltanto del suo decesso, senza aggiungere altro. Da quel poco che erano riuscite a capire, Xian era l'unica ospite della struttura, nonostante Roma, in quel periodo, fosse piena di turisti.

La prima ad arrivare era stata la donna di servizio, verso le sette del pomeriggio. Passava sempre a quell'ora, per un ultimo controllo. Puliva i bagni, cambiava gli asciugamani, riforniva la cucina di tutto l'occorrente per la colazione dell'indomani. Era stata lei a scoprire il cadavere e a chiamare subito la polizia, per lo spavento e l'agitazione. L'avevano sentita ripetere, piangendo, che prima di salire aveva suonato il campanello, come faceva sempre, ma nessuno aveva risposto. Il fatto che la porta non fosse chiusa a chiave non l'aveva insospettita più di tanto: i clienti se ne dimenticano spesso. Per sicurezza, aveva lanciato una voce, dall'ingresso, nel caso ci fosse stato qualcuno dentro, magari in bagno. Poi era salita nelle camere di sopra: a prima vista la signorina sembrava che dormisse. Non riusciva a spiegare che cosa l'avesse spinta a entrare. Forse la posizione del corpo, sul letto, la testa riversa quasi fuori dal materasso. Una specie di istinto. Si era avvicinata per scuoterla, ma non respirava più.

Quando avevano citofonato le sue prime due amiche, gli agenti presenti avevano già iniziato a recintare l'area. Feng era sopraggiunta subito dopo, ma l'avevano creduta una passante, e nessuno l'aveva trattenuta. A lei era invece seguita una lunga processione: erano arrivate tutte da sole, alla spicciolata, senza sapere niente delle altre, con l'aria allegra di chi si apprestava a rivedere dopo tanto tempo una vecchia amica e ora, di fronte alla foto che esibivano i poliziotti, non riusciva a credere di ritrovarsi alla sua veglia funebre.

Due bicchieri di champagne

Il commissario ridiscese dalla camera dove giaceva il corpo di Xian. A Corso quell'uomo dava sempre l'idea di vivere il suo mestiere con una dedizione patologica, e che il vero movente di ogni sua indagine fosse l'esasperato tentativo di sfuggire alla solitudine in cui pareva essere precipitato.

Con una brusca cortesia – ma Corso sapeva che era sincera –, invitò tutte le amiche di Xian ad avere pazienza: non avrebbe potuto rilasciarle finché non fosse stata chiarita la natura della loro tempestiva, ma misteriosa comparsa sul luogo del delitto; altrimenti sarebbe stato costretto a trasferirle al commissariato di piazza Dante. Disse proprio così: le ragioni della loro tempestiva, ma misteriosa comparsa sul luogo del delitto. Quella frase generò una reazione di stupore, prima, e di protesta, dopo.

Forse vuol dire che...

Non lo sappiamo ancora, rispose il commissario, affrettandosi a calmare le prime domande che insorgevano.

Dobbiamo allora ritenerci in stato di fermo? chiese una delle donne più vicine alla porta, e fece come per uscire. Ma due agenti le sbarrarono la strada.

Sarà necessario fare due chiacchiere, disse il commissario senza durezza, anzi, con una sconsolata rassegnazione.

Furono portate altre sedie, e tutte le amiche di Xian trovarono un posto: chi sul divano di raso, chi su una poltroncina imbottita. Corso si accontentò di una panchetta in legno d'arte povera con i braccioli sagomati; come sempre, Django si stese sotto di lui.

Vennero così a sapere, finalmente, che Xian Hu – questo era il nome completo della vittima – non riportava nessun segno di morte violenta sul corpo, ma nella sua stanza erano stati rinvenuti due bicchieri e una bottiglia di champagne in un cestello pieno di ghiaccio, come se quel pomeriggio, prima dell'arrivo della donna di servizio della casa, la signora Mancini, non fosse stata sola. Uno dei due bicchieri era vuoto e riportava evidenti segni di rossetto sul bordo; l'altro, colmo fino all'orlo, pareva non essere stato toccato. Il contesto lasciava supporre un caso di veneficio: arsenico, stricnina o qualche altra maledetta sostanza del genere, per saperlo con certezza avrebbero dovuto attendere i risultati della scientifica.

Allo sgomento, subentrò per tutte una istintiva preoccupazione. Che cosa stava capitando? Un senso di minaccia e di pericolo anche per la propria sorte aveva realmente avvelenato l'aria: ogni parola, ogni pensiero.

Ho necessità di conoscere, disse allora il commissario, il motivo per il quale vi siete radunate qui tutte insieme. Naturalmente, ogni dettaglio può essere importante.

Sospetta forse di noi? chiese la donna con i capelli bianchi. Aveva una voce rauca, di chi ha molto fumato.

Accanto alla bottiglia, è stato ritrovato un libro aperto con dentro un foglio strappato da un'agenda: riporta la data di oggi e contiene una lista di dieci nomi. Se mi date le generalità, possiamo cominciare controllando se siano i vostri.

In molte avevano già aperto la borsa per estrarre un documento di identità. Ma la più anziana del gruppo le bloccò.

Prima, vorremmo salutare la nostra amica, disse.

Non aveva potuto reprimere un tono di sfida, ma si sentiva che la sua più che una richiesta era una specie di preghiera. Il commissario fu lì lì per cedere, ma aveva un protocollo da rispettare.

Capisco, si arrese la donna, ma non la portate via, almeno.

Il commissario si girò e disse ai barellieri che da qualche minuto stazionavano muti alle sue spalle che li avrebbe richiamati lui più tardi, quando tutto si sarebbe risolto. Per quella ragazza, purtroppo, ormai non c'era più nulla da fare, e il trasferimento nella stanza deserta di un obitorio in attesa che un giudice ne autorizzasse l'autopsia avrebbe reso soltanto più desolata la sua ultima notte.

La lista

Dal primo giro di riscontri, venne fuori che i nomi sulla lista reperita all'interno del libro di Xian Hu, vicino ai bicchieri e sopra il comodino della stanza, coincidevano in effetti con quelli delle donne presenti. Xian li aveva trascritti in fila, uno sotto l'altro, come se si fosse trattato di un elenco di invitate. Matilde, Maria, Lin, Carmen, Bi, Zhu, Selene, Gilda, Feng. A riunirle lì era stata dunque la stessa Xian. Mancava soltanto la decima: Faustine. In fondo al foglio si leggeva, tra parentesi, una frase aggiunta a matita, con una calligrafia titubante: fino a che la realtà non ci separi.

La tenutaria della struttura ricettiva fu contattata per telefono: non si trovava a Roma, quella notte, e non le sarebbe stato possibile tornare prima del pomeriggio successivo, ma potevano rivolgersi alla sua collaboratrice di fiducia. Quando seppe che proprio la signora Mancini aveva scoperto il cadavere di una cliente nella camera numero quattro, non nascose un impulso di rabbia per non essere stata avvertita per prima, come se questo avesse potuto modificare gli accadimenti, poi balbettò un generico appello alla discrezione e confermò che era stata una ragazza cinese ad affittare tutte le stanze della struttura. D'ora in poi, non avrebbe più lavorato con gli asiatici, promise a se stessa sul punto di attaccare.

Il commissario registrò ogni cosa su un quadernetto di colore blu.

A un altro agente, il gestore di una enoteca di piazza Vittorio dichiarò che una donna cinese era entrata nel suo negozio nelle prime ore del pomeriggio e aveva comprato tre bottiglie di champagne della stessa marca di quella presente nella sua camera. Se ne ricordava perché erano state le bottiglie più care che aveva venduto in tutta la giornata.

Si apprese infine che, nel convocarle a quell'indirizzo e per quella sera, Xian Hu aveva promesso a tutte una importante novità. Ma a nessuna aveva concesso anticipazioni esplicite o alluso al coinvolgimento delle altre: aveva soltanto lasciato intendere, con un pudore divertito e pieno di gioia, che si trattava di una questione sentimentale. Confrontandoli uno con l'altro, per ogni messaggio aveva usato un tono intimo e personale, da cui traspariva tutta la sua voglia di rivederle, ma singolarmente.

Un'altra enigmatica correlazione era costituita dal fatto che a ciascuna di loro aveva chiesto di riportarle qualcosa che le era appartenuto o che lei stessa aveva regalato loro in passato come prova della sua amicizia.

Di certo, Xian non le aveva raggruppate lì per un semplice anniversario: il suo compleanno l'avrebbe celebrato tra sei mesi, disse la donna che si chiamava Maria, e le altre assentirono. Qualcuna aggiunse che sarebbe stato un compleanno importante perché nel 2019 Xian avrebbe compiuto trent'anni, ma questo il commissario già lo sapeva. La ragione di quel raduno era nascosta in ciò che doveva loro rivelare. Corso pensò che somigliava a una festa a sorpresa, ma alla rovescia, una festa nella quale lo stupore era destinato ai convenuti. Con un po' di humour nero, sarebbe anche potuta dirsi perfettamente riuscita. Ma a questa considerazione provò una sorta di vergogna.

Guardò il commissario, la sua figura sbilenca, in piedi, al centro del salone. Ne era certo: anche lui si sentiva fuori posto in quella larga e pomposa sala d'attesa. Per questo lo aveva autorizzato a restare? Per condividere lo stesso impaccio? O forse gli serviva uno spettatore esterno e Corso sarebbe potuto tornargli utile?

Il commissario mosse le lunghe braccia nervose. Si fosse trattato di un interrogatorio, o anche soltanto di semplici deposizioni, ripeté scandendo bene le parole, avrebbe dovuto condurle isolatamente in questura. Ma non era quello il caso, almeno per il momento. Il corpo della loro amica giaceva senza vita, al piano di sopra, e forse tutte insieme avrebbero potuto fare luce sulle cause della sua morte.

Un imbarazzo generale si propagò nella stanza.

La prima a rompere il ghiaccio, dopo una breve consultazione – ma il tempo, a loro insaputa, aveva già cominciato a correre, non era più misurabile nell'ordine dei minuti o delle ore –, fu di nuovo la signora con i capelli bianchi. Si chiamava Matilde Barbieri, e conosceva Xian Hu da diversi anni. Era stata la responsabile della produzione della prima casa di moda che l'aveva ingaggiata come modella. In quel periodo, Xian era ancora un'apprendista alle prime armi e aveva bisogno di una guida che le consigliasse come muoversi in quell'ambiente senza fare errori. Sembrava piovuta lì da un altro sistema solare: era sprovveduta, ma in un modo tutto suo; per certi versi, mostrava una sconcertante libertà, come se venire in Italia fosse stato per lei già uno sconfinare, e tutto il resto soltanto una conseguenza. Le ricordava sua figlia che si era trasferita all'estero e aveva dovuto cavarsela da sola, come tanti giovani della sua età.

A lei Xian aveva chiesto di riportarle, per il loro appuntamento, una tartaruga in pietra. Era il primo regalo che Xian le aveva fatto di ritorno da un viaggio in Cina. La signora Barbieri aprì il palmo della mano destra e la mostrò a tutte – un piccolo portafortuna di giada verde, intagliato a mano –, poi si alzò e la posò sul registro degli ospiti spalancato sulla scrivania.

Forse per reagire a tutta la tristezza che impregnava l'aria, la giovane vicino alla signora Barbieri scoppiò a ridere. Aveva conosciuto Xian a Torino, dopo una sfilata; quella notte avevano guadagnato bene, e insieme a Lin erano andate tutte e tre a bere un gin tonic in un locale davanti al Po. L'amicizia le aveva sorprese come una ubriacatura; soltanto ora le sembrava di tornare sobria. Di restituirsi alla nausea della realtà.

Ma l'amicizia non si interrompe con la morte, disse un'altra delle ragazze cinesi del gruppo, e questa parve anche a Corso una verità ovvia; avrebbero tutte continuato a tenere il conto degli anni, a festeggiare anniversari e compleanni, a chiedere a Xian consigli e pareri. Il pensiero di un amico, se è un vero amico, non ha necessità d'essere dichiarato: lo si conosce. Come avrà fatto Max Brod, si distrasse Corso, a ignorare la voce di Kafka, nella sua testa?

Il ricordo di Maria e di Lin diede l'avvio a una catena di altri racconti. Con alcune di loro, Xian aveva lavorato diversi anni, anche all'estero; altre erano conoscenze più recenti. Feng sembrava l'amica più vecchia, la prima, quella con cui si fanno le valigie e si decide di abbandonare non una semplice città, ma un intero continente. Non tutte però vivevano a Roma: Carmen era arrivata da Barcellona, Selene da Parigi, ed era stata Xian a pagare il biglietto aereo.

Ciascuna aveva ora qualcosa da dire, da ricordare, e ci sarebbe voluta l'abilità di una sarta come la donna che chiamavano Gilda per cucire insieme tutti quei ricordi. O forse no, forse l'essenza di Xian andava rintracciata proprio in quella frammentazione, senza nessuno che tentasse di ricomporla.

Per Carmen, la qualità che rendeva singolare la bellezza di Xian era proprio in quell'impasto di insicurezza e di coraggio, a volte quasi di sventatezza, di cui aveva parlato Matilde Barbieri. E nell'espressione indefinibile, e leggermente asimmetrica, che assumeva il suo viso quando sorrideva – le piccole fossette che le si formavano sulle guance, gli occhi di un colore diverso, le labbra che non avevano bisogno di essere truccate. Il suo corpo non modellava lo spazio nel quale si muoveva, lo contestava, e lasciava addosso come uno stemma, che non a tutto si potesse dare una forma, e per primo che non si potesse dare forma al dolore.

Chi non la conosceva bene, ne restava disorientato. Anche sulla passerella, Xian sembrava sempre procedere sul filo di un contrasto e di un rischio mortale – e contrastati e contrastanti potevano risultare i suoi modi –, ma alla fine veniva voglia di abbracciarla, come in seguito a uno scampato pericolo. I fotografi la adoravano perché, in qualsiasi situazione, non perdeva il suo candore. In lei la stessa necessità di mettersi in posa rendeva reale ogni sentimento: lo stupore stupore, la paura paura, la goffaggine goffaggine.

Se non fosse stata così trasparente, sino a sfiorare la morbosità anche nei rapporti con loro, disse Bi – e si sa che niente turba di più della verità non dissimulata –, sarebbe diventata una delle top model più famose e pagate del mondo. Ma Xian non aveva obiettivi, aveva scelto di non avere obiettivi, non perseguiva nulla, le interessava soltanto l'amicizia, nella quale credeva più che nell'amore, e Zhu era sicura che avrebbe cambiato presto lavoro o sarebbe sparita in un arcipelago remoto. Non si era allontanata, in fondo, più che poteva, dalla sua famiglia e da suo padre, dalle sue parate, dalle sue divise impeccabili? La figlia di un generale del Consiglio di Stato, aveva detto Feng, sull'orlo dei trent'anni. Corso provò a fare un rapido calcolo: Xian era nata nel 1989, a Pechino, lo stesso anno del massacro di Tienanmen.

Selene se la ricordava in piedi, di fronte a una vasca piena d'acqua, nel bagno di un albergo.

Gilda seduta nel fast food di una stazione ferroviaria.

Maria mentre le veniva incontro, luminosa ed elegantissima, in una sala piena di gente.

Feng, che piangeva, davanti a una tazza di latte.

Insieme al libro di Kundera, Corso estrasse dalla tasca della giacca uno dei suoi taccuini e cominciò a prendere appunti, come quando leggeva o ascoltava una paziente. Per ritegno, si schermò dietro a una pianta, segnandosi appena delle parole. Il commissario se ne accorse, ma non disse nulla, aveva anche lui le sue note da prendere.

Monte dei pegni

Come sugli scaffali di un vecchio monte dei pegni, accanto alla tartaruga di giada si allinearono sulla scrivania anche gli altri oggetti che Xian aveva chiesto di portare con sé a ciascuna di loro:

un braccialetto con un cordino nero,
un'ancora d'argento,
una istantanea Polaroid,
un coltellino svizzero portachiavi,
un segnalibro con il disegno di una foglia,
un metronomo,
un origami giallo a forma di giraffa.

La scatola con le sue lettere, Feng la depose per ultima, senza aprirla. Anche lei era bella, ma di una bellezza diversa dalle altre, una bellezza che si sottraeva allo sguardo. Era come se un alone di riserbo impedisse quasi di notarla. La si doveva osservare con attenzione: ogni suo gesto ora era lento e composto, e Corso sentì di provare per lei un amore disarmato.

Per il commissario quegli oggetti avevano il valore di una sequela di reperti, ma non sapeva dire se fossero prove indiziarie o dichiarative. Nel suo inquieto silenzio, continuava a chiedersi che relazione potesse esserci tra loro, se e quale informazione nascondessero che potesse aiutarlo nelle indagini. Se lo domandava anche Corso. Fosse stato un romanzo, il problema centrale sarebbe stato proprio quello: il rapporto di causalità. A quale logica rispondevano una tartaruga o un segnalibro, un metronomo o una giraffa di carta? E con che intenzioni Xian li aveva scelti, tra le tante cose che il tempo finisce per mettere in comune tra coppie di amici?

La signora Mancini guardò l'orologio e chiese al commissario se, almeno lei, potesse andare. Avevano già superato da un pezzo la mezzanotte e nella prima mattinata avrebbe dovuto accogliere una famiglia olandese in un'altra casa vacanza. Il commissario assentì con il capo e le diede appuntamento per il pomeriggio successivo in questura, ma solo per sbrigare le pratiche burocratiche e firmare la deposizione. Poi, come se anche lui si fosse accorto soltanto in quel momento di che ora fosse, disse pure ai suoi agenti di tornarsene a casa. Se ne avesse avuto bisogno, avrebbe chiamato i colleghi del turno di notte.

Qualcuno provò a protestare, ma timidamente e solo quasi per dovere. Si avviarono verso il portone, ma prima che la signora Mancini lo aprisse, Matilde Barbieri le chiese come potevano prepararsi un caffè o mangiare qualcosa. Le due donne andarono in cucina, seguite dalla ragazza di Barcellona. Altre chiesero dove fosse il bagno.

Anche Vince Corso si alzò e fece sgranchire le zampe a Django. Nel pacchetto di Gitanes aveva ancora due sigarette. Ne offrì una al commissario e uscì con lui a fumarla, sulla strada. Aveva piovuto da poco, e l'asfalto riluceva al chiarore dei lampioni. Solo di tanto in tanto qualche macchina spezzava il deserto ch'era diventato via Merulana.

Lei che ne pensa?, disse il commissario.

Corso allargò le braccia.

È una strana storia, rispose, ma non credo che se cerca un omicida lo troverà in questa stanza.

Il sospetto è come un'ulcera.

Già. Posso chiederle soltanto una cosa?

Prego.

Che libro era quello in cui ha trovato la lista degli invitati?

Un romanzo, di un sudamericano.

Aprì il suo quadernetto e lesse il titolo.

L'invenzione di Morel, Adolfo Bioy Casares. Lo conosce?

Corso fece cenno di sì, e tirò una lunga boccata.

Dieci minuti dopo, l'odore del caffè era penetrato fino al salone. Matilde Barbieri e Carmen tornarono dalla cucina con una confezione di bicchierini di carta, due caffettiere fumanti e un thermos. Dietro di loro, le altre ragazze tenevano in alto, con entrambe le mani, diversi vassoi. Poggiarono tutto sulla scrivania e scartarono gli incarti. Tartine, pizzette, uova farcite, macedonie. Xian aveva ordinato per tutte loro un vero e proprio buffet. In frigo, aveva lasciato anche le altre due bottiglie di champagne.

Si sentì lo scatto della serratura, e i passi della signora Mancini e degli agenti che si allontanavano per strada. Il caffè fu versato nei bicchierini.

Banchetto di nozze

Nessuna aveva il coraggio di mangiare niente, ma si trovavano in quella casa ormai da ore, e non avevano toccato cibo. Con una involontaria spavalderia, la più alta del gruppo si avvicinò al tavolo e assaggiò una pizzetta. Ha sempre avuto gusto, in queste cose, disse. Per non lasciarla sola, la raggiunsero anche le altre. Selene, la modella che viveva a Parigi, propose persino di aprire lo champagne e dedicare a Xian un brindisi, ma l'idea fu per il momento accantonata.

Feng radunò in un piattino una tartina e due rustici e li portò a Corso, che era invece rimasto sulla panca, con Django agguatato sotto le sue gambe, e come in un déjà-vu Corso rammentò un'altra veglia funebre, di un'amica di sua madre, in Francia, una veglia povera, forse la prima della sua infanzia, dove non era mai mancato il caffè né il cibo, e nemmeno un bicchiere di vino. Quando tutte furono tornate a sedersi, il commissario cercò di riassumere da capo quello che, un frammento dopo l'altro, era emerso dai loro racconti.

A nessuna Xian aveva rivelato il vero motivo di quella convocazione a Roma, e nemmeno che si trattava di un invito allargato. Ma per quale avvenimento si chiamano le migliori amiche che si hanno, alcune persino dall'estero, e si organizza per loro una specie di banchetto? Questo, almeno, l'aveva lasciato supporre. Il motivo era di natura amorosa e sembrava legato al nome della decima invitata: Faustine.

Nessuna di loro la conosceva, ma Xian aveva qualche volta accennato, per telefono o per mail, a una nuova amica e, riunendo le testimonianze, si intuiva che parlava di Faustine. Non aveva forse detto, e scritto, a più d'una, nell'ultimo mese, che aveva finalmente trovato l'amore della propria vita e che non vedeva l'ora di farglielo incontrare? Da quanto avevano ammesso tutte quante, Xian aveva avuto relazioni sia con uomini che con donne, ma dagli uomini era stata più delusa; e a Corso parve che il commissario sospettasse anche, senza dirlo, che avesse avuto delle relazioni pure con qualcuna di loro. Ma il suo fu un pensiero passeggero, che scacciò subito. Quella festa a sorpresa era dunque l'occasione per presentare ufficialmente la sua nuova compagna o, addirittura, per comunicare il loro prossimo matrimonio? Proprio quell'estate una sentenza della Corte suprema aveva dichiarato incostituzionale e discriminatorio il divieto di matrimonio tra persone dello stesso sesso e presto il matrimonio egualitario sarebbe stato riconosciuto anche in Italia: era verosimile che Xian e Faustine avessero scelto di sposarsi proprio qui, dove per Xian era cominciata una nuova vita, appena sarebbe stato possibile. Ma qualcosa doveva essere andato storto. Un litigio? Una rottura improvvisa?

La ricostruzione operata dal commissario si era avvalsa, indirettamente, di diverse conferme nella ressa di ricordi che l'aveva preceduta, eppure suscitò una generale reazione di meraviglia. Allo sconcerto per la morte improvvisa della loro amica, si sommava ora questa seconda scoperta: che Xian – una donna come Xian, libera, e innamorata della sua libertà – potesse avere deciso di sposarsi.

Corso sentì come un mutamento, nell'aria, il riaccendersi di una preoccupazione, di un'ansia, lo spargersi di una diffidenza. A Xian volevano bene tutte, ma fino a che punto? Senza essere mai stato pronunciato, con grande abilità un nuovo movente, oscuro, spaventoso, era stato evocato nella stanza da parte del commissario, il movente più antico del mondo: la gelosia. Nessuno era più al sicuro, e Corso si ritrovò a chiedersi cosa c'era scritto nelle lettere che si erano spedite per anni, Xian e Feng.

Matilde Barbieri, Maria e Carmen tornarono al tavolo per scegliere un'altra tartina, e questo allentò per un poco la tensione. Il commissario si pulì gli occhiali, poi proseguì, senza farsi distrarre.

Restano da affrontare le ultime ore della vittima, disse. Sappiamo che il suo volo da New York è atterrato a Fiumicino alle undici di questa mattina, e che la passeggera Xian Hu ha viaggiato da sola.

Ma da qui si diramavano molte domande. E le domande, si sa, disse il commissario con una forte cadenza meridionale, sono come gli acini dell'uva, una ne tira altre. Faustine era andata a prenderla all'aeroporto? Viveva a Roma? Oppure anche lei sarebbe dovuta giungere da qualche città straniera? Il giorno dopo avrebbe interrogato i taxisti del terminal 3. Di certo, quando la signora Mancini le aveva consegnato le chiavi della casa vacanza, poco prima dell'ora di pranzo, Xian non era accompagnata da nessuno. E così anche quando era andata a comprare le bottiglie di champagne, come aveva confermato il titolare dell'enoteca di piazza Vittorio. Il buffet doveva averlo ordinato per telefono, ma il commissario avrebbe controllato anche questo e cercato di parlare con chi se ne era occupato.

Da questo punto in poi, però, non possedevano nessun'altra informazione. Il pomeriggio era un grande buco nero. L'unico elemento su cui congetturare restavano quei due bicchieri usati, uno pieno e l'altro vuoto, lasciati sul comodino della sua camera.

A parte questo, la stanza appariva in ordine. Al suo interno, gli agenti della scientifica e del commissariato avevano repertato: un pc portatile, un orologio di acciaio bianco (un facsimile del modello Chanel J12), una bibita in lattina, un pettine. Sui bordi dei calici erano state riscontrate tracce di dna.

Qualche altra indicazione si sarebbe potuta ricavare dalle immagini della telecamera di sicurezza della farmacia a sinistra dell'ingresso del palazzo. Anche se non riprendeva il portone, con ogni probabilità aveva registrato il passaggio di Xian sul marciapiede di via Merulana. Se fossero stati fortunati, avrebbe potuto stabilire se camminasse da sola oppure no, e a che ora la donna eventualmente in sua compagnia si fosse allontanata.

Il commissario aveva rielencato ogni circostanza del caso con una pignoleria irritante e irritata, ma senza mai stancarsi di ripetere l'ordine dei pochi elementi di cui poteva disporre, come se stesse terminando di dettare un rapporto a un segretario. Non restava molto altro da aggiungere. I genitori di Xian erano stati contattati sia dall'ambasciata che dal ministero – con la dovuta attenzione che si doveva a un membro del Consiglio di Stato – e sarebbero atterrati in Italia nella mattinata; l'indomani stesso, il pm avrebbe aperto un fascicolo per sospetto omicidio o istigazione al suicidio, reati utili a richiedere l'autopsia.

Istigazione al suicidio.

Era la prima volta che questa parola – suicidio – veniva pronunciata, quella notte. Vi cadde come cade un sasso su una superficie liquida, provocando una serie sempre più larga di cerchi concentrici.

Corso la segnò sul suo taccuino e rilesse le altre parole che aveva annotato fino allora: Vulnerabilità, Metamorfosi, Identità, Diserzione, Pettegolezzo, Giustizia. Erano altri sassi scagliati in uno stagno: ma adesso le loro onde si sovrapponevano, una dentro l'altra.

L'orizzonte degli eventi

Ricapitolò anche lui i fatti: le possibilità si erano moltiplicate in un ginepraio di direzioni. Dai due bicchieri di champagne ritrovati nella sua camera discendevano a grappolo due linee di congetture che a loro volta si sdoppiavano: sospetto omicidio o istigazione al suicidio, aveva detto il commissario. Due tesi che prevedevano l'intervento attivo di un'altra persona. La misteriosa Faustine? Una delle sue amiche? I sospetti del commissario all'inizio erano sembrati convergere sulla prima, ma nelle ultime ore avevano coinvolto anche il resto della comitiva. Ipotizzava davvero un delitto di gelosia morbosa?

La notte era uno specchio deformante che alterava la percezione della realtà, ma rendeva i pensieri più sottili, e puntuti. Ma se pure Xian fosse stata da sola, gli interrogativi erano duplici: quei due bicchieri li aveva tirati fuori in due momenti diversi del pomeriggio, per distrazione o incuria, oppure aveva volontariamente insce-

271

nato la presenza di qualcun altro? E finalmente gli parve che soltanto in quest'ultimo caso quel fiume di domande prendeva la forma di un estuario e tutte le biforcazioni si riunivano in un ultimo, decisivo, quesito: perché?

Una delusione amorosa?

Qualcosa di indicibile seppellito nel suo passato?

Riconsiderò tutte le testimonianze: ora risuonavano come contaminate da una imprecisabile reticenza. Anche il poco che Feng gli aveva sempre detto riguardo alla sua amica modella con cui era venuta in Italia e che adesso viveva a New York, acquisiva un'altra, o addirittura altre, impreviste, ambiguità.

Man mano che il tempo passava, tutte si erano fatte più taciturne. Ma la reticenza che pure il commissario doveva avere avvertito la si poteva forse ascrivere alla intollerabile, ma inconscia, ammissibilità del suicidio della loro amica che non avevano avuto il coraggio, pubblicamente, di esprimere: uno spettro che generava un crudele senso di colpa, e quasi un'accusa implicita, la necessità di rendere conto a Xian – se così fosse stato – della ragione per cui nessuna, tra loro, era riuscita a darle soccorso.

Guardò l'orologio: le due. Come se soltanto attraverso la letteratura avesse potuto scoprire la verità, nella sua immaginazione si affollò un groviglio di trame romanzesche che si rincorrevano come visioni. Letture che riaffioravano da un tempo remoto, e felice, e che la memoria gli restituiva capovolte. Quella vicenda non sarebbe terminata con una lettera rivelatrice come nei *Dieci piccoli indiani*, né con un processo notturno simile a quello del racconto di Dürrenmatt *La panne*. Se proprio un processo andava aperto, si augurò che per quelle donne, e anche per Xian, sarebbe stato unicamente per stabilirne l'innocenza.

Ma ormai stava delirando: si era inoltrato in un territorio che avrebbe concesso soltanto pronostici, e nessuna risposta, il territorio degli indovini, appunto. E si ricordò anche di Diane Arbus, la fotografa, di quella sua sentenza terribile: un suicidio si scorge nel viso di una persona molto prima che accada. Basta riconoscere le impronte che lascia la sventura, quando si avvicina.

Fuori dalla finestra, il silenzio della notte si era fatto più spesso, e fondo. E in quel silenzio, nel punto cieco di quel silenzio, Corso si mise a pensare a Čechov.

Enigmi e segreti

Gli era venuta in mente una frase che Čechov aveva scritto in uno dei suoi quaderni: «Un uomo, a Montecarlo, va al Casinò, vince un milione, torna a casa, si suicida». Molti scrittori vi avevano ragionato a lungo. Per Ricardo Piglia questo aneddoto condensava in sé la forma classica del racconto moderno e ne stabiliva la prima regola: un racconto narra sempre due storie.

A Corso piacevano i paradossi e sul filo delle relazioni, e delle concatenazioni, che dal momento in cui era stata evocata, l'idea del suicidio aveva scatenato nella sua testa, anche la storia di Xian si sarebbe potuta riassumere allo stesso modo: «Una donna, in vacanza a Roma, organizza una festa a sorpresa per annunciare alle sue amiche che si sposa, ma prima che arrivino si chiude in camera e si suicida».

In entrambi i casi si trattava di una trama alla rovescia rispetto agli schemi convenzionali della perdita al gioco o dell'amore non corrisposto, ma assai più intrigante: perché un uomo che ha vinto un milione al Casinò o una donna che è felice di comunicare il suo matrimonio alle sue amiche dovrebbero uccidersi? Quale è la loro seconda storia?

Corso avrebbe voluto trovarsi ora nella sua soffitta, con tutti i suoi libri a disposizione, e non in quello stanzone eccentrico e ridondante. Ma non poteva che fare affidamento alla sua memoria. Si sforzò allora di ricordare dove avesse letto la distinzione che corre tra enigma e segreto. In un manuale di Piglia: ancora lui. *Teoria de la prosa*. Prima o poi qualcuno avrebbe dovuto tradurlo. Piglia sosteneva che un enigma è una storia raccontata dal punto di vista dell'investigatore che cerca di decifrarlo; il segreto, invece, è una storia raccontata da chi il segreto lo crea, non da chi lo scioglie. Per semplificare, un delitto è enigma; un suicidio un segreto. Il primo appartiene alla logica dei commissari, dei detective, di chi cerca una soluzione, il ripristino di un ordine, un colpevole; il secondo a quella degli indovini o dei romanzieri.

Un'infinità di esempi gli tornarono vertiginosamente agli occhi. *Cuore di tenebra. Il grande Gatsby. La pianista.* Tante storie di fallimenti. Siamo tutti dei piatti rotti, recitò a memoria, ma non sappiamo mai con esattezza quando si sono sviluppate le prime crepe.

Qual era la seconda storia di Xian, quella che nessuno aveva raccontato? Dove si erano prodotte per lei le prime crepe? Quale vuoto nascondeva? Sempre che il vuoto si potesse poi analizzare, e misurare.

La testa gli girava. Un pomeriggio, nella libreria d'antiquariato di Emiliano, gli era capitato di imbattersi per caso nel fascicolo superstite di una rivista proibita dal governo cinese: sulla copertina c'era una foto di piazza Tienanmen interamente ricoperta di cadaveri. Una foto scomparsa da ogni archivio, mai acquisita dalla memoria collettiva, dalla parziale coscienza che il genere umano ha della storia. La Storia: la madre di tutti i segreti. Forse il segreto di Xian era figlio di una rimozione ancora più grande? Come per quello scrittore tedesco che per esorcizzare la giovinezza nazista di suo padre si era intestardito a scrivere libri su esuli e fuoriusciti e a raccogliere le loro testimonianze?

Ebbe un brivido di freddo. Il sonno, l'ora che si era fatta, tutta quella situazione assurda. Per un istante gli parve di avere sfiorato il segreto di Xian, la sproporzione che c'era tra la sua bellezza e la sua incapacità di stare al mondo. Ma forse era tutto molto più semplice, anche se gli mancava ancora la chiave.

Ologrammi

Se nei giorni seguenti qualcuno gli avesse chiesto come avevano trascorso il resto delle ore, fin quasi all'alba, che cosa si erano detti, come era potuta passare una notte intera così in fretta, Corso avrebbe risposto che il dolore e la tensione avevano dilatato il tempo, mentre lo vivevano, per poi comprimerlo nel ricordo.

Rammentava appena che il commissario aveva domandato ancora a Feng e a ciascuna delle amiche di Xian che cosa avessero fatto quel pomeriggio, nelle ore precedenti al ritrovamento del cadavere, e di aver pensato che se quella richiesta fosse stata rivolta a lui non avrebbe saputo quale alibi esibire, perché se ne era stato a leggere tutto il giorno, sul suo divano. Quelli dei lettori sono gli alibi più fragili, perché nessuno li può provare.

Verso le quattro il commissario disse che non gli serviva altro. I fatti, in fondo, erano stati chiari sin dall'inizio: sia nel caso di un omicidio volontario che di istigazione al suicidio, tutto conduceva a un solo indiziato possibile: Faustine, l'amica assente. Non sapeva ancora il movente, ma, se non si fosse riusciti a rintracciarla, la magistratura avrebbe disposto un mandato d'arresto. Ora, però, sarebbe stato meglio andare tutti a dormire: le avrebbe riconvocate lui, in settimana, nel suo ufficio. Le pregò soltanto di non allontanarsi dalla città: avrebbe potuto chiedere un provvedimento anche per questo, ma voleva fidarsi.

Con sua sorpresa, nessuna si alzò o preparò la borsa. Fu Feng a dire che non se ne sarebbe andata finché non avessero portato via il corpo di Xian.

Era destino che l'avremmo passata insieme, questa notte, disse Gilda, la sarta.

Per le altre non ci fu neppure bisogno di dare conferma.

Il commissario allungò le gambe.

Va bene, disse, saliamo.

Corso le vide tirarsi su con calma, e avviarsi verso le scale cercando di fare meno rumore possibile, come se avessero potuto disturbare la loro amica al piano di sopra. Soltanto lui rimase seduto; Feng gli poggiò una mano sulla spalla, e lui la sfiorò leggermente.

In pochi secondi, la sala si svuotò e il silenzio si fece mesto, e conclusivo. Dalle scale provenivano appena dei singhiozzi trattenuti.

No, non era una di quelle notti che si incontrano nei romanzi di Agatha Christie. Guardò ancora una volta gli oggetti disposti sul tavolo. La piccola tartaruga, il segnalibro con il disegno di una foglia. Sembravano un rebus irrisolto. Ma forse ognuna di quelle cose era esattamente ciò che rappresentava, e nient'altro: un pugno di ricordi secchi, una scatola di lettere, il poco che sarebbe rimasto di Xian a Feng e alle altre. Soltanto la prova di un legame, come il cordoncino nero di quel bracciale che le stringeva insieme. Tutte quelle donne avevano avuto bisogno di un portafortuna; tutte avevano gettato e levato più volte l'ancora, avendo viaggiato così tanto, senza una casa, come le tartarughe; tutte avevano sperimentato nel loro mestiere – dichiarandolo più volte, nei loro racconti – la necessità di essere pronte a difendersi dalle insolenze e dalle molestie degli uomini, in casi estremi anche con un coltellino da tenere in borsa. Tutte, inoltre, avevano custodito delle scatole piene di foto e di lettere nelle quali avrebbero voluto imprigionare il senso degli anni trascorsi e di quelli a venire. Nella speranza che un metronomo dettasse il tempo esatto, quello che per certe vite non si incastra mai, e le fa sempre in anticipo o in ritardo anche rispetto a ciò che le può salvare – non c'è un termine per questo, si disse Corso, un termine che indichi l'impossibilità di arrivare al momento giusto, non esiste il contrario della parola tempismo. Forse anche per Xian l'aspirazione più grande era la possibilità di riprendere la propria esistenza sfilando via il segnalibro dal punto in cui si era interrotta. E chissà che quella giraffina, in definitiva, non fosse un autoritratto che valeva per ciascuna di loro: una figura maestosa ed elegante, dal collo lungo e perfetto e con il cuore più grande che esista in natura, eppure di carta velina. Se c'era una logica in quell'elenco testamentario, era soltanto una logica della fragilità, del desiderio e della nostalgia.

Il commissario aveva portato giù anche il libro con la lista delle invitate e lo aveva posato dietro alla giraffa di carta come se fosse stato il decimo oggetto, quello che mancava, quello di Faustine. Corso si versò un'altra tazzina di caffè e al primo sorso intuì ciò che non aveva ancora capito. Soltanto un personaggio di romanzo, almeno dal suo punto di vista, avrebbe potuto dipanare quell'imbroglio.

Bevve un ultimo bicchiere d'acqua, strinse il collare di Django e uscì per strada. Il portone si richiuse rumorosamente dietro le sue spalle.

A casa, Django corse a bere nella sua ciotola. Corso mise su l'acqua del bollitore e scartò la bustina di una tisana.

Chissà se i risultati della scientifica o la telecamera di sicurezza della farmacia avrebbero aiutato la polizia a risolvere i suoi enigmi, ma in nessun archivio quel commissario sornione e dinoccolato sarebbe mai riuscito a trovare le generalità di una ragazza di nome Faustine. Perché quella ragazza non apparteneva all'anagrafe degli esseri umani. Faustine era la regina delle ombre, un ologramma, un'immagine virtuale riprodotta, in tutti i suoi atti e gesti, da una macchina creata da un genio folle, capace di catturare l'intera sfera sensoriale della vita e di proiettarla nella realtà: *l'invenzione di Morel*. Di lei si era innamorato perdutamente il protagonista del libro che Xian aveva lasciato sul comodino come un biglietto d'addio: un fuggiasco su un'isola deserta che, verificò Corso, tutte le sere aspettava che Faustine apparisse, all'ora del crepuscolo, di fronte a un sole doppio, e si mettesse a osservare il tramonto oltre le rocce.

Era questo il segreto, o uno dei segreti, di Xian: Faustine non esisteva, non era mai esistita. Per renderla credibile, era stato necessario architettare una finzione al quadrato e organizzare una vera festa di matrimonio, alla quale lei sola non avrebbe potuto partecipare. Chissà quale dolore l'aveva spinta a superare quel confine. L'irraggiungibilità dell'amore, forse, la sua illusione, il desiderio dell'immortalità; o un senso radicale di fallimento, sapere che niente avrebbe potuto più riparare le crepe. Ma era coerente: per oltrepassare il limite, Xian aveva scelto di cristallizzarsi per sempre, di dissolversi in una rappresentazione.

Corso aprì una finestra, il presagio dell'alba era già nell'aria. La sua era soltanto una versione possibile della verità, una versione del tutto romanzesca di cui non avrebbe potuto parlare né al commissario né a Feng.

Ma se non si fosse trattato soltanto di letteratura? Questo pensiero lo colse alla sprovvista. Forse anche il commissario era un indovino. E Feng – Feng, la donna che negli ultimi mesi lo aveva restituito al disordine del tempo e dell'amore –, l'aveva sempre saputo, dell'inesistenza di Faustine, il segreto di Xian era anche il suo, e lui era soltanto l'ultimo ad esserci arrivato. *Fino a che la realtà non ci separi.* Per questo, quando le avevano detto che una straniera era stata trovata morta in una stanza del secondo piano, Feng aveva compreso subito che si trattava della sua amica: perché aveva riconosciuto il suicidio nel viso di Xian forse ancora prima di partire insieme per l'Italia.

Appoggiò le mani sul davanzale e si sentì stanco. La notte, quella notte, era ancora un susseguirsi inesauribile di illazioni che sarebbero svanite al sorgere del sole come un gioco di ombre sul muro. Ma quelle farneticazioni erano l'unica cosa che lo interessava per davvero. I segreti, non gli enigmi. L'orlo della verità che a volte si strappa nel passaggio tra il buio e la luce.

Le prime voci della mattina avevano già cominciato a rompere la quiete in cui era ancora immersa la soffitta. Anche quell'ex lavatoio in cima a un vecchio palazzo dell'Esquilino nel quale aveva trovato ricovero somigliava, dopo quella notte, a un'isola deserta come l'isola di Faustine o quelle d'oltremare della Polinesia francese in cui si era ritirato – pure lui come un fuggiasco – Jacques Brel.

Cercò il suo ultimo vinile, inciso a Parigi ma scritto in quell'arcipelago vulcanico, e lo poggiò sul piatto. Azionò la puntina. Anche se a volume basso, la voce di Brel lo rasserenò. *Naturalmente ci sono le nostre sconfitte. Naturalmente tutta questa mancanza di tenerezza. E i nostri amori che hanno mal di denti. Naturalmente il tempo che avanza troppo in fretta.*

Si sedette sul divano e smise finalmente di pensare. Quante volte, i libri o le canzoni si erano sovrapposti a ciò che stava vivendo, avevano anticipato, o chiarito, gli avvenimenti, in qualche caso gli avevano persino lasciato il dubbio di averli determinati. Ma non tutto si può dire, non tutto si può raccontare. Nella tasca della giacca aveva ancora il libro di Kundera. Lo aprì dove aveva lasciato il segno e lesse:

«Mentre passeggio in compagnia di Elvar D. nel cimitero di Reykjavik, lo vedo fermarsi davanti a una tomba sulla quale c'è un alberello appena piantato: lì è stato sepolto un suo amico, appena un anno fa. Elvar ripensa a lui e dice che la sua vita privata nascondeva un segreto, probabilmente di tipo sessuale. "E poiché i segreti suscitano una curiosità esacerbata, mia moglie, le mie figlie, tutti intorno a me hanno insistito affinché ne parlassi con loro, tanto che da allora i miei rapporti con mia moglie si sono deteriorati: non riuscivo a perdonarle la sua curiosità aggressiva e lei non mi ha perdonato il mio silenzio, in cui vedeva una conferma della scarsa fiducia che avevo in lei". Poi sorride e aggiunge: "Non ho tradito. Non avevo niente da tradire. Ho proibito a me stesso di voler conoscere i segreti del mio amico, e non li conosco". Lo ascoltavo affascinato: sin dall'infanzia sento dire che l'amico è colui con il quale si dividono i segreti e che in nome dell'amicizia ha perfino il diritto di insistere perché tali segreti gli vengano rivelati. Per il mio islandese l'amicizia consisteva invece nello stare di guardia davanti alla porta dietro la quale l'altro nasconde la sua vita privata, nel non aprire mai quella porta e nell'impedire a tutti di aprirla».

Francesco Recami

I Vendicatori

La signorina Olga Mattei-Ferri, seduta sulla sua sedia a rotelle non motorizzata, stava sfogliando un vecchio numero di «Chi?». In particolare un servizio esclusivo sulla nuova relazione sentimentale di Michelle Hunziker, a quanto pare legatasi con Tomaso Trussardi, il figlio più piccolo di Nicola, il fondatore, o comunque colui che aveva dato celebrità e svariati quattrini alla dinastia del levriero. Sulla notizia c'era ancora estremo riserbo e gli interessati negavano, ma certe foto parlavano chiaro. La Mattei-Ferri scrutava le immagini un po' sgranate, prese da lontano col teleobiettivo, e scuoteva la testa, con una certa diffidenza, convinta che si trattasse solo di una montatura a scopi pubblicitari.

La Hunziker era uno dei suoi VIP preferiti e la seguiva da anni, fin dai tempi in cui, sedicenne, manteneva una relazione col presentatore Marco Predolin, che aveva trent'anni circa più di lei. Che porco, pensava la signorina, e che svelta quella lì. Comunque di Michelle sapeva tutto, anche che aveva le ginocchia piene di cicatrici per via che da bambina pattinava follemente a tutta velocità nei supermercati, e spesso finiva per terra. Era straordinariamente ben informata relativamente al matrimonio con Eros Ramazzotti, e agli svariati risvolti, figli e scandali. E adesso che si erano separati? Per lei si prospettava un netto calo di popolarità, ecco perché dal nulla esce il flirt col rampollo dei Trussardi. Ma a me non me la vengono a raccontare.

Dette un'occhiata fuori dalla finestra di cucina, il suo consueto osservatorio per spiare quello che accadeva nella corte, sui ballatoi, e soprattutto negli altri appartamenti della casa di ringhiera dove viveva, zona Re Raul, Casoretto.

Le luci degli appartamenti erano perlopiù accese, la gente di solito a quell'ora era a cena o stava per farlo. Si sentiva un sottofondo di televisioni accese, telegiornali, che si confondevano l'uno con l'altro, rumori di stoviglie, di apparecchiamenti, madri che urlavano: «È pronto!» e figli che rispondevano: «Arrivo!» senza muoversi. La ex professoressa, che voleva sempre distinguersi, ascoltava musica classica a tutto volume, sotto stava arrivando Antonio, il manovale, in Apecar. Un gatto miagolava parecchio incazzato.

La signorina aveva già cenato da più di un'ora, una pallina di spinaci e un po' di gorgonzola, più una mela. I piatti lavati erano già ad asciugare nello scolapiatti, accanto al lavabo. In cucina, tutta di formica, la luce era spenta, così dalla finestra si vedeva meglio, ma non c'era niente da vedere, neanche per un'attenta osservatrice come la Mattei-Ferri, la pettegola del casamento, o zabetta, come dicono a Milano, quella che sapeva tutto di tutti, fossero i suoi coinquilini o vicini, o anche i VIP della cronaca.

A proposito, sarà stato vero che la Michelle flirtava con quel bel ragazzo oppure in realtà aveva intenzione di tornare con Eros? Non si parlava d'altro.

Il cosiddetto salotto, che poi coincideva con l'ingresso, era parecchio in disordine, d'altronde la signorina, alla sua età e con le sue disabilità, non aveva molto tempo e soprattutto energie per dare una sistemata, passare l'aspirapolvere, stendere la cera. D'altronde di sfruttare l'aiuto di una colf, anche soltanto poche ore alla settimana, non se ne parlava nemmeno, ma questo non certo perché le mancassero i soldi. Di quelli ne aveva e come, ma non amava spenderli.

Bastava vedere come si vestiva, con vecchi abiti lisi, nero o blu scuro, a pallini o a losanghine, e le scarpe, simili a quelle di Minnie ma nere e sfondate.

Riprese in mano «Chi?». Passò a un servizio illustrato su Mara Venier, sul suo splendido momento («Sono una nuova Mara!»), a metà fra *La vita in diretta* alla tv e la partecipazione, nel ruolo di se stessa, al cinepanettone *Vacanze di Natale a Cortina*. La signorina ripassò l'articolo, l'aveva già letto più volte, Mara Venier le risultava insopportabile. E pensare che quella sera, nonostante fosse così interessata ai VIP, lei la tv non la poteva guardare – e dire che c'era Maria De Filippi – perché era venuto fuori un problema all'antenna, e l'antennista sarebbe arrivato soltanto l'indomani mattina. Così non le restava che divorare le riviste specializzate, ne comprava svariate, da «Chi?» a «Novella», da «Eva Tremila» a «Top». Era l'unica spesa voluttuaria che si concedeva.

Suonò il campanello. La voce di un ragazzino disse:
«Apra, sono io».

«Io chi?».

«Sono il figlio della signora Amerini».

«E chi è la signora Amerini?».

«È quella che... insomma, ho un pacco per lei».

«E cosa c'è dentro?».

«E io che ne so? Mi apra che glielo lascio e ce ne andiamo».

«Perché, quanti siete?».

«Siamo due, il mio amico mi ha accompagnato in motorino, e deve andare».

«Allora il pacco lasciatelo lì fuori che poi lo prendo».
Signora Amerini... ma chi è, pensava.

«No, guardi, mi deve firmare la ricevuta, la mamma mi ha detto di non dimenticarmene perché è roba importante».

Importante? si chiese la Mattei-Ferri. E che sarà mai. Non sarà mica...

Cominciò a fantasticare, fra la speranza e la disillusione.

«Ma c'è da pagare?».

«No no, è tutto pagato».

Continuava a pensare che da qualche parte ci doveva essere la fregatura, ma la curiosità ebbe il sopravvento e alla fine si decise ad aprire. Sulla porta c'erano due ragazzini sui sedici anni, quello più piccolo aveva una scatola in mano.

Portavano jeans a vita bassissima, gli si vedevano le mutande, e le felpe, col cappuccio sulla testa, a coprire dei cappellini con la visiera rigida, a stento ne vedeva la faccia. Entrarono e chiusero la porta.

«Allora, cos'è che devo firmare?» chiese la signorina, che soppesava la scatola per capire cosa potesse contenere. Sembrava vuota. I due ragazzi si guardarono intorno, nella semioscurità, osservarono la Mattei-Ferri e la sedia a rotelle, poi si fissarono in faccia fra di loro, con un'espressione un po' dubbiosa, fecero spallucce.

«Be', cus'è, cos'è che volete. Grazie e saluti. Non sarà mica che vi aspettate una mancia? Mi dispiace, non è aria, e poi io non ho chiesto niente, non ho ordinato niente...».

Il più grande estrasse la mano di tasca e «sbrang», la colpì in faccia, sullo zigomo, con un cazzotto fortissimo, dato con un tirapugni. La testa della signorina ruotò di cento gradi e si sentì il rumore delle vertebre cervicali, scrock. Perse i sensi e reclinò il capo sulla spalla sinistra. Quello che si era presentato come il figlio della signora Amerini le tirò due calci negli stinchi.

«Ma che cazzo fai, non vedi che è paralitica? Alle gambe non sente niente» disse il più grande.

I due ragazzi provarono a darle degli scrolloni, ma quella non reagiva, sembrava un sacco di patate. La testa le ciondolava a destra e a sinistra. La presero ancora a schiaffi.

«Che cazzo, l'hai colpita troppo forte, questa non si sveglia più».

«Non ti preoccupare, vedrai che si sveglia. Vai in camera, cerca una camicia, una cosa che abbia le maniche».

«Una camicia?».

«Sì, una camicia, lo sai cos'è?».

Il più grande fece un nodo alle maniche, poi infilò il camiciotto dal davanti alla signorina, per bloccarle le mani. La prigioniera non aveva ancora ripreso i sensi, o almeno questo era quello che cercava di dare a intendere. Lo zigomo spaccato le faceva un male mostruoso e sanguinava abbondantemente, pensò che se si fosse svegliata quei due ragazzini l'avrebbero colpita di nuovo.

Le chiusero la bocca con una vecchia cintura di pelle, stretta da dietro.

«Mettiti al lavoro, vai a cercare in camera e in bagno, sono i posti dove nascondono i soldi. Anzi, il posto migliore è in cucina, di quella me ne occupo io».

I due misero a soqquadro il piccolo appartamento, rovesciarono i cassetti, ribaltarono i tavolini, rivoltarono il materasso e i cuscini, buttarono tutto in terra. In cucina svuotarono i barattoli, anche quello del sale, ma, forse proprio per questo, non trovarono assolutamente niente che avesse il minimo valore.

«Non è possibile, non è possibile! Chissà dov'è il nascondiglio».

«Troia di merda» ripeteva il più giovane, ma serviva a poco.

L'unica cosa a disposizione fu la borsa, che peraltro era sul tavolo in salotto-pranzo-ingresso, e dentro c'erano 35 euro in contanti.

«Adesso la svegliamo noi quella lì, e ci facciamo dire dove sono i valori. Vedrai!».

«Le tiriamo addosso una secchiata di acqua gelata?».

«No, ho un'idea migliore, il contrario. Metti sul gas a scaldare un pentolino di acqua. Vediamo se funziona l'acqua bollente».

Il più piccolo corse ad eseguire.

La Mattei-Ferri, che aveva sentito benissimo, cominciò a sudare freddo. Ma per quanto continueranno? si chiedeva disperata. Quando stavano per colarle in testa l'acqua bollente lei accennò a svegliarsi. Le fu liberata la bocca dalla cintura.

Le arrivò immediatamente una cinghiata sul collo.

«Ben svegliata, pezzo di merda. Allora dormivi?».

«Eh?».

Un altro colpo in faccia, con la fibbia della cinghia.

«Avanti, dicci dove tieni i soldi».

«Non ne ho, in casa non tengo soldi».

Pum. «E chi vuoi che ci creda?». Un altro colpo col tirapugni.

«Ho solo una collanina e un anello. Sono in bagno, dentro lo sciacquone, in un sacchetto di plastica. È tutto ciò che ho».

«Figa!».

«Vai a vedere, cazzone».

Il più giovane andò a controllare, e trovò il sacchetto, che stava mezzo immerso nella cassetta dello sciacquone. Lo aprirono. Dentro effettivamente c'erano un anelluccio d'oro e una collanina striminzita, sempre d'oro.

«Tutto qui? Tu ci prendi per il culo».

«No, vi assicuro...».

«Lo so cosa pensi, sai? Che la polizia prima o poi ci prenderà. Ma a noi che cazzo ce ne frega? Tanto anche se ci prendono non possono farci niente. Dopo sei ore ci mandano a casa. A me poi, che non ho neanche quindici anni, non mi possono proprio fare niente. E allora torno qui a casa tua, e ti finisco di sistemare. Con chi credi di avere a che fare?».

Le tirò un calcio in faccia, o almeno ci provò. La colpì su una spalla.

Le richiusero la bocca con la cintura.

«Rimetti l'acqua sul gas, questa qui pensa di essere molto furba».

La Mattei-Ferri viveva momenti di terrore, questi non mi lasciano viva, pensava, non si sono neanche mascherati. L'ipotesi di essere riconosciuti non l'hanno presa neanche in considerazione. Non ho nessuna via di scampo. Tempo, tempo, mi ci vorrebbe tempo, solo tempo devo far passare, magari succede qualcosa, arriva qualcuno, li trovano, li localizzano, attraverso i telefonini...

Non ci credeva nemmeno lei. Posso inventarmi una balla, magari dirgli che ho nascosto qualcosa da qualche parte, per esempio nella vecchia semidistrutta cella frigorifera, oppure nel deposito dell'acqua piovana qui sotto, oppure nella vecchia pompa. Andare a controllare gli farà perdere un po' di tempo, ma poi? Saranno solo altre botte, e me la faranno pagare. Invece adesso mi tortureranno ancora... ma chissà, forse prendono e se ne vanno, non sono mica dei professionisti. Oh Signur, aiutami tu, santa Madonna... Aiuto...

Dopo poco l'acqua bolliva, il più giovane arrivò col pentolino fumante.

«Rovesciagliene un po' addosso».

«Io?».

«Sì, tu, e chi altro».

«Ma io... e dove glielo verso?».

«Fai tu, su un braccio, per esempio».

L'altro si accinse a farlo, sudava forte.

«Avanti, che aspetti? Hai paura?».

«Paura io? Vaffanculo vai» e rovesciò un po' d'acqua bollente sulla nuca della Mattei-Ferri. Questa lanciò un grido soffocato, vista la cintura che le tappava la bocca. Il ragazzo più grande gliela tolse.

Continuarono così per qualche tempo, ma la Mattei-Ferri non rivelò niente perché non aveva niente da rivelare. Alla fine se ne convinsero anche loro.

«Che cazzo di sfiga, solo noi andiamo a trovare la vecchia che non ha una lira in casa, gli anziani tengono sempre nascosti quei due o tremila euro da qualche parte. E questa non ha un cazzo, ti pare possibile?».

«E adesso che facciamo? Ce ne andiamo?».

«Fammi pensare, siamo nella merda».

La signorina si scosse e cominciò a bofonchiare, a mugolare, come se volesse parlare.

«E adesso cosa c'è, ti è venuto in mente qualcosa di nuovo?».

La Mattei-Ferri riusciva a stento a pronunciare le parole.

«... nella borsa, nella taschina laterale».

Ci avevano già guardato, senza trovare niente di utile.

Il ragazzo più grande riprese in mano la borsa, e analizzò meglio il contenuto della taschina. C'era un'infinità di foglietti, scontrini, tesserine sconto, card di qualche minimarket e finalmente venne fuori anche il bancomat.

«Eccolo qua... cazzo, Zinzo, non ci avevo pensato. E tu, vecchia troia, non mi dire che non ti ricordi il codice del bancomat».

Per sottolineare questa affermazione dette uno schiaffo in faccia alla Mattei-Ferri che la scosse in tutto il corpo. La ferita ricominciò a sanguinare, la faccia aveva assunto un altro colore, mezza grigia e mezza paonazza.

La signorina con un filo di voce disse: «Cinqueunonovezerosette».

«Guarda che non abbiamo voglia di essere presi per il culo. Ridimmi un po' quel numero». Colpì la vecchia con una gomitata alla tempia.

Questa, in mezzo a un conato di vomito, disse: «51907... è quello buono».

«E non mi vomitare addosso, cazzo! Comunque adesso vedremo».

Erano le 23.20 e il più grande stava per uscire. Disse al piccolo, che evidentemente chiamavano Zinzo, che andava a fare un prelievo in via Porpora, c'era uno sportello. Rimise la cinghia sulla bocca della signorina.

«Tienila bene d'occhio, che questa qui è furba, sorvegliala ogni istante. Se mi ha detto il numero sbagliato, se sta solo cercando di guadagnare tempo, lo sapremo presto. E non vorrei essere in lei. Falle quello che vuoi ma non me la ammazzare, ci serve ancora un bel po'».

Il ragazzo uscì, portando con sé le chiavi di casa della Mattei-Ferri.

«Torno fra poco, non ti mettere al telefonino, non le togliere gli occhi di dosso».

Il quattordicenne era nervoso. E se arrivava qualcuno? Un parente, un nipote, un conoscente? A quest'ora? Mah, chi può saperlo. Sperava che il suo socio facesse in fretta, la situazione non gli piaceva, non sapeva cosa fare, al punto che, per tranquillizzarsi, dette un altro pugno sul naso alla Mattei-Ferri. Cominciò subito a sanguinare anche quello.

«Troia di merda, pensi che abbia paura di te?».

La Mattei-Ferri era prostrata, sul punto di lasciarsi andare, di svenire, la testa le girava, non riusciva a pensare niente, aspettando che da un momento all'altro le arrivasse un altro colpo addosso. La bruciatura la faceva impazzire.

Il ragazzo camminava avanti e indietro e ogni due o

tre minuti andava in cucina a controllare l'orologio a muro. Erano le 23.35.

«Quanto cazzo ci mette quel testa di minchia...».

Tornò davanti alla vecchia e la minacciò di spaccarle il collo.

Lei cercava di farsi forza e di pensare, ma tutto le si confondeva in testa. Quel ragazzino era certamente più debole e impaurito dell'altro, ed era solo. Forse il momento era quello buono, ma come fare? L'unico suo punto di vantaggio era che quella bestia non sapeva che lei non era affatto paraplegica e che erano vent'anni che frodava l'ASL e l'INPS, incassando una robusta pensione di invalidità. Volendo poteva alzarsi, ma nelle condizioni in cui era cosa sarebbe riuscita a combinare? Aveva le mani legate. Anche se fosse riuscita a liberarsi avrebbe avuto bisogno di un oggetto, qualcosa per colpirlo subito e con decisione, senza dire neanche una parola. Metterlo fuori combattimento, ma con cosa, e con quali forze? L'ennesima volta che quello era andato in cucina aveva provato a mobilizzare le gambe per vedere che succedeva. Si mossero. Continuò a tenere la testa reclinata come fosse svenuta. Intanto cercava di smuovere le mani e i polsi, per vedere se le maniche del camiciotto si allentavano; in effetti, forse e con molta pazienza, sarebbe riuscita a svincolarsi. Cosa avrebbe potuto utilizzare, che fosse a portata di mano, per colpirlo? Lì, in salotto, non c'era niente che facesse al caso suo, una bottiglia di Martini Rosso piena a metà, nella credenzina. Ma dubitava che con quella avrebbe risolto qualche cosa, e poi lui se ne sarebbe accorto. E prima avrebbe dovuto liberarsi le mani da quella camicia messa alla rovescia. In cucina sì, c'era qualcosa che poteva funzionare, sotto il lavabo insieme ai detersivi c'era un pezzo di ferro, di quelli che servono per fare l'anima del cemento armato, lungo più di mezzo metro. Con quello, usato bene, si poteva facilmente spaccare il cranio a quella testa di cazzo.

Quello tornò per l'ennesima volta dalla cucina: erano le 23.52.

«Ma che cazzo fa il Rudy, potessero ammazzarlo, stronzo di merda. Oppure ha dei problemi... il bancomat non funziona... questa testa di merda gli ha dato il numero sbagliato... oppure l'hanno beccato... l'hanno visto uscire di qui e...».

Era talmente infuriato che colpì un'altra volta la Mattei-Ferri, imitando il suo amico, con una gomitata. La testa della vecchia cadde riversa dall'altro lato. Intanto era venuto fuori che l'altro si chiamava Rudy.

Questo tornò che era mezzanotte e un quarto. Zinzo tirò un sospiro di sollievo.

«Figa, ma che cazzo hai fatto? Perché ci hai messo tanto?».

«Perché sono meno stupido di te, imbecille».

«Che cazzo?!».

«Di prelievi ne ho fatti due, no? Uno prima di mezzanotte, che vale per ieri, e uno dopo, che vale per oggi. E così in tasca abbiamo cinquecento carte, meglio che niente, no? Cretino mongoloide».

«Adesso ci leviamo dai coglioni. Ma della vecchia che ne facciamo? Ci ha visti bene e di te sa anche il nome».

«Il nome mio, e chi cazzo glielo ha detto?».

«Eh, mi è scappato prima, può averlo sentito».

A dir la verità a questo punto la Mattei-Ferri sapeva il soprannome di tutti e due.

«Che stronzo di merda che sei! Comunque qui non abbiamo finito manco per il cazzo».

«Pensi che abbia altri soldi in casa?».

«In casa non so, adesso glielo chiediamo un'altra volta. Ma col bancomat ho scoperto robe interessanti. Guarda qua, mi sono fatto fare l'estratto conto. Lo sai quanto ha questa stronza sul conto?».

«No, quanto ha?».

«Quarantamila euro ha, questa merda. Hai capito. E ora dobbiamo pensare a come metterceli in saccoccia».

«Cazzo, quarantamila euro».

Rudy tornò al cassetto della piccola console, quello dove c'erano le bollette e documenti di tutti i tipi, guardò meglio e trovò quello che cercava, prima non aveva pensato che potesse tornargli utile il libretto degli assegni. Lo controllò, l'ultimo era stato staccato una decina di giorni prima, per 110 euro.

«Niente di più facile, adesso ci facciamo firmare un bell'assegno di quarantamila euro e ce lo andiamo subito a incassare in banca. Chi ce lo impedisce?».

Il giovane osò dire la sua: «Eh già, tu te ne vai bello bello in banca, gli dai nome e cognome, ti chiedono anche il documento, e dopo siamo a posto. E quando ritrovano la vecchia? E poi beccano anche me».

Rudy, assai nervoso, ci pensò un po'. Quel coglione aveva ragione, come poteva incassare un assegno, fra l'altro di 40.000 euro, lui, a diciassette anni, che un conto neanche lo aveva? Mai glielo avrebbero liquidato.

«E poi che ne sarà della vecchia?» chiese Zinzo, tanto per complicare la situazione.

«Su quello mi è venuta un'ottima idea» disse Rudy. «Diamo fuoco a tutto. Non ritroveranno niente, neanche la vecchia. Penseranno che la paralitica ha fatto bruciare qualcosa sul gas, o che lo ha lasciato acceso. E mentre dormiva non si è accorta di niente. Oppure un corto circuito, in questa baracca».

«Allora mentre la casa va a fuoco, insieme alla sua occupante, noi ce ne andiamo in banca a incassare un suo assegno? Tu sei fuso. Se mai la casa la bruciamo dopo. Con lei dentro. Ma quando abbiamo incassato».

Rudy era nervosissimo, perché le cose non tornavano e perché quel piccolo cazzone le pensava giuste.

«Bisogna trovare un altro modo di incassare l'assegno, e c'è da aspettare, col fuoco».

«E allora, cazzo, dobbiamo rimanere qui? E se arriva qualcuno?».

«Non arriverà nessuno. E se arriva non gli apriamo».

«E se ha le chiavi?».

Rudy era talmente incazzato che dette una ginocchiata in faccia alla Mattei-Ferri, che nel frattempo aveva ascoltato bene.

«L'unica è chiamare Mayoz».

«Mayoz?».

«Sì. Lui una soluzione per incassare l'assegno la trova. Ci costerà qualcosa, ma almeno andiamo sul sicuro».

«Mayoz?».

«Perché, hai altre idee? L'assegno lo facciamo incassare alla tua mamma?».

Rudy chiamò Mayoz e gli spiegò la situazione. Dovette ripetere più volte che era sicuro che quella aveva tutti quei soldi sul conto: «Ti faccio vedere l'estratto!». Riattaccò.

«Mayoz sarà qui alle sette e mezza. Dice di farle firmare quattro assegni, a mio proprio, e girarli. Il resto lo scrive lui, data e cifra. Non garantisce niente. Vuole capire cosa abbiamo combinato. In ogni caso la nostra parte è un quarto, 10.000. Prendere o lasciare. E ce li dà solo una volta che li ha incassati. Ha i giri suoi. Io gli ho detto che va bene. Abbiamo alternative?».

«Cazzo! Solo 10.000».

«Ma li hai visti mai tu 10.000 euro tutti insieme? In più mi ha accennato che se la titolare del conto non è in vita ci sono dei problemi. E quindi di non fare cazzate, finché non arriva lui».

«A che ora hai detto che arriva?».

«Alle sette e mezza».

«Cazzo!».

«Zinzo, smettila. Adesso faccio firmare gli assegni alla vecchia». Lo chiamavano tutti Zinzo, perché di cognome faceva Zinzani.

Le liberò le mani, dopo averla colpita in testa con un cazzotto dall'alto verso il basso.

«Ahia, cazzo, mi sono fatto male!».

«Passatemi gli occhiali, che non ci vedo» fu l'unica cosa che disse la Mattei-Ferri. E firmò.

«E adesso che cazzo facciamo?».

Rudy ribloccò le braccia e le mani della vecchia.

«Adesso aspettiamo belli calmi e svegli fino alle sette e mezza. E tu stattene un po' ghiaccio. E non la perdere di vista».

«Quella è più di là che di qua».

Per assicurarsene colpì la signorina ancora due volte, sul mento. Quella si riscosse, allora era sveglia!

Si misero a sedere, Rudy sulla sedia al tavolo da pranzo, Zinzo sulla poltrona. Entrambi cominciarono a scrollare sui loro telefonini, per aggiornarsi.

«Cazzo, guarda qui!».

Zinzo mostrò a Rudy un post filmato caricato da poco. Si vedeva abbastanza male, la strada era illuminata fievolmente, qualche via del centro. C'erano due ragazzi in terra, e altri dieci che li prendevano a calci. Parevano due studenti americani, mezzi ubriachi. Gli altri erano dei loro, vestiti uguali a Zinzo e Rudy, e mentre colpivano, festeggiavano. Mostravano orgogliosi due iPhone ultimo modello. Continuavano a scalciare quei due coglioni americani, o inglesi, comunque stranieri e imbecilli. Poi si sentì la sirena della macchina della PS: ci fu un fuggi fuggi generale. Prima che il filmato finisse Rudy riconobbe qualcuno.

«Cazzo!» commentò Zinzo.

«Queste robe sono da ragazzini, non mi interessano più» come se lui ormai facesse parte di un giro più grosso. «E poi perché cazzo le posti?».

«Be', se non le posti, che le fai a fare?» commentò ingenuamente Zinzo.

«Comunque centotrentasette visualizzazioni».

«Mica male».

A proposito di visualizzazioni, Rudy, per tirarsela un po', mostrò a Zinzo un altro filmato. Si vedeva il cruscotto di una macchina che procedeva a tutta velocità in mezzo a Milano. Il tachimetro segnava 220 chilometri all'ora.

«Figa!».

«Guarda un po' le visualizzazioni!».

Zinzo le guardò, erano 7.565.

«Cazzo, e chi è che guida?».

«Ma io, no? Ho preso la macchina del papà, la BMW».

«E lui te la fa usare? Anche senza patente?».

«Ma certo, e poi non gliel'ho mica detto. A lui non gliene importa un cazzo».

«Mio papà la macchina non me la fa usare».

«E fa bene! Neanch'io la farei usare a un bambino come te».

«Non mi dire che sono un bambino, sono anni che scopo».

«Se', va bene, e quante te ne sei scopate? Descrivimi come è fatta una figa».

«Ne ho viste tante di fighe!».

«Com'è, verticale o orizzontale? Ma mucchela, piscinin».

Il più giovane era una furia. Tanto per fare qualcosa si accanì ancora una volta sulla Mattei-Ferri: le tirò un pugno in un occhio.

Poi fece un po' il muso. L'altro cominciò a giocare con un videogame.

A quel punto anche Zinzo, senza troppo entusiasmo, si dedicò a videogiochi, si sentivano tonfi ed esplosioni, e parecchie mitragliate. Le poteva sentire anche la Mattei-Ferri, che oscillava fra uno stato comatoso e la veglia. Bang, rataa-tata-ta, kabown, tac-tac-tac, i due ragazzini si entusiasmavano e mandavano a fare in culo il mostro nemico del momento. «Prendi questa, e questa!» urlavano, gasati, come due bambini. In fondo erano due bambini, anche se sarebbe stato meglio non dirglielo.

I ragazzi si erano un po' distesi, a giocare coi loro telefonini. La Mattei-Ferri ringraziò, le parve che almeno per un po' la lasciassero tranquilla, senza bisogno di picchiarla ancora. Loro ormai sapevano che quello che dovevano fare era solo aspettare, cosa che tranquillizza di per sé. Lei invece non rimase con le mani in mano, ovvero cercò proprio di muoverle, al fine di svincolarsi almeno un po' da quelle maniche abbottonate, tentando di allentarle. Senza farsi vedere, sempre svenuta, lavorava con i polsi e con le dita e in parte riuscì a smollare un po' il nodo fra le maniche. Poi provò a sbottonarle ma non è facile liberare un bottone dall'interno, tuttavia non desistette. Sapeva che per lei i tempi erano brevi, e che avrebbe avuto bisogno di un colpo di fortuna. Anche se ai colpi di fortuna non ci aveva mai creduto.

«Guarda qua» disse Rudy a Zinzo, mostrandogli di nuovo qualcosa sul telefonino.

«Cazzo, ma quella lì è la Manzini!».

«Eh, hai visto? Non se la cava mica male, ci sa fare quella lì».

«Madonna se ci sa fare! E di chi è il pirlo?».

«Non lo so, non si vede, ma sarà di Boateng».

«È bello grosso e scuro, guarda come lo manda giù».

«Cazzo!».

I ragazzi parevano molto interessati al filmato, anche quello preso col cellulare e postato su qualche social.

Estrassero tutti e due i loro membri e si misero a masturbarsi quasi in sincrono. La cosa non durò più di due minuti, per entrambi. Si pulirono con la tovaglia. Zinzo si ributtò sulla poltrona, in posizione quasi orizzontale. La Mattei-Ferri spiava le loro mosse, il collo ustionato la torturava.

Rudy disse perentoriamente: «Mi scappa da cagare» e si avviò verso il cesso. Zinzo era mezzo sdraiato in poltrona e gli si chiudevano gli occhi.

Intanto la signorina Mattei-Ferri, con enorme pazienza, era riuscita a sbottonare del tutto le maniche del camiciotto che la teneva immobilizzata, la seconda legatura era stata molto più approssimativa. Non fece un gesto, continuava a far finta di essere priva di sensi. Il dolore, in ogni parte del corpo, la teneva sveglia. Aprì gli occhi con prudenza e vide il quattordicenne che dormiva sulla poltrona. L'altro era ancora in bagno, non si sentiva un rumore. Allora disse a se stessa: ora o mai più, e si alzò dalla sedia a rotelle. Mentre andava in cucina si liberò del camiciotto e agguantò la sbarra di ferro sotto il lavabo, meno male che quei due stronzi non l'avevano considerata. Senza fare il minimo rumore si piazzò davanti alla poltrona e con tutta la forza che aveva colpì il ragazzo fra capo e collo. Si sentì un rumore orrendo, scraatch. Lui scivolò privo di sensi a terra. Lei non perse tempo, si posizionò dietro la porta del cesso. Sentì lo sciacquone che veniva tirato e quando l'altro figlio di puttana uscì fuori lo colpì all'istante sulla mascella, utilizzando l'ultima energia in suo possesso, soltanto nervosa. Rudy precipitò a terra senza neanche rendersi conto di quello che era successo. La Mattei-Ferri capiva che aveva i minuti, anzi i secondi, contati. Nello sgabuzzino andò a prendere un vecchio rotolo di cintino per tapparelle.

In realtà avrebbe potuto fare le cose con più calma, i due si risvegliarono dopo mezz'ora, erano quasi le cinque. Non capivano. Erano tutti e due per terra, legati come salsicciotti, quasi incaprettati. Le loro bocche erano sigillate da due cinture, si impara sempre qualche cosa. La vecchia era in piedi e li guardava, in mano aveva la verga di ferro da cemento armato. Il suo aspetto era mostruoso, insanguinata, deforme, gonfia, cianotica, sfigurata, eppure li scrutava con un'espressione feroce. Aveva pensato di darsi una ripulita, un po' di arnica sulle contusioni e sulla bruciatura, ma poi si era resa conto che era meglio di no. Doveva restare com'era. Che ne avrebbe pensato la polizia? Però nella sua testa non aveva molta voglia di ragionare, sentiva una carica di tipo diverso, da utilizzare prima di cadere a terra priva di forze. L'unico sollievo lo cercò in qualche medicina. Prese tre buste da 500 di Tachidol, tachipirina + codeina, perché dal dolore non si reggeva in piedi. Tanto nessuno potrà accorgersi che le ho prese. Rimise la confezione a posto, nell'armadietto. Si fece anche un caffè. E poi si dedicò a quei due ragazzetti, sicura che nella vita avevano avuto sfortuna. Forse anche prima di allora, ma da ora in poi sicuramente.

Il ragazzino si svegliò dopo Rudy. Per un po' la Mattei-Ferri temette di averlo colpito troppo forte e di averlo ammazzato. Indubbiamente respirava, ma magari il danno cerebrale era sostanzioso. Ma si risvegliò anche lui, fortunatamente.

Fortunatamente non perché la Mattei-Ferri si augurasse che quel pezzo di merda sopravvivesse. No, è che lei aveva appena cominciato.

«Tu, piccola testa di cazzo di quindici anni non ancora compiuti, cos'è che hai detto? Che tu sei piccolo e a te non ti fanno niente? Vediamo un po' se non ti fanno niente».

La Mattei-Ferri brandiva il suo pezzo di ferro e lo guardava fisso.

«Lo sai che cos'è una clavicola? Tu vai a scuola, no? Qualcosa devi aver pure imparato, no?».

Col pezzo di ferro toccava alternativamente la clavicola sinistra e quella destra del ragazzino.

«Vedi, le clavicole sono questi due ossi qui, uno a destra e uno a sinistra. Sono piuttosto delicati, ne so qualcosa io. Com'è che hai detto? A me non mi fanno niente. E allora prenditi questa».

Con molta forza, partendo dall'alto, schiantò un colpo esattamente al centro fra collo e spalla, sul davanti, e spezzò la clavicola destra al ragazzo.

«Dopo ti stronco anche la sinistra, devi solo avere pazienza. Così ti rendi conto che nella vita è meglio non dire cazzate, per esempio che a te non ti fanno niente».

Il ragazzo soffriva bestialmente, urlava sottovoce, si sentiva venire meno.

La Mattei-Ferri si avvicinò al più grande e gli chiese: «Tu lo sai che cos'è una clavicola? Ormai è troppo facile, è quella che ho rotto al tuo amico».

La signorina non ebbe esitazioni. Con la stessa tecnica fece partire un colpo ben centrato, e spaccò la clavicola anche all'altro.

«La notte è lunga, c'è tempo anche per rompervi le altre due. Dovete avere pazienza, magari prima mi dedico a qualcos'altro, per esempio le ginocchia».

«Allora, torniamo a te, bambinetto. Sei ancora sicuro che nessuno ti farà niente? Vedi, secondo me tu usci-

rai da qui completamente rovinato, con parecchie ossa rotte e alcune non sarà neanche facile sistemarle, per
esempio le ginocchia. Tu fai sport? Eh, le ginocchia servono. Magari, come tutti, giochi a calcio. Tu hai un sacco da perdere, io niente. Ho più di settant'anni, non
ho figli, marito, parenti e inoltre tutti mi trattano come un pezzo di merda. Se fossi un'intellettuale del cazzo direi che mi faresti solo un piacere. Ma col cazzo.
Comunque tu ti ritroverai nella merda, e quando le tue
ossa saranno messe un pochino meglio ti risveglierai in
una bella comunità di recupero, se ti va bene ti mettono alla prova, un lavoro socialmente utile. Ma tu a
breve finirai in galera, non c'è altro futuro per te. Ti
chiameranno lo zoppo. Ti piace?».

La Mattei-Ferri ormai era irrefrenabile. Lasciò andare un colpo terribile col pezzo di ferro proprio sul
ginocchio del bambino, e glielo spappolò.

Il ragazzo mugolava, schiantato dal dolore.

Passò all'altro. Quello non si era mai tolto dalla testa il cappellino con la visiera dritta e lunga. Sopra c'era scritto FAZ.

«E tu, con quel cappello da cretino. Mi ricorda Fortunello. Ti senti meglio? Ti senti più figo?».

Strock. Distrusse anche a lui un ginocchio.

«Me ne sbatto, qualsiasi cosa mi succeda. Una soddisfazione in vita mia me la sono tolta, e prima che arrivino i vostri amici me ne toglierò delle altre. E poi
ci saranno sorprese per tutti, anche per la polizia. Chissà come sarà contento il tuo amico Mayoz. Rompere

le ginocchia a due cretini. Quei maiali rincretiniti dei vostri genitori, che probabilmente sono peggio di voi, chiederanno giustizia. Quale giustizia? Mi volevate bruciare dentro la mia casa! Be', che si facciano avanti. Gli rompo le ossa anche a loro. Vorrei conoscerli. Teste di cazzo come ce ne sono a migliaia. Con figli di merda come voi, diranno che siete ragazzi tranquillissimi che pensano soltanto allo sport e alla scuola, e anche un po' alla figa, che male c'è. Oh, dei ragazzi squisiti, non hanno mai fatto male a nessuno, ormai la solfa è sempre la solita. Guardate qua come sono ridotta». Mostrò il collo ulcerato. «Volete provare anche voi? Già, potrei mettere a bollire un po' d'acqua. Volete provare anche voi? No, ho un'idea migliore. Penso a un fuocherello. Dalle parti dei vostri gioielli, cioè i vostri coglioni».

«E tu, rincretinito di merda. Se non te lo dicevo io del bancomat tu manco ci pensavi, stronzo. Non muovo più la testa. E allora...». Pum.

Colpì e frantumò la clavicola sinistra di Rudy.

«Una volta presi i 500 euro non potevate togliervi dalle balle? È l'avidità che rovina il genere umano... aspetta, fammi fare i conti, siamo a tre clavicole e due ginocchia. Non mi reggo più in piedi».

«E gli assegni? Siete proprio due coglioni».

«Volevate incassare gli assegni, eh? Ma pensate che io sia scema? C'è una clausola sul mio conto corrente, gli assegni con valore maggiore di 500 euro non vengono pagati».

Pack, ruppe il secondo ginocchio a Zinzo.

«Ma perché mi avete picchiato anche dopo che ho firmato gli assegni? Quello non l'ho capito. Che altro potevo fare? Avrei capito se mi facevate fuori, in fondo sono un testimone scomodo, e in qualche modo dovevate liberarvi di me, e pensavate di dare fuoco a tutto, me compresa. Allora sapete cosa? Mi avete dato un'idea. Ho pensato ai vostri gioielli. Sì, i vostri coglioni. Quelli che vi sono tanto cari, che fanno di voi dei veri uomini. Potrei farvi quello che avete fatto a me con l'acqua bollente. Guardate qua!». Mostrò l'orribile ulcerazione sul collo. Ma i due non poterono vedere niente, erano accecati dal dolore. «Però a me non piacciono le patate lesse, mi piacciono arrosto. E allora faremo un paio di fuocherelli».

I due ascoltavano. Che aveva intenzione di fare ancora?

La Mattei-Ferri andò in bagno e prese la bottiglia di plastica di alcol denaturato rosa. Ne spruzzò un bel po' sulla patta di Rudy e su quella di Zinzo. Poi prese i fiammiferi da cucina, ne accese uno e con quello dette fuoco ai jeans di entrambi.

Loro cominciarono a contorcersi spasmodicamente, ma non potevano fare niente che impedisse alle loro parti basse di ustionarsi, almeno un po'.

La Mattei-Ferri li guardava. Osservava i fuocherelli che tendevano a spegnersi, roba da poco. Più che altro per terrorizzarli. Giusto una scottatina, come si dà ai peperoni per sbucciarli. I due sussultavano, e sussultava anche lei. Stava per perdere i sensi un'altra volta.

Era tentata di prendere i loro telefonini e di chiamare al nome: mamma, tutti e due. Per informarle, ragguagliarle. Non lo fece, ormai le sue forze erano esaurite, come estinti erano i fuocherelli in zona pubica.

Ma, per paradosso, proprio in quel momento squillò il cellulare di Zinzo. La Mattei-Ferri osservò il display. Diceva «Mamma». Rispose.

«Pronto, Federico? Sei lì? Ma lo sai che sono le cinque di notte? Sei matto? Pronto, Federico?».

La signorina non disse niente.

«Federico, ma ci sei o non ci sei? Che cazzo sta succedendo?».

«Signora, suo figlio in questo momento non può rispondere» disse la Mattei-Ferri con un filo di voce.

«Pronto? Ma chi è lei? Perché parla al cellulare di mio figlio? Dove siete?».

«Signora, questo non posso dirglielo».

«Ma chi è lei?».

«Neanche questo posso dirglielo. Posso solo dirle che suo figlio è nei pasticci, e ci si è messo da solo. È nei guai sul serio».

«Ma cazzo, perché lei ha il telefono di Federico? Chi è, la polizia?».

«No, non è la polizia. Sarebbe meglio per lui, visto come si sono messe le cose».

«Farò rintracciare dov'è il telefono. La polizia la chiamo io. Non ci provate nemmeno».

«Io se fossi in lei non la chiamerei, comunque faccia come le pare. Ma sappia che l'ha fatta grossa».

«Come, quando? Che ha fatto?».

«Neanche questo glielo dirò. Però sappia che suo figlio è proprio un cretino, e anche lei lo è, per forza di cose. Arrivederci».

Riattaccò.

In effetti, soprattutto se si tratta di maschi, non c'è un'età in cui si è più stupidi che a quindici sedici anni. Non sono cattivi, sono solo imbecilli, non è colpa loro, si dirà, è dei genitori, della società, della scuola, della tv, di internet e di tutti i Santi. Ma a me cosa cazzo me ne frega se la colpa non è vostra? Cosa c'entro io? La colpa è forse mia?

Lo sguardo le cadde involontariamente sul tavolo, dove era appoggiato un numero di «Eva Tremila». La copertina era dedicata alle ultime notizie su Fabrizio Corona, il paparazzo delle star, e a una delle sue ultime disavventure legali, che tanto interessavano a un discreto numero di persone, fra le quali lei. Non le venne in mente che se simili persone sono famosissime, dei veri e propri idoli, dipende da chi le considera tali. E quindi anche i giovani, a quali modelli si devono ispirare. Soprattutto in quel momento la mente della Mattei-Ferri non era sufficientemente lucida e accorta da pensare a questi paradossi.

A questo punto Olga Mattei-Ferri, che stava cercando di tornare in se stessa, non sapeva cosa fare. Chiamare la polizia? Già, e che cosa gli raccontava? Che aveva stroncato i due ragazzini dopo che questi l'avevano malmenata, seviziata e torturata? Poteva inventarsi che a picchiarli così selvaggiamente erano stati altri farabutti che erano arrivati più tardi. E perché mai? Forse lei poteva riferire il nome di quel Mayoz, che fra l'altro sarebbe arrivato di lì a poco, sempre che si facesse vivo veramente. Comunque sul telefono di Rudy c'era la chiamata, con Mayoz, la polizia la poteva verificare. I telefonini dei due ragazzi adesso li aveva lei. Poteva mandare un messaggino con uno di quelli, una richiesta d'aiuto, magari alla polizia stessa: «Aiuto, aiuto... siamo qui in via Accademia 14, appartamento 12, ci vogliono massacrare. Venite subito». La polizia sarebbe arrivata, irrompendo nell'appartamento, trovando i due ragazzini per terra, ridotti com'erano, e lei riversa sulla sedia a rotelle, imbrattata di sangue. Meno male che non si era ripulita.

Se arrivavano in tempo avrebbe potuto incolpare Mayoz e i suoi, ma bisognava che la polizia comparisse proprio in quel momento, quando loro erano già dentro. Un azzardo, impossibile esserne certi, anzi, le probabilità erano poche. Se Mayoz riusciva a entrare lì dentro – e chi gli avrebbe aperto, fra l'altro – non avrebbe perso tempo, si sarebbe immediatamente tolto dai coglioni. E allora sarebbe arrivata la polizia, e avrebbe trovato i due ragazzi conciati in quel modo, insieme alla Mattei-Ferri, slegata.

Macché, macché, la faccenda non stava in piedi. Fra l'altro dopo, ammesso che la sua versione fosse credibile e creduta, di lei che ne sarebbe stato? L'avrebbero portata al Pronto Soccorso, insieme a quei due. Ma lei di andare in un Pronto Soccorso italiano non ne aveva nessuna intenzione, per ovvi motivi, data la sua situazione sanitaria, cioè quella di una certificata paraplegica che in realtà paraplegica non era per niente. L'unico ospedale di cui si fidava e dove non facevano troppe domande era a Lugano, la clinica del professor Lindert. Un qualche sistema per raggiungerlo l'avrebbe trovato, a costo di noleggiare un'ambulanza privata.

Insomma un bel pasticcio.

Altre idee? Le balenò per il cervello di utilizzare la strategia pensata dai due dementi, quella di dare fuoco all'appartamento, con i due dentro. In fondo era assicurata. Ma tutto troppo complicato. Dove sarebbe andata ad abitare? E, anche avessero creduto che lei era riuscita a sfuggire ai suoi aguzzini, non si risolveva il solito problema del Pronto Soccorso. Farsi aiutare da qualcuno e portare via i due coglioni e gettarli nella Martesana? Ma chi? Il manovale Antonio? E quale cifra ci sarebbe stato da sborsare? A parte che quello lì non avrebbe accettato mai, ormai si era messo sulla retta via.

Alla fine, erano le sei e mezza, la Mattei-Ferri si decise per la soluzione più ovvia. Era ancora buio e sui ballatoi non c'era nessuno, le luci degli appartamenti della casa di ringhiera erano tutte spente. Slegò i ragazzi, tanto quelli, con braccia e gambe non in grado di funzionare, non potevano nuocere. Rinfilò a ciascuno dei due il telefonino in tasca, chissà se ci aveva azzeccato nella distribuzione, ma in fondo poco impor-

314

tava. Recuperò i 500 euro e anche i 35, luridi bastardi. E il suo estratto conto fatto al bancomat da Rudy, nonché i quattro assegni. Aprì il portoncino di casa sua, si guardò bene intorno e trascinò uno alla volta i ragazzi fino alla rampa di scale.

«Adesso levatevi dai coglioni, siete liberi, troverete pure un sistema». Li avvicinò, con una fatica bestiale, al primo gradino e li lasciò rotolare giù, fino al piano terra. Questi, sbatacchiati da tutte le parti, non capivano, non sapevano neanche loro cosa fare, morivano dal dolore ma si misero a rantolare sul pavimento, fino al portone nell'androne. Con sforzi sovrumani riuscirono ad aprire la porta piccola e raggiunsero il marciapiede esterno. Pensavano di chiamare un taxi ma qualche passante li vide in quelle condizioni e chiamò subito il 118. L'ambulanza arrivò in cinque minuti e li portarono al Pronto Soccorso del Niguarda.

Al triage li guardarono inorriditi.

«Ma che cavolo è successo?».

«Boh, li abbiamo trovati per strada, al Casoretto».

«Chiama la Pubblica Sicurezza».

Nel frattempo la Mattei-Ferri si era organizzata, aveva fatto velocemente la borsa e trovato un'ambulanza privata, senza scritte all'esterno, voleva farsi portare in Svizzera, per questi operatori non era la prima volta, non ci fu bisogno di specificare l'indirizzo.

Qui la Mattei-Ferri sarebbe rimasta più giorni di quanto pensasse. Prima di tutto quando arrivò era in stato semicomatoso, ormai aveva esaurito qualsiasi risorsa.

La dovettero operare al maxillo-facciale per una numerosa serie di fratture. Dovettero ricucirle la faccia e la testa, qualcosa come una cinquantina di punti. Dovette passare attraverso parecchie radiografie e una tac addominale. Nessuno le domandò niente, ma era evidente che l'origine di quelle lesioni erano state delle percosse. La sua faccia era irriconoscibile: gonfia come un pallone, gli occhi pesti, aveva lividi e lesioni dappertutto. Il ricovero di quindici giorni le costò una cifra difficile da credere, ma lei aveva acceso un'assicurazione, non si poteva mai sapere.

Il giorno delle dimissioni stava regolando le questioni del suo ricovero all'accettazione, dovette apporre un sacco di firme, neanche sapeva su quali documenti. Le consegnarono un referto molto dettagliato, in tedesco e in italiano (le furono attribuiti anche i costi di traduzione in italiano, 375 franchi svizzeri). Al bancone arrivò una ragazza bionda, un po' slavata, alta e magra. Aveva un ginocchio fasciato, portava un tutore e si aiutava a camminare con una stampella. Poteva essere una sportiva. Ma quando si tolse gli enormi occhiali da sole la Mattei-Ferri stentava a credere ai suoi occhi. Aveva di fronte niente di meno che Michelle Hunziker. Possibile? La scrutò in dettaglio senza vergogna, la soubrette probabilmente ci era abituata, le fece addirittura un sorrisetto, anche perché quella persona anziana era ridotta veramente male. Ma che delusione! La ragazza, un po' pallida, non aveva niente a che fare col personaggio glamour che la signorina conosceva: senza trucco, sciatta, con addosso una tutina sportiva verdolina, sembrava una normalissima milanese che faceva la cassiera all'Esselunga o al Carrefour. Anche i capelli non erano affatto curati, si intravedeva un inizio di ricrescita di quelli del colore naturale, più scuri.

Ciò non tolse che la Mattei-Ferri chiese alla artista un autografo.

«Io sono una sua grande ammiratrice, me la metterebbe una firma qui?». Le porse uno dei fogli che le avevano dato, forse il referto.

L'attrice acconsentì a lasciarle l'autografo, ma aggiunse: «La prego, non dica a nessuno che mi ha visto qui col tutore, che rimanga fra di noi».

«Senz'altro Michelle» rispose la Mattei-Ferri, abbastanza emozionata. Ma che senso ha fare un incontro del genere se non si può raccontare a nessuno?

«Signorina Mattei-Ferri, qui fuori è pronta la sua ambulanza, ci vediamo fra quindici giorni per togliere i punti e fare le medicazioni. Non si strapazzi, mi raccomando».

Non aveva nessuna intenzione di strapazzarsi, soltanto di buttarsi sul letto e recuperare qualche energia.

Quando tornò a casa cercò di non farsi vedere dagli inquilini. Che invece accorsero numerosi perché volevano sapere cosa le fosse successo: era scomparsa una quindicina di giorni prima senza dire niente a nessuno, c'era da temere per la sua salute. E in effetti non aveva una bella cera: il volto era fasciato e anche altre parti del corpo. Lei tagliò corto, disse che era caduta in bagno, ma si sa, nelle sue condizioni.

Disse soltanto: «E l'antennista, è venuto?».

«Sì, ma non ha trovato nessuno e se ne è andato».

«Porca miseria», la Mattei-Ferri voleva richiamarlo immediatamente.

Vide uno scooter posteggiato nella corte. Doveva essere quello di Rudy. Cazzo, non era il caso che venisse ritrovato lì. Per ora evidentemente nessuno ci aveva fatto caso, nemmeno il Luis che su queste cose era estremamente preciso. Però bisognava toglierlo di lì. Lo avrebbe chiesto ad Antonio, di riportarlo a metà di via Padova. Gli avrebbe inventato qualche storia e dato 100 euro. Una cifra astronomica, per lei.

Rientrò in casa, che aveva un aspetto desolante, così come l'aveva lasciata. In cucina rivide il pentolino dove avevano bollito l'acqua. Le venne un mancamento, e la nausea.

In ospedale aveva letto sui giornali la notizia di quei due ragazzi massacrati, ritrovati nel quartiere Casoretto, avevano subito violenze e sevizie, ma il motivo e i responsabili erano sconosciuti. Si pensava a una rissa, se non addirittura a un regolamento di conti fra baby gang. Se ne occupava il commissario Ametrano.

Questo stava parlando con un suo sottoposto, l'agente Merluzzo.

«Ma cosa avranno mai fatto quei due ragazzetti per averli ridotti in quel modo? Non è gente conosciuta, al massimo sono ragazzi che al sabato fanno branco e vanno in centro a rubare qualche telefonino. Avranno rotto i coglioni a qualcuno che conta? Boh, e loro non dicono una parola, non ricordano niente, non hanno la più pallida idea di chi possa essere stato. Niente. Hanno una paura da matti. Piuttosto che riferire chi li ha conciati così si nasconderebbero sotto la sabbia. È gente che fa paura, evidentemente».

«La cosa sfugge anche a me, eppure devono averla fatta veramente grossa. C'è di mezzo anche quello che chiamano Mayoz, ma pure lui è una nullità, un piccolo spacciatore, una mezza sega. Non è tipo da un regolamento di conti di questa proporzione. E poi lo hanno chiamato loro».

«Eppure devono averla combinata proprio grossa. Tre clavicole frantumate, idem per le ginocchia, e in più li hanno anche torturati dandogli fuoco ai coglioni. Che volevano sapere?».

«L'unica cosa che mi viene in mente è che questi due imbecilli si siano trovati, forse per caso, in un affare assai più grosso di loro. Magari un carico di cocaina, o altro».

«Mi ha detto il dottore che questi avranno seri problemi a recuperare una vita anche quasi normale. Soprattutto per le ginocchia. Roba fatta da professionisti. Boh. Mi dispiace».

«Mah, il caso io lo posso solo archiviare. Non ci sono denunce, indizi, testimonianze. Non c'è niente».

«E i genitori?».

«Sembrano più terrorizzati dei figli. Addirittura rifiutano le interviste in tv, di solito non aspettano altro. Nessuna speranza di cavarci una lira, e hanno una gran paura, mutismo assoluto».

«E quei filmati che lo Zinzani aveva nel telefonino? Sembra che stiano picchiando qualcuno».

«Lo so, ma non si vede niente. Non hanno nessun valore. Forse sono falsi, questi ragazzi le fanno queste cose. Noi che ci possiamo fare?».

«Be', forse ci sarebbe un'altra pista, quella dei Vendicatori. Ne ha sentito parlare?».

«No, chi sono i Vendicatori?».

«Mah, è una voce che circola, dalle parti di Rogoredo. Probabilmente è una fantasia di qualche mitomane».

«E cioè?».

«Sembra che ci sia un gruppetto di anzianotti che si sono organizzati per farsi giustizia da soli. Gente fra i sessanta e i settant'anni che si è stufata dello strapotere di questi branchi di ragazzi, che li spaventa a morte, li rapina, li scippa, li butta per terra. Allora pare che qualche volta abbiano preso da parte qualcuno di questi giovani e lo abbiano riempito di botte. Tanto per far vedere che la misura è colma, e che se si tratta di fare branco non è una questione di età. Insomma, delle specie di ronde di Vendicatori contro il degrado, e che nessuno si senta impunito. Non so se di mezzo c'è anche la politica. Però a noi non risulta niente. Forse è solo un desiderio, o una sparata di qualche matto. Però pare che almeno in un'occasione abbiano frantumato le ginocchia di due ragazzi».

«Mah, mi sembra una coglionata».

«Anche a me».

«E poi qui abbiamo a che fare con dei professionisti».

«È quello che dico anch'io».

Antonio Manzini
Quota 2.050 s.l.m.

Cosa c'è da fare a fine febbraio ad Aosta se non ti piace sciare e odi il freddo? Restare attaccato a qualsiasi fonte di calore possibile, sia essa un termosifone, un camino, un gatto o una coperta di lana. Così Rocco passava dalla pompa dell'aria calda dell'ufficio a quella del corridoio, come nel gioco dei 4 cantoni, perché oltre al freddo doveva combattere la madre di tutti i nemici: la noia. Non perché non gli piacesse annoiarsi, fin da piccolo durante le ore di niente, soprattutto la controra estiva, fascia oraria che da Bologna in giù scatta alle 14 e si chiude oltre le 16, con punte attorno alle 17 sotto Salerno, e in certi luoghi della Sicilia centrale la si prolunga col calare del sole, ebbene durante quelle ore di niente Rocco fantasticava e creava storie e immagini che sviluppavano il suo mondo fantastico. Cresciuto, avrebbe poi sostenuto la noia della controra con la marijuana. Il risultato era più o meno lo stesso. Con la noia, diceva sempre sua madre, ci si inventa la vita che verrà. E non aveva torto. Solo che adesso, ad Aosta, con l'avvicinarsi dei 50, la noia per lui era una trappola mortale perché nel cervello non si presentavano idee, progetti, ma solo ricordi. E i ricordi erano la bestia che uccideva il vicequestore Rocco Schiavone, gli segava le gambe, gli toglieva anche quell'ultimo friccico di sorriso che ogni tanto, come un viandante che ha perso la strada, si affacciava nella sua vita. Se ne stava coi piedi poggiati sulla bocchetta della pompa di calore a fumare e a ricordare la sera in cui, durante un temporale estivo, aveva fatto il bagno al mare con Marina rischiando che un lampo decretasse anzitempo la fine delle loro esistenze. Si erano baciati e avevano fatto l'amore a pochi metri dalla riva. Marina si vergognava un poco, ma in spiaggia non c'era nessuno, solo loro con le gocce dolci della pioggia che si mischiavano al sale. Era bello poi andare sott'acqua a osservare quelle gocce crivellare la superficie del mare e sentirsi protetti e lontani da ogni rischio, a 35 anni, quando la vita era una strada di cui non si vedeva la fine. Ad Aosta alle sette il cielo era buio, le strade bagnate, non aveva programmi per quella sera come per le sere a venire. Forse in serata avrebbe chiamato Sonya o Samantha o Ingrid, dipendeva quale delle tre fosse libera, per passare una mezz'ora piacevole al costo di 250 euro iva esclusa. Guardò Lupa che sonnecchiava. Si annoiano i cani? si chiese. Oppure la loro è un'attesa perenne? Il cibo, correre, annusare. Il problema stava nell'annusare. Cosa sentivano? Quali percezioni? Qualcosa di paragonabile alle aspettative di un essere umano, sogni, speranze, affetti, o soltanto urina di altri cani, territori ostili e felini?

Alla fine era venuta Samantha. Mezz'ora scarsa, poi era andata via nascondendo il suo corpo sotto un enorme cappotto nero. Schiavone pensò fosse l'ora di provare a mangiare, anche se voglia non ne aveva. Mangiare, come fare sesso, era diventato un automatismo, un dovere da espletare, nessuna fame, nessuna voglia, solo un vago bisogno fisiologico. Preso atto del frigo vuoto, ripiegò su una scatola di tonno. Sarebbe bello, pensava, se delle pillole fornissero il corpo di tutte le vitamine, proteine, grassi e carboidrati di cui aveva bisogno per tirare avanti e farla finita una volta per tutte con questa cazzata della cucina. Mangiare aveva un senso solo se in compagnia di amici veri o di un amore vero, e al momento Rocco difettava su tutti e due i fronti.

Il telefono squillò alla seconda forchettata. «Mi dispiace interrompere qualsiasi cosa stessi facendo» il viceispettore Scipioni aveva la voce stanca e depressa. Rocco alzò gli occhi a guardare il soffitto del suo appartamento. Non c'era bisogno di altre parole. «Dove ci vediamo?».

«All'aeroporto. Bisogna prendere l'eli».

Era peggio di quanto si aspettasse.

Una strada che si perdeva nel nulla e nel nulla ritornava, da qualche parte in Valtournenche, verso Eau Noire. «E chi cazzo ci abita lassù?».

«Abitare non ci abita nessuno. Sono chalet super chic per gente à la page».

«Antonio, parla italiano o ti butto di sotto» urlò Rocco mentre le pale avevano già alzato l'elicottero di una ventina di metri. «Ci sono in tutto 4 o 5 abitazioni» prese la parola Casella, per lui era il battesimo dell'aria e evitava di guardare fuori dal finestrino. «Solo una è abitata estate e inverno dalla signora...», aprì il solito bloc notes per leggere il nome, «Marie Collomb, di anni 71. Vive lì tutto l'anno insieme alla sorella Letizia o Letizià, dipende se la chiamiamo all'italiana o alla francese».

«Dove siamo?».

«In Italia».

«E allora si chiamerà Letizia. Ma perché saliamo?».

«Hanno ritrovato accanto alla loro abitazione il corpo di un uomo giovane, neanche 30 anni».

«Un alpinista?» chiese Rocco.

«No» disse Antonio. Poi aspettò che l'elicottero terminasse la virata per riprendere a parlare. «Pare non sia vestito da alpinista. Ecco perché hanno chiamato la questura».

«Mi viene da vomitare» si intromise Deruta che fino a quel momento era stato in silenzio.

«Prima volta che voli anche tu?» gli chiese Casella.

«Sono sardo, certo che ho già volato, ma mai su uno scarrascio di elicottero».

Il frastuono era assordante. «Ma se è un incidente, perché 'sta cazzo de gita?».

«Rocco, un tizio viene ritrovato ai piedi di una parete rocciosa in mezzo al nulla vestito da passeggiata sui Navigli e secondo te è un incidente?».

«Sì, ve pijasse un colpo a tutti» e pensò che era meglio annoiarsi in ufficio che volare con quelle temperature verso un luogo irraggiungibile per capire come un disgraziato si fosse schiantato. Cadde il silenzio fra i quattro agenti mentre i due del soccorso alpino consegnavano a Rocco un paio di anfibi impermeabili. «C'è un metro di neve, dottore... le conviene».

Rocco accettò il cambio e infilò gli stivali che sembravano due gommoni. Antonio rideva sotto i baffi. «Se ti ci prendo a calci nel culo pensi che smetterai di ridere?».

«No...».

«Dottore, metta anche questo» e gli allungarono un giubbotto imbottito di colore rosso. «Con il loden non è il caso lassù».

Rocco strinse i denti e abbozzò.

Atterrarono in una piazzola illuminata da due fari alzando una polvere di neve e smuovendo gli abeti tutt'intorno. Scesero dal mezzo con le due guide, poi l'elicottero ripartì. «Dove va?» chiese Rocco.

«Torna ad Aosta a disposizione. Se c'è da portare su la scientifica...» disse la guida più anziana. Rocco guardò il sentiero che partiva verso il bosco. «Quant'è lontana 'sta casa?».

«Poco, dieci minuti. Che ognuno prenda una torcia» e in fila indiana attaccarono la breve salita. Ma le sigarette, l'aria tersa, la mancanza decennale di attività sportiva ebbero la meglio dopo neanche tre minuti. «Come te va, Casella?».

«Insomma... ho già il fiatone, lei?».

«Sto esalando l'ultimo respiro. Deruta?».

«Non ce la faccio più» ansimava. L'unico che teneva il passo delle due guide era Antonio Scipioni. «Forza colleghi, manca poco» e muoveva la lampada. Un'allegria fuori luogo e fuori contesto, pensò Schiavone. Forse era la mancanza di ossigeno a dare alla testa al viceispettore, pensò, o forse aveva preso la sua stessa abitudine mattutina con le sostanze psicotrope. Si concentrò sul passo, tenendolo lento e costante, glielo aveva suggerito una guida alpina come metodo per affrontare le salite in alta montagna.

Per prime spuntarono le luci dell'abbaino. Gialle, accoglienti, poi man mano che salivano scoprirono tutta la casa delle sorelle Marie e Letizia Collomb. Era una piccola costruzione, forse una volta un alpeggio, di due piani in pietra e legno. Le donne erano fuori dalla porta di casa in attesa dei rinforzi. Dovevano aver sentito l'elicottero. La guida le aveva già raggiunte, parlottavano fitto fra loro, Rocco non percepì nessuna frase di senso compiuto. L'arcano lo spiegò la guida. «Parlavamo in patois... allora lei è Marie e lei Letizia», le due sorelle sorridevano, portavano solo un maglione di lana con dei cervi ricamati, nessuna giacca, nessun giubbotto. Avevano i capelli bianchi raccolti sulla nuca, gli occhi azzurri. Marie era magra, Letizia più in carne. Le gote rosse e i denti candidi davano loro un'aria di vigore e energia da farle sembrare poco più che trentenni. «Buongiorno signori» Marie aveva la erre moscia. «Prego, venite. Mi sono tanto, tanto spaventata. Anche mia sorella».

«Sì, anche io mi sono spaventata. E dispiaciuta *pouo meinù*».

Si mossero, Rocco cercò di riprendere fiato, poi le seguì. Si chiese che sensazione avrebbe provato in quel momento ad accendersi una Camel. «Venite, venite». Seguendo le due sorelle girarono intorno all'abitazione che era costruita accanto a una parete di roccia scoscesa. Dopo dieci metri, ai piedi di quello strapiombo giaceva il corpo di un ragazzo. Il sangue raggrumato sulla fronte, il cranio spaccato sulla sommità. Aveva una giacca a vento azzurra che gli stava corta sopra un maglioncino a collo alto, dei jeans e un paio di stivaletti con la suola di cuoio. Non era un alpinista. Rocco si chinò a cercare nelle tasche. Non trovò niente. Né portafogli, né documenti. «Spiegatemi che ci fa uno così quassù in pieno inverno, senza documenti o cellulare o altro» chiese a tutti e a nessuno. Infatti nessuno gli rispose. «Avete dei vicini?» domandò il vicequestore alle sorelle. Stavolta rispose Letizia: «Qui non ci abita anima viva. Ci sono due case da quella parte, a valle, ma sono dei rifugi, e poi sopra, oltre a questa parete di roccia, c'è uno chalet e un alpeggio. Ma non sappiamo se c'è qualcuno, o se ci vivono. Per andare da loro si fa tutta un'altra strada. Qui il sentiero finisce, vedete? C'è bosco e poi rocce. Noi siamo l'ultima abitazione».

Rocco si rialzò e guardò le guide. «Come facciamo a capire se queste altre case qui sopra sono abitate?».

La domanda fu interrotta dal trillo di un cellulare. Tutti tranne le sorelle controllarono le tasche. «No, non è il mio. Non è il mio suono. No, il mio è spento» mugugnarono, ma lo squillo continuava imperterrito. «Shhh, zitti!» disse Rocco. Il suono proveniva dal bosco. Fece tre passi, poi vide una luce riflettersi sulla neve. Era lì il cellulare che suonava. Lo prese e rispose. «Sì?».

«Finalmente! Dove cazzo eri?» disse la voce di un uomo.

«Con chi parlo?».

«Ma non sei Giangiacomo?».

«No. Tu chi sei?».

«No, chi sei tu».

«Vicequestore Schiavone, Polizia di Stato. Tu?».

«Andrea Marenghi» rispose spaventata la voce. Poi Rocco sentì che si rivolgeva a qualcun altro. Percepì solo «... è la polizia...».

«Pronto? Pronto? Allora?» gridò Rocco.

«Allora... io ho fatto il numero di Giangiacomo. Perché risponde lei?».

«Giangiacomo ha una giacca a vento azzurra? Capelli ricci? Stivaletti di cuoio marrone?».

«Sì... sì. Perché?».

Dovettero tornare alla piazzola dove era atterrato l'elicottero e prendere un altro sentiero che superava la parete scoscesa a nord. Andarono solo le due guide con Rocco e Antonio, Casella e Deruta rimasero dalle sorelle Collomb. A Casella fu affidato l'ingrato compito di spulciare il telefonino del cadavere, incarico complesso perché lo schermo era mezzo fracassato. Solo si vedeva una foto come salvaschermo, due mani, una chiara l'altra più scura, che si incrociavano e portavano lo stesso anello.

L'andata alla piazzola di atterraggio fu semplice e in discesa. La risalita verso l'altro sentiero fu invece un'impresa. «Ma non possiamo chiamare l'elicottero? Io non ce la faccio».

«Dai Rocco, un passo dopo l'altro e arriviamo».

«Di una cosa sola sono sicuro, Antonio. Se mi si presenta l'occasione io mi faccio trasferire al mare. Solo che con il culo che mi ritrovo mi mandano a Coccia di Morto».

«E dov'è?» chiese una guida ridendo.

«Fiumicino. Vicino Roma».

«Ma almeno Roma è bella» fece l'altra guida.

«No» rispose Rocco e la questione si chiuse lì.

Ore 00.30

Mezz'ora dopo la salita divenne un falsopiano. I piedi affondavano nella neve e rendevano la passeggiata ancora più difficoltosa. Poi gli abeti si aprirono e apparve la copertina di «Domus». Un edificio basso e sinuoso in legno, con delle vetrate immense. Luci allegre lo illuminavano tutto. Si vedeva l'interno dell'abitazione dove un ragazzo e una ragazza coi maglioni a collo alto bianchi erano seduti su un enorme divano che occupava mezza stanza e cincischiavano coi cellulari. La costruzione avveniristica aveva la forma di un guscio di carapace, in legno chiaro, e gridava denaro ogni centimetro quadrato. «E cos'è?» chiese Antonio stupito. Anche le guide restarono a bocca aperta. «Non l'avevamo mai vista» disse il più anziano. Appena i ragazzi notarono le torce avvicinarsi, scattarono e uscirono dalla splendida abitazione. Lui era biondo coi capelli lunghi alle spalle, lei bruna, i capelli lisci e setosi. Andarono subito incontro al gruppo. «Ma che succede?» gridò quasi il ragazzo. Rocco gli tese la mano: «Vicequestore Schiavone... questo è il viceispettore Scipioni. Loro sono Peter e Robert, le nostre guide». Aveva il fiatone. «Possiamo entrare? Mi sto congelando».

«Prego!» fece strada il ragazzo. Batterono gli scarponi sulle pietre scure del pavimento del portico per togliere la neve, poi entrarono.

Li accolse un tepore piacevole e l'odore di cannella. Nel camino rivestito di rame crepitava un bel fuoco. «Mi chiamo Andrea, lei è Soledad». La ragazza sorrise. Non aveva trent'anni, la carnagione scura e gli occhi chiari, una bellezza rara. Poi dalla cucina spuntò una terza ragazza. Bionda come Andrea, come Andrea faceva Marenghi di cognome. Laura, la sorella.

«Che cosa è successo a Giangiacomo?» chiese ansiosa.

«È stato ritrovato dalle signore Collomb ai piedi di una rupe vicino casa loro. Conoscete?».

«No...» risposero i ragazzi.

«Purtroppo non ho una bella notizia, come avrete già capito. Ora sta salendo l'anatomopatologo per dare una risposta più precisa, ma la giacca a vento strappata e la ferita al cranio ci fanno capire che deve essere precipitato dalla parete di roccia. Mi spiegate che cosa è successo?».

Laura era scoppiata a piangere rannicchiandosi sul divano. Soledad era rimasta a guardare le frange del tappeto incastrato sotto il tavolino. Andrea invece a testa bassa aprì una doppia porta che dava in una cucina modernissima e illuminata a giorno. Tornò con una bottiglia. «Non ci posso credere» diceva con le lacrime agli occhi versando un liquido rossastro nei bicchieri. «Non è possibile» e scuoteva la testa.

«Mi dite che cosa è successo?» ripeté Rocco.

«Abbiamo... avuto una mezza discussione» attaccò il ragazzo offrendo da bere a tutti. Solo le guide accettarono. «Giangiacomo s'è arrabbiato e ha detto che andava a fare quattro passi. Questo è successo... quando?» guardò le due ragazze. Soledad alzò appena le spalle. «Due, tre ore fa? Non tornava. Pensavo avesse trovato un passaggio per scendere in paese. Ho continuato a chiamarlo finché non ha risposto lei». Si appoggiò sul tavolo e scolò il bicchiere con un solo sorso. «Ho capito che qualcosa non andava quando ho sentito l'elicottero».

Rocco guardò i tre ragazzi. Sembravano annientati. L'unico che cercava di restare a galla era Andrea. Rispondeva come se leggesse le parole da qualche parte e le ripetesse senza dare un senso logico, gli occhi erano vuoti, stremati.

«Di chi è questa casa?» chiese il vicequestore.

«Dei nostri genitori» rispose il ragazzo. La sorella sembrava si fosse calmata. «Lo voglio vedere» disse. Fu Antonio a risponderle. «Per ora non si può. Lo porteremo giù ad Aosta. Potrà vederlo lì».

«È colpa mia» disse con un filo di voce. «L'ho fatto arrabbiare».

«Piantala Laura!» la redarguì il fratello. «Non cominciare, per favore. È terribile, quello che è successo, ma non cominciare, per favore».

«Tu non hai nessuna colpa» si unì Soledad carezzandole una mano.

«Posso sapere perché avete litigato?».

Laura guardò prima il fratello poi Soledad, come a chiedere il permesso. «Non voleva stare qui in questo posto isolato. Diceva che gli metteva ansia. E voleva ripartire subito. Io ho cercato di fargli capire che era il caso di aspettare almeno domani, ma lui niente, non ci sentiva. Poi... poi abbiamo gridato. E... ed è uscito sbattendo la porta!».

«Qualcuno dovrà avvertire i genitori di Giangiacomo. Ce l'ha un cognome?».

«Marenghi».

Rocco strizzò gli occhi e piegò la bocca. «Cioè, cos'è? Vostro fratello?».

«Cugino».

«Pensavo fosse il tuo fidanzato» e indicò Laura che negò con la testa. «Chiaritemi come stanno le cose qui dentro. Voi due siete fratelli, e lei, Soledad? Pure lei è una cugina?».

«No, io sono un'amica... avevamo deciso di venire

qui a fare qualche giorno di vacanza, soli e tranquilli, ma poi...».

«Di dove siete?».

«Milano» rispose Andrea. Rocco incrociò lo sguardo perplesso di Antonio.

«Andrea, mi fai vedere i dintorni? Antonio, vieni con me, Peter, vorrei ci accompagnassi anche tu».

«Subito» fece Andrea e indossò una giacca a vento tecnica. «Le torce le portate voi?».

«Le portiamo noi» lo rassicurò Rocco.

Ore 1.00

Appena usciti, la temperatura morse di nuovo la pelle del viso del vicequestore. «Ecco. Diciamo che Giangiacomo per farsi quattro passi avrà seguito l'illuminazione del giardino, vede? Da questa parte...».

Seguirono il ragazzo. A terra c'erano impronte, era molto probabile che Giangiacomo fosse passato di lì. «Che fai nella vita, Andrea?».

«Studio. Per lavorare nell'impresa dei miei genitori».

«Sarebbe?».

«Costruttori...».

«Sei architetto?».

«Geologo».

«Anche tua sorella lavora nel campo?».

«No, Laura si sta laureando in veterinaria. Prego, di qua».

Il sentiero svoltava dietro un gruppo di larici imbiancati. A Rocco venne in mente un film di Kubrick, quello dove Jack Nicholson inseguiva un bimbo con un'ascia, per decapitarlo. Le luci fioche spuntavano da lampioncini alti poco più di un metro. «Ecco, si arriva a questa piazzola dove ci sono due panchine.... Be', adesso ne vedete solo un pezzo, sono coperte dalla neve. Poi... e poi Giangi deve essere andato di là» e indicò altri alberi. «E non avrebbe dovuto».

«Perché?» gli chiese Antonio.

«Perché si entra nel bosco e la strada finisce in un dirupo».

Rocco, Antonio e la guida si inoltrarono. La neve smossa e calpestata avvalorava la tesi di Andrea. Qualcuno era passato nel fitto del bosco. «Mi sa che hai ragione, Andrea».

«Attenzione. Dove c'è una staccionata significa che non si può oltrepassare» li avvertì Andrea raggiungendoli. La guida, cauta, aprì la strada. Arrivato allo steccato si sporse. «Sembra che da qui ci sia il dirupo».

«E secondo lei è il precipizio che finisce in casa delle sorelle Collomb?» gli chiese Rocco.

«Se aspettate dieci minuti ve lo dico subito». Peter si tolse la corda dalla spalla e la legò con un moschettone al tronco di un abete. Accese la luce che portava sull'elmetto e cominciò a calarsi. «No» disse Rocco, «non avrei mai potuto fare il suo mestiere. Be', visto che aspettiamo...». Prese una sigaretta dalla tasca dei pantaloni e l'accese. Ne offrì una ad Antonio, Andrea invece rifiutò. In quel momento sentirono il rumore di un elicottero in avvicinamento. «Eccoli. Stanno arrivando i nostri» osservò Antonio. «Porteranno il corpo ad Aosta».

«Ma fammi capire una cosa, Andrea. Quando siete arrivati?».

«L'altro ieri. Lunedì».

«E oggi tuo cugino già s'era stancato. Ma non lo sapeva che era un posto isolato?».

«Mio cugino è fatto così».

«Era» lo corresse Antonio.

«Già, era... si entusiasmava subito poi ci ripensava... chi glielo dice ora alla zia?» e scoppiò a piangere come un bambino. In fondo, dietro l'aria da padrone di casa e da uomo che sa sostenere le situazioni con presenza di spirito e sangue freddo, quello era Andrea, poco più di un bambino. «Che sfiga...» mormorò Antonio. La corda della guida si era tesa un paio di volte, segno che Peter ancora non era arrivato al fondo della parete. «Quanto sarà alto?» chiese Rocco. Ma nessuno gli rispose. «Oh»» gridò verso il basso, ma dal buio tornò solo l'eco della sua voce. «Peter! Mi senti?». Poco dopo flebile e lontana la guida rispose: «Quasi arrivato! È profondo! Fra poco torno su».

«Come cazzo fai?».

Fu Andrea a rispondergli. «Con la doppia corda. È un rocciatore esperto, si vede» e si asciugò il naso.

Ore 1.30

Michela Gambino accompagnata da Alberto Fumagalli e da un agente della scientifica aveva appena raggiunto la casa delle sorelle Collomb. Deruta e Casella li misero subito al corrente della situazione. «Vi porto dal cadavere» fece poi l'agente sardo. Casella preferì restare all'interno dell'abitazione perché le sorelle Collomb gli avevano offerto una cioccolata così buona che mai in vita sua ne aveva assaggiata una simile.

Alberto si chinò appena sul cadavere. «È caduto da lassù, dal dirupo» disse Deruta alzando lo sguardo e quasi gli prese un colpo vedendo un uomo scendere con una corda dall'ultimo balzo di roccia. «E questo chi cazzo è?» chiese Fumagalli. «Piacere, Peter, sono la guida...» l'uomo poggiò i piedi a terra e si liberò dell'imbracatura. «Vengo da sopra, dalla sommità della parete. Ci sono il vicequestore e un agente».

Alberto si chinò sul cadavere. Subito esaminò la ferita sul cranio. «Avrà preso in pieno una roccia. Guarda che lavoro... aperto proprio...». Michela intanto camminava intorno al morto come stesse facendo una danza. «No. Il corpo non è stato smosso. Prova a girarlo, Alberto».

L'anatomopatologo eseguì. «Sulla giacca un sacco di graffi, vedi? È rotta in più punti». Poi si rivolse alla guida: «Quanto sarà alto il dirupo?».

«Se azzardo un centinaio di metri ci vado vicino, ma non posso essere più preciso».

«Una caduta terribile» osservò Michela. «A guardare l'abbigliamento non è un rocciatore o simili».

«Direi di no» commentò la guida.

«Dobbiamo portarci il corpo all'obitorio» fece Alberto, «ma tanto le cause della morte sono abbastanza chiare, almeno per me».

«Non è suo».

«Cosa, Miche'?».

«Il giubbotto. Non è suo. È almeno tre taglie più piccolo. Guarda le mani».

Gli osservarono le mani. Erano candide, bianche, sembravano quelle di un bambino. Michela scattò le foto col suo cellulare. «Ogni dettaglio è importante. Scarpe, maglione, tutto!». Alberto annuì.

«Posso riavere il cellulare di mio cugino?» chiese Andrea mentre tornavano verso casa.

«Ce l'hanno gli agenti a casa delle Collomb» rispose Rocco. «Appena hanno finito te lo faccio riavere». Guardò ancora il portico dello chalet. «Quanto c'è voluto per costruirlo?».

«Tre anni» rispose il ragazzo e si avvicinò alla legnaia che stava alla destra dell'edificio. «Quassù si può costruire solo d'estate e in primavera, capirà, siamo a 2.050 sul livello del mare. È tutto materiale ecologico e naturale». Si chinò e sollevò alcuni tronchetti di legno che giacevano a terra. Antonio lo aiutò imbracciandone una decina. Rocco pensò alla schiena e non se la sentì, si limitò a guardare il grosso cippo sul quale i ciocchi venivano spaccati e le schegge che riposavano sulla neve soffice. L'odore di legna appena tagliata insieme a quella bruciata, era l'unica esperienza che apprezzava di quelle montagne. «Che facciamo?» gli chiese sottovoce il viceispettore Scipioni. «È uno schifo di incidente».

«Hai sentito quanti buoni odori ci sono qua in giro? La legna che arde in questo camino, la resina e poi la cannella». Antonio lo guardò senza capire ma ormai aveva imparato che quando Rocco non rispondeva alle domande ma cambiava argomento, stava seguendo un pensiero che non voleva mollare. Le ragazze erano ancora sul divano. Laura, con i piedi sotto il sedere, si proteggeva la pancia con un cuscino. Soledad invece con i gomiti sulle ginocchia e la testa tra le mani dondolava appena. Aveva i capelli lunghi neri e lisci, sembravano tinti con l'inchiostro di china. Andrea gettò qualche ciocco nel camino, Antonio mollò i suoi dentro una cesta di legno chiaro. Il ragazzo si portò indietro i capelli con una mano, poi si voltò a guardare i poliziotti. Le guide erano rimaste fuori a fumare una sigaretta. «Io... io credo di dover chiamare mia zia...» disse. «Le dispiace?» e indicò una porta. Rocco allargò le braccia. «Fa' pure, non c'è bisogno che chiedi il permesso a me. È casa tua». Andrea accennò un sorriso, prese il cellulare dalla tasca e sparì in un'altra stanza. Rocco si sedette sul divano. Soledad alzò lo sguardo. «È proprio una bella casa» esordì. «Quante stanze da letto ha?».

«Quattro» rispose Laura.

«Questa casa è mai finita su una rivista?».

«Sì. A essere sinceri su tre riviste».

«La vuole vedere?» chiese Soledad.

«Perché no? Non capita tutti i giorni un'occasione simile. Sa, io volevo fare l'architetto».

«Dottore» il tono conviviale e falso di Rocco spinse Scipioni a recuperare un lei ufficiale per non smentire quella sorta di recita che Schiavone sembrava stesse mettendo su. «Mentre lei visita la casa scendo a chiamare i colleghi e sento se ci sono novità».

«Perfetto, ispettore, vada pure».

Gli aveva dato del lei, dunque Scipioni ci aveva azzeccato.

«Faccio io gli onori di casa, mi segua» disse Soledad alzandosi dal divano. «Prego, di qua c'è la cucina» e aprì la doppia porta. Era enorme, con un'isola centrale, illuminata da faretti a led. Le pareti erano di legno scuro. «Che splendore».

«È di un designer finlandese, Aarto Liukkonen, conosce?».

«No».

«Da questa porta si accede al corridoio che porta alle due stanze al piano». Sembrava un compratore che seguiva un agente immobiliare. «Questa è la prima. Dove dorme Laura». Era in disordine, vestiti gettati un po' dappertutto e coperte ammucchiate in un angolo. Il letto era un baldacchino thailandese nero con fregi dorati. «Accidenti, splendida».

«E quest'altra è la stanza dei genitori che però adesso usa Andrea». La camera aveva la vasca da bagno proprio davanti al letto che dava su una finestra enorme affacciata sulla valle. «Di giorno la vista è stupenda».

«Immagino».

Anche quella era disordinata, forse ancor più della prima. Lenzuola e coperte per terra, fazzoletti, scatole vuote e resti di cibo sul pavimento. «Certo si sente la mancanza della servitù» fece Rocco. Soledad lo guardò. «La servitù?».

«Era una battuta, però diciamo che non siete dei maniaci della pulizia».

«Venga, giriamo l'angolo, ci sono le scale dove troviamo le altre due stanze». Salirono i gradini di pietra nera e si ritrovarono in un altro corridoio. «Da fuori non sembrerebbe che la casa ha un altro piano» osservò Rocco.

«Vero? Questa è la mia stanza, cioè quella dove dormo io...». Rocco entrò. C'era odore di mandarino. Si affacciò alla finestra, dava sul sentiero illuminato che finiva nel bosco e nel burrone. «Bellissimo. Mi chiedo quanto possa costare».

«Uno chalet simile? Credo oltre i due milioni».

«Minimo».

«E in ultimo la stanza di Andrea, che però usava Giangi». Il viso divenne triste, quasi si vergognava ad aprire la porta. Era ordinata, sul comodino un romanzo in inglese, una borsa chiusa giaceva ai piedi del letto. «Aveva già fatto i bagagli» osservò Rocco indicando la valigia.

«Già... resterebbe da visitare lo studio, ma credo che Andrea sia ancora là dentro a telefonare alla zia».

«Che rapporti hai con loro?».

«Io e Laura siamo amiche dalle elementari. Ora studiamo insieme».

«Quasi sorelle».

«Quasi sorelle» confermò Soledad.

«Perché hai un nome spagnolo?» le chiese scendendo le scale.

«Mio padre è spagnolo. Porto anche il suo cognome».

Tornati in salone trovarono Laura, sempre seduta nell'angolo del divano. Beveva dal bicchiere riempito prima dal fratello che doveva essere ancora impegnato al telefono. Rocco guardò fuori. Antonio Scipioni stava attaccato al cellulare. «È una casa magnifica». Laura ringraziò con un sorriso mesto, di chi è abituato a ricevere complimenti. «Allora, mi dispiace ma dobbiamo affrontare la situazione. È terribile, lo so, ma è il mio mestiere. Mi avete detto che Giangiacomo è uscito sbattendo la porta un paio di ore prima che noi arrivassimo con l'elicottero. Dico bene?».

«O forse un po' di più. Basta comunque guardare il cellulare di Andrea, l'orario delle chiamate che ha fatto...».

«Giusto. Di chi è la giacca a vento che indossava?».

«Era la mia» disse Soledad. «L'ha afferrata prima di uscire».

«E la sua dov'era?».

«Forse nella sua stanza. Non lo so».

«Non vi è sorto un dubbio che con questo freddo due ore là fuori potessero essere un po' troppe?».

«Certo» disse Laura, «ma eravamo convinti fosse sceso verso la piazzola e avesse trovato un passaggio da qualcuno. Saranno state le nove e qualcosa, a quell'ora è facile incontrare il gatto delle nevi. Ripuliscono le piste sul versante a est della montagna».

«Sì, per farsi portare giù in paese. Giangi era un impulsivo. Io pensavo sarebbe rimasto a dormire a valle».

«Soledad, la litigata è stata così violenta?».

Le ragazze si guardarono. «Sì. Molto. Mi ha dato della puttana viziata» ammise Laura. «Ma chi ti credi di essere? Il mondo non gira intorno a te! Le sue ultime parole prima di uscire sono state queste più o meno».

«Questa rabbia solo perché volevate posticipare il rientro?». Ci fu ancora silenzio. «Tanto lo scoprono» disse Soledad. Rocco strinse gli occhi. Laura si morse le labbra. «Va bene, mio cugino aveva un vizio brutto».

«Di che si faceva?».

«Ero».

«Cazzo...» sbuffò Rocco.

«Diceva che si era ripulito, prendeva il metadone e altre pasticche che... Non lo so, non le conosco. So solo che cambiava d'umore all'improvviso».

«È così» confermò dolente Soledad.

«Insomma, dottor Schiavone» proseguì Laura, «erano anni che andava avanti questa storia, più di una volta la madre l'ha ripreso per i capelli... mi dispiace dirlo, ma la sua morte non è una sorpresa... per nessuno di noi. Dolorosa, sì, ma sembrava inevitabile».

L'inno alla gioia spezzò la confessione. «Dimmi, Michela».

«Noi torniamo in città. Intanto vedi che t'ho mandato le foto che ho preso del cadavere. C'è qualcosa che non mi torna ma non capisco cosa, magari tu hai più fortuna».

«Perfetto».

«Aspetta, ti passo il genio».

«Sono Alberto».

«Il genio...».

«Esatto. Allora, prima occhiata, se pur quella di un genio considerala sempre una prima occhiata. Il ragazzo ha una sola ferita, profonda e mortale, sulla parte centrale del cranio. Altri tagli o contusioni in testa non ne ha. Spalla e clavicola destra fracassate, ginocchio sinistro e femore sinistro idem, hai visto com'era piegata la gamba?».

«C'è altro?».

«No. Direi per ora basta così».

«Allora grazie, ci rivediamo ad Aosta».

«Sì ma sono le due passate, non mi venire a rompere i coglioni che vado a dormire».

Ore 2.25

Mentre Rocco dava un'occhiata alle fotografie con i dettagli del corpo spedite dalla sostituta della scientifica, Antonio bussò al vetro del salone e attirata la sua attenzione gli fece cenno di raggiungerlo nel patio. Rocco si alzò: «Scusate, torno subito».

«Novità?».

«Questi sono pezzi grossi. Allora, la famiglia Marenghi è la proprietaria della Build-in, fanno grattacieli, metropolitane, i due figli sono sempre sulla cronaca rosa della città. Insomma, gente potente. Ma chi è pure più potente è la spagnola. Ha un nome che non entra nel passaporto. Si chiama Soledad de Azlor y Urries Gurrea de Aragon. Nobiltà grossa. Il padre ha le mani in pasta in diverse società, roba forte, tipo il porto di Monte Carlo, per farti un esempio. È socio di una scuderia di cavalli a Aachen, getta soldi in Formula 1».

347

«Questo vuol dire che fra poco arriverà un esercito di avvocati».

«Ma perché? Che cosa c'è che non va?».

«Non mi quadra un cazzo di tutta la storia, Anto'. Qualcuno ci sta prendendo per il culo. Quanto abbiamo secondo te?».

«Considerando che il ragazzo è nello studio da almeno mezz'ora? Non credo ci voglia tanto per parlare con la zia. Sta chiamando il padre e gli avvocati. Io direi un paio di ore, forse tre al massimo».

«Per allora dobbiamo avere qualcosa in mano. Chiamo Baldi, non facciamoci trovare col culo scoperto, questi ci fanno neri».

«A proposito della zia. Il morto fa parte di un ramo secco della famiglia. Insomma, quelli che non hanno una lira».

«Anche questo può essere interessante. Di' a Casella e Deruta di raggiungerci, li voglio qui e non giù dalle sorelle a mangiare e a bere senza fare un cazzo».

«Dici che...?».

«Li conosco a memoria e quelle due non vedevano l'ora di poter rimpinzare qualcuno».

«Li chiamo, speriamo che non gli viene un infarto a salire fin quassù».

«Nel caso prepara una lettera per le famiglie. Ah, e blocca Gambino e Fumagalli, non li far ripartire. Vedi se le sorelle possono dargli ospitalità».

Impiegò poco meno di un minuto per spiegare la situazione al magistrato che, per fortuna del vicequestore, era ancora sveglio. «Qual è il sospetto?» gli chiese.

«Qualcosa non torna. Ha presente?».

«Quindi io sul documento scrivo che qualcosa non torna al vicequestore? Questi sono figli di gente importante, un piccolo errore e non sarà solo la sua carriera, ma la mia a soffrirne. Ora a lei può interessare poco o niente, io invece ho puntato tutto sulla magistratura. Mi dia qualcosa di più».

«Il morto».

«Embè?».

«Ho visto le foto che mi ha mandato la Gambino, la sostituta della scientifica. Anzi, le sto guardando proprio ora, mentre parlo con lei e mi si stanno ghiacciando le dita per il freddo».

«Il suo attaccamento al dovere è commovente. Cos'hanno che non va le foto? Sono sfocate?».

«No, sono fatte benone considerando la luce e il freddo».

«Vuole aggiungere qualcosa o insistiamo sull'estetica delle istantanee? A proposito, si possono chiamare istantanee le foto fatte col cellulare?».

«Credo di sì, dottor Baldi. Cioè, le istantanee, se non ricordo male, erano le polaroid, no? Quelle che ti si sviluppavano sotto gli occhi senza bisogno delle trafile dal fotografo. Per questo si chiamavano così, istantanee, appunto».

«E allora queste sono ancora più istantanee, capirà, neanche il tempo dello sviluppo».

«Vero».

«Schiavone, ma di che cazzo stiamo parlando?».

«Non lo so, ha cominciato lei e io mi sto cacando sotto dal freddo».

«Torniamo alle foto della Gambino, allora».

«C'è un dettaglio, lo so, come se l'occhio l'avesse percepito ma il cervello non l'ha ancora registrato».

Baldi sbuffò. «Schiavone, facciamo così. Lei adesso ci rifletta, se poi dovesse...».

«Ecco!» gridò Rocco, e si allontanò di qualche passo dallo chalet. «Ecco. Le mani».

«Del morto?».

«Sì. È precipitato per quasi cento metri sbattendo su pietre e rami e radici. Non hanno neanche un graffio».

«Be', potrebbe essere scivolato, ha battuto subito la testa e poi s'è fracassato, no?».

«Potrebbe ma non mi convince. Veda la scena. Il ragazzo scivola. È umano, naturale, istintivo, direi, cercare di non cadere. Aggrapparsi a qualcosa. Ma diciamo che lei ha ragione, cade, non si aggrappa e batte subito la testa e sviene. Poi la caduta finisce per ucciderlo. Ma c'è un ma...».

«Dica».

«Ha una sola frattura cranica, profonda, da dove è uscito sangue, anima e cervello. Non credo che scivolando uno si possa procurare una ferita simile. Quindi se la sua tesi funziona lui cade, sviene e poi rotolando si fracassa il cranio. Ma, ripeto, il resto della testa è intonso. Mentre invece io mi aspetterei di trovare almeno un ficozzo, o simili».

«Traduca ficozzo».

«Un bernoccolo. Oppure dobbiamo credere che nella caduta ha battuto più volte sullo stesso punto del cranio? Poco probabile, no?».

Baldi restò in silenzio. «Dottore? È ancora lì?».

«Sto pensando. Quindi lei dice che se uno precipita giù, con le mani d'istinto cerca una presa e dovrebbe portarne i segni».

«Soprattutto con questo freddo e la pelle gelata».

«Buono. Omicidio?».

«Io dico di sì».

«Proceda. Mi faccio portare lì al più presto. Intanto le mando una bella istantanea sul cellulare».

Ore 3.00

Rocco si era seduto di nuovo sulla poltrona e sorrideva a Laura e Soledad. Le ragazze sembravano aver recuperato un po' di energia, le gote arrossate, gli occhi più sereni. E stanchi. Anche Andrea era rientrato. Aveva raccontato la telefonata fiume con la zia. «Bene» disse, «che altro possiamo fare per lei, vicequestore?».

«Oh, parecchie cose». I tre ragazzi si guardarono incerti. Il rossore delle gote sparì un'altra volta dai loro visi. «Del tipo?» chiese Soledad.

«Del tipo... Qualcosa da mangiare?». Quasi si percepì il sospiro di sollievo dei padroni di casa. «Comandi! Cosa preferite?».

351

«Ah no, io niente, forse il viceispettore là fuori, oppure le due guide. Quella è gente di montagna, mangiano alle sei, e ormai è quasi ora di colazione». Andrea raggiunse i tre uomini sul patio. Rocco li vide parlottare. «Sentite ragazze, mi ricordate, così a spanne, quando siete arrivate?».

«L'altro ieri» rispose Laura.

«Quindi avete dormito qui due notti?».

Soledad chiuse gli occhi nello sforzo mnemonico. «Esatto. L'altro ieri e ieri, oggi sarebbe stata la terza notte».

«Come siete venuti da Milano?».

«Con l'auto. L'abbiamo lasciata giù al paese. Poi di giorno ci hanno portato su col gatto. In garage per ogni evenienza abbiamo il quod. Conosce?».

«Certo che conosco. La moto a 4 ruote».

«Sì, in un posto simile può servire».

«Il viceispettore gradirebbe un panino» disse Andrea rientrando, «le due guide invece tornano all'elicottero».

«Va bene» disse Laura e si alzò dal suo angolo del divano. «Lo preparo io. Preferisco fare qualcosa, altrimenti i pensieri mi uccideranno».

Rocco sorrise. «Volevate riposarvi qualche giorno...».

«Sì, passeggiate, una ciaspolata, due chiacchiere, niente di più» disse Andrea. «Potevamo immaginare questa tragedia?».

«Impossibile! Oh, ecco i miei valorosi agenti» fece Rocco guardando fuori.

«Prepariamo qualcosa anche per loro?».

«Per carità, avranno mangiato dalle sorelle Collomb, tranquilli, quelli trovano cibo anche nel Sahara». Rocco si alzò e li raggiunse.

«Dotto', mi stanno per esplodere i polmoni».

«Case', hai ancora i baffi di cioccolata. E pure tu, Deruta». Pronti i due si pulirono il muso.

«Ha fatto caso, dottore? Sono le 3 passate e fa meno freddo rispetto alle undici!».

«E perché hai un principio di congelamento. Hai controllato il cellulare della vittima?».

«Vittima?» chiese Casella.

«Vittima, sì».

Deruta sgranò gli occhi. «O cacchio. È un livello 10, dottore?».

«Altrimenti alle 3 di notte stavo quassù a gelarmi il culo? Sì, un livello 10 pieno con l'aggravante dell'altitudine e del freddo».

«Mai come la storia sul Monte Bianco».

«Mai Miche', quella non si batte. Allora che mi dici, Ugo?».

«Non sono stato con le mani in mano. Il morto ha ricevuto quattro telefonate un'ora e mezza prima che noi arrivassimo, poi dopo venti minuti un'altra, poi un'altra e infine quella cui ha risposto lei. Dallo stesso numero, penso del tale che abita qui».

«Sì, esatto. Che altro hai notato?».

«Ho chiamato Carlo. Lui mi ha spiegato come recuperare dei documenti cancellati. Pdf, file, tutto. Non è complesso, ho seguito passo passo i suoi suggerimenti, con un'app, solo che è difficile perché c'è bisogno del root. E mi mancano un po' di dati. Allora che ho fatto?».

«E che ne so? Io non sto capendo una mazza».

«Ci ho provato lo stesso. Non tutto è andato per il verso giusto, però qualche nome di file cancellati l'ho visto. Non riesco ad aprirli, ci vuole Carlo...».

«Vabbè, ma magari niente di interessante» disse Rocco.

«Magari. O forse no».

«Dobbiamo portare il cellulare da Carlo. Deruta, chiama Fumagalli e Gambino, ci devono raggiungere. Restate qui, anzi andate sul patio che fa più caldo. Ma non entrate in casa».

«Ricevuto».

Ore 4.00

Antonio masticava il pane, Andrea beveva del vino, Soledad e Laura erano di nuovo sedute sul divano. Il fuoco crepitava, il silenzio della notte avvolgeva la casa e i suoi abitanti. «Sentite, io ho bisogno degli abiti di Giangiacomo. La sua valigia. Devo portarla in centrale per gli accertamenti. Me la procurate?».

«Sì... subito» rispose Andrea, ma a scattare fu Soledad. «Ci penso io» disse e uscì dal salone.

Rocco guardava i quadri appesi alle pareti. Concettuali, costosi, non erano di suo gusto. «Ma quando ha nevicato qui?».

«Quando?». Andrea aggrottò le sopracciglia. «Mi pare... sì, stamattina. Cioè ieri mattina, sono le 4 passate».

Antonio sbadigliò. «Scusate...».

«Il cielo ora è limpido. Ho visto le stelle» disse Rocco.

«Vero, dottore. E se resta così, fra poco ci sarà un'alba mozzafiato».

Il vicequestore si andò a sedere sulla poltrona, proprio davanti a Laura. «Mi dovete scusare se ancora non tolgo il disturbo, è tardissimo, o prestissimo, dipende dai punti di vista, purtroppo lo immaginate anche voi, quando accade un fatto del genere dobbiamo essere scrupolosi. Converrete con me che la morte di Giangiacomo è quantomeno curiosa».

«Curiosa? Perché?».

«Due ore» rispose Rocco guardando Andrea negli occhi. «Perché 'sto ragazzo è stato due ore lì fuori, con questo freddo?».

«Ce lo siamo chiesto anche noi». Laura aveva recuperato il cuscino di protezione sulla pancia. «Era arrabbiato...».

«E questo l'ho capito. Magari voleva farsi uno schizzo?» azzardò Rocco. Andrea guardò la sorella. «Uno schizzo?».

«Come la chiamate a Milano una pera veloce?».

«Ma no, ma no!» protestò Andrea. «Giangi era sotto metadone. Mi creda, proprio no. Impossibile! Sarebbe morto!». Rocco lasciò cadere nel silenzio quest'ultima osservazione. «Ma voi che avete fatto in queste due ore, oltre a chiamarlo ogni tanto per capire dove fosse?».

«Io mi sono messo a leggere».

«Io volevo fare un bagno e cominciare a preparare la cena».

«Immagino l'angoscia» fece Rocco. Solo Antonio percepì l'ironia del suo superiore. «Io invece credevo che tu Andrea t'eri messo, che so? a spaccare la legna che poi hai portato nel camino, prima quando siamo arrivati».

«Eh? Ah no. Di notte, col freddo, non è un'attività da consigliare a nessuno».

«Vero, hai ragione. Allora l'hai spaccata stamattina?».

«No, non l'ho spaccata stamattina. Mi pare che l'ho fatto ieri».

«Sei sicuro?».

«Oddio, sì. Laura, tu ti ricordi?».

«No...» disse la sorella.

«Io dico che l'hai preparata oggi quando ha smesso di nevicare. Vedi, vicino al ceppo, lì fuori, ci sono un sacco di schegge».

«E allora?».

«Allora, siccome stamattina ha nevicato, deduco che tu l'abbia tagliata dopo la nevicata. Altrimenti le schegge sarebbero coperte, no?».

«Vero. Non ci avevo pensato».

«Hai visto?» e Rocco sorrise soddisfatto. «Perché, sapete qual è l'errore più grande nella vita? Sottovalutare gli altri». La voce di Rocco era cambiata. Non era colorata con un velo di ironia, era dura, di gola, raspava come carta vetrata. Antonio ingoiò l'ultimo morso del panino e allargò le gambe.

«Noi? Sottovalutare chi? Non la capisco, dottore».

«Me. Il viceispettore, i miei colleghi, le guide alpine».

Andrea scosse la testa. «Continuo a non capire».

«Dov'è l'accetta?».

Con un sorriso tirato il ragazzo si rivolse alla sorella: «Ma tu lo capisci questo?».

«Io no, Andrea».

«Esatto, non la capiamo, dottore. Sono le 4 passate da un pezzo, siamo tutti molto stanchi, forse è il caso che la chiacchierata prosegua domattina coi nostri avvocati».

Rocco sorrise soddisfatto. Alla fine le carte erano sul tavolo. «Li hai chiamati?».

«Certo! È morto mio cugino!».

«Era meglio chiamare le pompe funebri per organizzare il funerale, per esempio, no? Tu che dici, Antonio».

«Be' sì, io avrei chiamato quelle. Che c'entrano gli avvocati. A meno che...».

«A meno che uno ha la coda di paglia. Si dice coda di paglia a Milano?».

Andrea arrossì. «Dove vuole arrivare?».

«Vorrei vedere l'accetta con la quale hai tagliato la legna. Non mi sembra una richiesta complicata».

«Invece sì. Perché io non le faccio vedere un bel niente».

Restarono a guardarsi negli occhi. «Secondo te la ragazza è andata a comprare i vestiti di tuo cugino alle Galeries Lafayette? Com'è che ci mette tanto?».

«Salgo a vedere?».

«E sali, Antonio, sì. È la stanza al primo piano, in fondo». Il viceispettore si mosse. «Dunque Andrea, Laura.

Siete arrivati in quattro quassù? O vostro cugino vi ha raggiunti dopo?».

«Io non intendo rispondere a queste domande, ci arresti se ha delle accuse precise».

Rocco scoppiò a ridere. «Non funziona così, Andrea. Non siamo in un telefilm. Io non arresto nessuno. Semmai vi mando un avviso di garanzia, poi sarà il giudice a emettere l'ordine di arresto se riterrà fondati gli elementi che noi inquirenti gli presentiamo. Capito?».

Il viso di Andrea era cambiato. Ora svelava una natura diversa. Non era più un ragazzo educato e affabile, ma un uomo di 30 anni abituato a comandare, ferito nel suo orgoglio di principe del feudo. «Lei sta esagerando, dottor Schiavone. È sicuro di quello che dice? È sicuro di essere nella posizione di muovere accuse simili? Lo ha capito con chi ha a che fare?».

«Amico mio, non provare a minacciarmi. Mi sono scontrato con gente che te se magna a colazione. E sono ancora qui. Sai una cosa? Non lo so se i soldi di papà basteranno perché un omicidio non è una tentata corruzione o un reato fiscale. È omicidio. E te fai 20 anni».

«Lei sta dunque dicendo che io ho ucciso mio cugino? Questa è bella» e sforzò una risata cercando di coinvolgere la sorella che invece restava seria abbarbicata al cuscino. Antonio rientrò in salone con una borsa di pelle. Soledad lo seguiva con il viso teso, asciutto, spaventato. «È strano» disse Antonio, «qui ci sono due magliette, un paio di pantaloni, un maglione di marca. Sembra tutta roba nuova».

«Sarà roba sua? O sono vestiti tuoi, Andrea?».

«Ma non dica sciocchezze».

«Se sono sciocchezze lo scopriremo in laboratorio molto presto».

«Poi dottore» proseguì Antonio, «se il ragazzo stava sotto metadone mi immaginavo di trovare qualche medicinale, dal momento che avrebbe dovuto passare qui qualche giorno. E in bagno ho trovato questi» e mostrò tre scatole di medicinali a Rocco. «Quanti giorni aveva programmato di restare Giangiacomo? Quindici? Venti?».

«Era la sua scorta» rispose tetro Andrea.

«E in ultimo, ma non per ultimo, non trovo la giacca a vento».

«E che è venuto quassù senza?» chiese Rocco.

«Infatti» rispose Antonio. «Dal momento che s'è infilato quella azzurra che era sua, Soledad, dov'è quella di Giangiacomo?». La domanda cadde nel silenzio. Antonio guardava Andrea e Laura, Rocco invece Soledad. «Allora? Dov'è la giacca a vento di Giangi?» chiese Rocco sorridente.

«Mah, da qualche parte in casa» rispose Andrea.

«Vogliamo cercarla?».

«Non ne ho voglia».

«Vuoi che te lo dica io dov'è la giacca a vento? Nello stesso posto dove hai messo l'accetta!».

«Le sue sono congetture di una persona che non ci sta un granché con la testa».

«Può essere, può essere. Solo che, vedi? Adesso sale la scientifica, perché ho già l'ordine del magistrato, questo posto lo rigirano come un calzino. E alla fine troveranno sia l'accetta, che avrai pulito ma sappi che togliere il sangue è molto difficile, che la giacca a vento, che sospetto abbia tracce che volevi nascondere. Mi sbaglio?».

«Si sbaglia. Io non so di cosa sta parlando. E poi perché l'avrei ucciso?».

«Ora cerchiamo nel cellulare della vittima. Lo sai che si possono resuscitare anche i file cancellati? No? Pare si possa. Ti dico come la vedo io?».

«Sono tutt'orecchi» e Andrea si mise in ascolto a braccia conserte.

«Giangi era venuto qui a chiedere soldi. Sapeva qualcosa, qualcosa che nessuno di voi tre voleva far conoscere. C'è stata una colluttazione. L'hai colpito ma anche lui deve averti inferto qualche danno. Sulla sua giacca ci devono essere delle tracce di questo scontro. Sangue? E l'hai fatta sparire per infilargli quella di Soledad. Ora dov'è avvenuta la colluttazione lo scopriranno gli agenti con la tuta bianca, sai quelli che sembrano dei preservativi?».

Andrea fece una faccia schifata.

«Vi ricordate l'elicottero che è arrivato poco fa? Quello che ha portato quassù l'anatomopatologo e la sostituta Michela Gambino? Qualcuno di voi l'ha sentito ripartire? No? Non è un caso».

Rocco si voltò verso la finestra. Come un esercito di fantasmi, dal buio degli abeti spuntarono fuori gli agenti della scientifica, in testa Michela Gambino, Fumagalli sembrava in gita, sorridente chiacchierava amabile con la sostituta. «Eccoli qua. Gli avvocati li dovevi chiamare appena hai fatto la cazzata, non dopo l'arrivo della polizia, perché ormai c'è poco da aggiustare. Laura...» disse Rocco. «Mi faresti un piacere personale?».

«Io?» chiese spaventata la ragazza.

«Ti chiami Laura, no? Ti dispiace alzarti dal divano?».

«Ma questo poi è troppo!» gridò Andrea. «Che cazzo ti credi di fare? Non hai un mandato, non hai un...».

«Il mandato ce l'ho» disse Rocco e lanciò il cellulare ad Andrea. «Leggitelo pure. Antonio, vuoi istruire i nostri nuovi arrivati?». Antonio sorrise e uscì dallo chalet. «Allora Laura, te lo chiedo ancora con gentilezza, potresti alzarti dal divano?».

«No» rispose con voce tremante.

«Va bene. Potete accomodarvi in cucina?». In quel momento entrò la Gambino. «Buonasera a tutti! Come va?» e sorrise alla compagnia. «Miche', comincia dal divano» disse Rocco. Un agente superò la sostituta e si avvicinò a Laura. «Forza Laura. Prima ti alzi e prima finiamo» le suggerì Rocco. Laura scoppiò a piangere. L'agente la fece alzare con grazia e gentilezza, tolse i cuscini della seduta. La stoffa era intrisa di sangue. Rocco sospirò. «Perché?» chiese. Laura non riusciva a fermare i singhiozzi. Andrea guardava il pavimento. Fu Soledad a prendere la parola. «Li ricattava» disse. «È salito oggi pomeriggio, aveva un video dove Andrea si bucava. Voleva trecentomila euro o lo metteva in rete».

«E tu e Laura che avete fatto?».

«Io ho cercato di fermarli» si tirò su le maniche del maglione. Gli avambracci erano pieni di graffi e tagli. «Non volevo che finisse così...».

«Non eravate qui per farvi una vacanza, Soledad. Eravate qui perché Andrea si facesse la rota. Dimmi se sbaglio».

Come risposta a Rocco bastò un gesto della testa della ragazza. «Il tossico sei tu, Andrea, forse tuo cugino neanche l'ha mai provata la roba. Alberto?».

«Alle 4 del mattino ancora mi rompi i coglioni. Per fortuna le signore giù sono state ospitali».

«Visto che sei uno preciso, hai dato un'altra occhiata al corpo?».

«Sì, certo. Vuoi sapere se ho trovato buchi? No. Magari la fumava».

«Magari, sì. Tanto ce lo dirà l'esame tossicologico, no?».

«E certo» rispose l'anatomopatologo. «Però, se ho capito come sono andate le cose, è capace che una botta di metadone gliel'abbiano siringata in corpo, per gli esami intendo. Ormai i telefilm li vedono tutti. Comunque volevo fare i complimenti per la casa. È un gioiello!». Stavolta i fratelli non raccolsero le lusinghe.

«La ricostruzione era buona, Andrea, bravo. Ci hai messo cervello».

«Dottore?» un agente della scientifica spuntò dalla cucina. Portava due sacchi trasparenti. Uno conteneva una giacca a vento. L'altro un'accetta. «La giacca era infilata nella lavatrice. L'accetta era dietro il lavello».

«Ecco Andrea, adesso sì che te servono gli avvocati».

«L'hanno portato fino al burrone» disse Rocco. Michela lo ascoltava attenta. «Sul sentiero illuminato che passa dietro la casa, ho visto tracce di pneumatici. Dovrebbero esserci passati con il quod».

«Per trasportare il corpo?».

«Sì, dopo averlo vestito. E dopo aver fatto le finte telefonate».

«Perché gli hanno lasciato il cellulare addosso? È stato un errore, no?».

«No. Il cellulare è una storia a parte. Dopo te la racconto. Ora mi resta da capire chi ha fatto cosa».

«Va bene, io mi metto al lavoro. Minchia lu friddu» e si allontanò con un agente verso il sentiero che portava al precipizio.

Rocco rientrò in casa. I tre ragazzi erano in piedi, vicino alla cucina. Guardavano in terra. «Sono le cinque e quarantacinque, fra poco verrete portati in stato di arresto ad Aosta. Lì ci saranno gli avvocati che avete chiamato ore fa. Io so che solo uno di voi ha colpito Giangiacomo. Gli altri due sono complici che hanno tentato di nascondere le prove e di insabbiare i fatti. Me lo dite voi o dobbiamo scoprirlo noi con impronte, incidenza dell'arma e altre amenità?».

«Loro non c'entrano» mormorò Andrea. «La colpa è mia. Mi hanno solo aiutato ma perché le ho costrette».

«Non è vero!» si oppose Laura. «Siamo tutti insieme, l'abbiamo voluto tutti e tre. Che importanza ha chi ha colpito, chi ha tentato di nascondere il fatto? Siamo tutti responsabili allo stesso modo. Una cazzata di un momento di ira, ed eccoci qui».

Rocco si avvicinò a Laura. «Puoi farmi un favore? Ti abbassi il collo del maglione?».

«Ora sta esagerando» disse Andrea.

«Laura?». Rocco la guardò negli occhi. Gli agenti assistevano in silenzio. La ragazza eseguì. Intorno al collo erano chiare due macchie livide. Rocco annuì. Poi si voltò verso Soledad. «Soledad, ci troverò le tue impronte sull'ascia?».

Gli occhi della spagnola divennero due fessure, tirò su il labbro superiore mostrando i denti. «Vedete, la storia del cellulare è pazzesca. Noi ritroviamo il cellulare presunto, e dico bene, presunto di Giangi laggiù, in fondo al burrone. Sul salvaschermo c'era una foto. Due mani che si incrociano e portano lo stesso anello. E le mani sono le vostre, Soledad e Laura. Anche l'anello è quello» lo indicò. Laura lo guardò, Soledad invece restò a fissare Rocco. «Avete cambiato la sim, avete preso quella di Giangi e l'avete inserita nel telefono di Soledad dopo aver tolto foto, file e rubrica. Ma avete dimenticato il salvaschermo... Ditemi se finora mi sbaglio o no?». Nessuno fiatò. «Perché il cellulare di Giangi è pieno di roba interessante, e tempo non ne avevate per controllarlo per bene e fino in fondo. Chissà dove li poteva nascondere i file, quel disgraziato, no? Credo che il telefono di Giangi l'abbia tu, Soledad, sono pronto a scommetterci».

«La stava strozzando!» sbottò d'improvviso Soledad. «Lei che avrebbe fatto?».

«Non lo so, Soledad, non lo so. E se Andrea si è addossato la colpa significa che con gli avvocati ci avevate già parlato. Perché si può sempre imputare l'atto efferato all'uso di stupefacenti. Non è così? Non intendeva, non voleva eccetera eccetera». Antonio guardò Casella e Deruta. «Ma come...?» gli sussurrò. Casella alzò le spalle.

«La lite c'è stata, ed è vero. E si concentrava fra i due fratelli e il cugino. Non ti riguardava, Soledad, riguardava solo loro e il ricatto di merda che gli stava facendo. Solo che poi ha messo le mani su Laura, e allora non ci hai visto più. Dimmi se ho sbagliato?».

E ancora nessuno rispose.

Ore 6.50

L'elicottero riportava il vicequestore, Casella e Alberto in città. In mezzo a loro, coperto con un telo, il corpo di Giangiacomo. I ragazzi sarebbero scesi col prossimo che già era in volo dall'aeroporto di Aosta. «Li ricattava?».

«Sì, Ugo, ora portiamo il cellulare di Giangiacomo a Carlo e vediamo che c'è dentro. Avranno cercato di cancellare file anche su quello, ma se lui è bravo come so che lo è, qualcosa la rintracciamo».

«Ricchi come sono, glieli potevano dare trecentomila euro, no?» disse Alberto. «Non mi pare una cifra enorme per gente simile».

«Forse. Va' a vedere che gli ha detto la testa».

«Io non capisco» disse l'agente, «ricco come un re, perché si drogava?».

Rocco alzò le spalle. «Ci sono decine di motivi. Depressione, paura, insicurezza, educazione sballata, noia. Sì, Ugo, può anche essere stata la noia la causa...».

Restarono in silenzio. Lontano, dietro le cime delle montagne, un chiarore stava vestendo la notte. L'alba non era lontana. Rocco infilò le Clarks, si tolse il giubbotto per indossare il loden. Ebbe un brivido di freddo. Forse sarebbe arrivato in tempo per fare colazione da Ettore. Non mangiava niente dalla sera prima.

Indice

Una notte in giallo

Questo volume è stato stampato
su carta Palatina
delle Cartiere di Fabriano
nel mese di luglio 2022
presso la Leva srl - Milano
e confezionato
presso IGF s.p.a. - Aldeno (TN)

La memoria